我愛羅。

駱以軍

我愛羅。

目次

〈代序〉我愛羅

憂鬱症迄今已滿九個月。有時和亦曾爲這種疾病纏擾的朋友聊起：「記不記得那段時光是什麼樣的景況？」「那是一種什麼感覺？」大抵無法形容，難以言喻。「那是……」像霧中風景？像進入一個光度被調暗，景框變狹窄的孤獨隧道？像活在一個重力比地球大五、六倍的星球？像腦前額葉的某一小塊被人祕密用手術刀切除，像破漏的素燒胎瓷瓶再也盛不住本來裝在你這個知覺容器裡的「自己」？

有很多本來屬於你的東西漏掉了……

我努力地回想：這段時間，除了閱讀量銳減，創作力衰退，有什麼比較具體的事件，或場景，足以標記著所謂「憂鬱症的時光」，畢竟不是像被外星人擄去，而後用消去記憶的強光咔嚓一下，我生命裡的這九個月便憑空消失了。

我記得，有時會焦慮地等著手機。其實是一通並不重要的電話……

有時騎著腳踏車，在師大夜市既闇黑卻又輝煌的釉黃燈泡光照下，看著挨擠的人群，塞在那樣氣味雜沓的畫面裡：碎柴魚屑中翻弄著章魚丸子，或鐵板上熱油星沸的煎豬排聲，或是白煙如仙人翻甩著篷袖的燈籠鹵味攤子……我總會停下車，胸口被一種巨大的悲傷鼓脹得喘不過氣來。……

讓我回到那個本來的世界吧。

醫院候診室塑料長排椅上，其它的那一個個也在等候的精神上出了故障的陌生人，臉上都帶著一種過於早起而恍神愛睏的氣氛……

或是每夜按熄桌燈的那個動作。爲了對抗抗鬱劑副作用造成之失眠，睡前吞下細如指甲屑的潔白安眠藥，躺下在兩個兒子之間，熟酣的男童熱氣，不用三分鐘，我就會把身體的知覺權交給那如幻術魔法般的化學作用，像插頭拔掉陷入完全無知覺、無夢境的深沈睡眠……

冷鋒過境的那某一天，我找到一間在建國高架橋旁的咖啡屋，在露天座一邊吸菸一邊讀著葛林的《夢之日記》，屋內非常之暖，裡面的人影全在那起霧氣的落地窗後面，像害羞而始終躲藏著守護我卻不被看見臉容的殘缺天使。事實上，他們是不折不扣的人類，心裡說不定想著：外頭那傢伙是瘋了吧？有一瞬，突然覺得隔著我和這世界之間的空氣，變透明了。

原來是這種感覺哪。

那時心裡高興的想：哈哈，我好了。我好了。原來是這種感覺。他媽的。他媽的。

我記得曾被憂鬱症糾纏四、五年的K君說，那時，有一天他發現自己完完全全擺脫掉那玩意兒的時候，內心空落惆悵，像一個長期與之相處的自己，突然就消失不存了。

我的朋友老C，年近四十又回頭重學芭蕾，每天下午開車進市區的一間小舞蹈教室，跟著那些年齡至少小一輪的女孩，練習扶把、劈腿、腳位、踢腿、彈跳、足尖旋轉、turn out……她說那一開始是一個非常痛苦的過程。她清楚地感覺身體的素質跟不上這些模糊有一種時間暗示的嚴厲訓練，年輕的女孩們在那大樓其中一個封閉空間裡，像枯葉中剛蛹化中的蝴蝶，拗折舔舐著自己的觸鬚關節，那汗水蒸騰中總有一種對自己年輕身體朝未來（那麼奢侈的滿手滿把）之幻想……但我們這個年紀啊。老C說，芭蕾是一種很奇異的對身體慣性的破壞，從肩、胸、大腿、膝踝，每一大關節全逆反著由猿猴進化成直立人的我們，以足弓和手臂保持的前後平衡。它是向左右兩側打開的turn out所建構的平衡幻念，這個平衡幻念，使你在跳躍、旋轉、或任何定格之姿勢，皆讓舞者可以說服觀眾，她的身軀是可以自由朝平行兩側橫向移動。而這種自由、輕靈、神祕的「重組神本來給予人的身體形態」，就是建立在每月重複的痛苦折磨：脊骨、骨盆、臀部……。

我聽起來很像把一只關節娃娃的每一細部，全故意用顛倒相反的方式組裝。老C說是啊，如果我可以日復一日堅持這乏味、辛苦，不，痛苦的練習，這件事的本質不可能再是它原來的形貌。那沒有未來的賽場或演出，而只是一個純粹的自我修行。

我聽了非常感動。

老C說，有一天，在那舞蹈教室裡，在她前面有一個醜女孩，當然年紀亦是小她十來歲，她本來下意識地看這女孩不順眼，但是某一瞬間當她爲著那老師一連串下達的指令，弄得手忙腳亂，手位臂位腳位在每一個停格點亂甩亂擺，近乎散架之際，卻發現那女孩的身體，每一個細節，每一個肌肉的使用，每一個由局部翻轉成完整姿勢的運動，全部達到了那老師要求的最嚴格標準，在那個狀態下把這所有的訓練實現成一件抽象的「美」這回事……

那一刻恍如神蹟。她眞的垂手默立在那女孩像發出光輝的身體之前。

我年輕時極喜愛的一段卡爾維諾在小說〈月光映照的銀杏葉地毯〉裡的句子：「漫天紛飛的銀杏葉的特徵在於：事實上，在每一刻，每一片正在飄落的葉子，出現在與其他葉子不同的高度，因此，視覺感官所坐落的空洞而沒有感覺的空間可以區分爲一系列連續的平面，在每一平面，我們發現一小片葉子在旋轉，而且只有單獨一片。」

是啊怎樣可能一樣呢，在我這樣的年紀，我所從事的行業，往往不是全景而是一片一片在墜落中孤立在某一平面裡的，人心的專注凝視。女友在空難中被燒成焦炭的F君，像免費玩兒童樂園迴旋木馬那樣誇耀自閱歷諸多酒店女人身體的N君，追憶懺情年輕時曾遺棄過諸多美好女孩的W君，丈夫得了一種性濫交精神官能症而變成一個算命師的ㄅ，被最好的哥們捲走一輩子積蓄且房子被查封從此變成虔誠教徒的J，或者以我們這年紀看難免暴富太快因之講話氣氛皆帶著種剛吹出之玻璃器皿既炫耀又狐疑且變成強迫症似的鑑賞名車紅酒高級女人或祕藏黑道八卦的L君……他們在某一次葉片的翻轉後，就變成和以前完完全全不同的一個人了。我以爲我始終只是在觀察，「空洞沒有感覺的」，連續的平面。但或許那每一次，我在強自不被那黯黑洶湧的暗室裡的扭曲的、哀嚎的、殘忍或不幸的什麼所嚇到的聆聽故事時刻，便啓動了那些類似「潛水夫症」、「波灣戰爭退伍軍人症候群」、「CIA典型人格解離症」……的細微鐘面齒輪。像一個年輕而傲慢的練芭蕾女孩，在逆反神之律則，著魔耽美的幸福時光裡，拗折著自己的每一處關節。

＊　＊　＊

在我生命不同的階段裡，總認識一兩個長得極漂亮的傢伙。他們身邊也總跟著一個（或輪換著許多個），長得像漫畫裡美少女那樣讓人臉紅不敢直視的女孩（即使是哥們的女人）。她們都是一些好女人，幫我認識的那些漂亮傢伙的邋遢單身宿舍，低著臉安靜地拿抹布擦地、打掃、清掉菸灰缸裡的濾嘴和灰燼，幫書排上書架並分類……即使在外人面前，她們的身形仍保持著一種類似禽鳥全身的注意力全投射在主人身上的，一種悲哀的深情。

我從不曾理解那是一種什麼滋味？被人痴迷地愛著，可以任性、豪奢、厭倦地享受著那份愛。可以對哥們說出：「唉，有時覺得透不過氣來。」這樣的話。

我讀過一些小說，描寫遺棄的段落，總是爲之鬱結難以釋懷。譬如昆德拉在《生命中不能承受之輕》中寫到，弗蘭茨小時候有一次他的父親遺棄了他和他母親，住到城裡一個情婦家去了。那天下午，他母親如常帶他上街，臉上完全看不出悲憤或受傷的神情，但只有小弗蘭茨知道：「啊，她在難過。」因爲她穿在左右腳上的鞋子不成雙。另一次是讀到白石一文的小說《一瞬之光》，寫到他小時候被母親帶到動物園，在那擴音喇叭、爆米花霜淇淋攤位和大象的柵欄之間，把他遺棄。

我亦看過一部日本電影《無人知曉的夏日清晨》，一群小孩，被他們的母親遺棄在一幢東京衛星城鎮的公寓裡。那種慢速的、在被遺棄後逐漸領會世界的框格歪斜塌毀的恐怖。

我對於「遺棄」有極深的恐懼。甚至可以說那是我靈魂的痛點。仔細想想，我的童年，未曾有過被遺棄之經驗啊，當然我有過因偷抱路邊小貓小狗回家，在父親震怒下流著眼淚將牠們帶到巷弄角落或無人工地遺棄的記憶。但那些如植物細莖的感傷，過了一個年紀之後，便很清楚不足以解釋那人格底層、恐懼去張望某一口井，某一面禁止之鏡，某一個一失足陷入便永劫不回的流沙坑……那樣對「遺棄」的本質性憎惡和不寒而慄。

我也曾認識一些強勢者（包括人格意志、權力或外貌），以「遺棄」作爲一種懲罰遊戲，像操弄懸絲傀儡之細繩那樣施虐於那些害怕被他們遺棄之人。我略能體會那其間的快意。在施虐者這邊，像齊克果的《誘惑者的日記》，遺棄，確定了他們在一種想像態的物種進化過程，昇華成造物主、魔導師的角色，他（或她）不僅是被戀物，反而可以從遠距的顯微鏡中，進入神的視角，驚訝又歡欣地看見自己力量的體現：被遺棄之人，如散潰之傀儡零件，原本漂漂亮亮的人兒變形成歇斯底里、顛倒恐怖、甚至自我傷害的一團報廢品。

我亦曾目睹一些「習慣性被棄者」，慢慢、慢慢變成了一種尖刻殘忍之人，變成討人厭的角色，變成眾人背後的笑柄。他們毫不矜默地張揚、重播，甚至機械性地模仿「遺棄」行爲，加諸於無辜的後來之人，卻又終竟不是此道中人，而把戲碼弄得一團糟……

或者，典型的，變成一自我懲罰、自我憤怒、自我暴力化的畏縮之人，變成一個「努力想討大家喜歡的可愛人兒」。

這些，總讓我覺得慘不忍睹。

但是，這其中可能有一提昇的、精神性的救贖？如我們那個時代的經典，朱天文的〈肉身菩薩〉，引尸毗王捨身剜肉餵鷹以救等重之鴿，作爲旁觀者，我曾不曾動念或抑制住那念頭差點伸手進景框中的破掉的、如漏水瓷瓶的靈魂？

「其實你是最可愛的。」「要好好愛惜自己啊。」「要不然我們在一起好了。」

這些。那些。被損害的。被污辱的。

或如《慾望之翼》裡，那個站在教堂塔尖往下眺望的天使，往下一跳，即進入時間之中，有色身、有味覺、有噩夢、有性慾，能擠進菸味咖啡味人體臭味的小酒館……但同時亦倒數計時進入了有一天腸肚發臭臉顏成骷髏的慢速墮壞。

我愛羅。妖魔之子。

只愛自己的阿修羅。

據說，在漫畫出版社爲岸本齊史《火影忍者》舉辦的人氣大賽裡，僅次於漩渦鳴人（他是男主角）、卡卡西老師、宇智波佐助，得票高居第四位的，便是這位具備恐怖、殘忍、無愛人能力的瘦小畸形少年。而他的忍術（砂縛柩、砂瀑送葬）展開之巨大景觀，讓人不寒而慄，像地獄門開。他的形象，讓人想到葛林《布萊登棒棒糖》裡的少年品基，或是巴加斯·

略薩《胡莉婭姨媽》中的天才劇作家卡瑪喬。他們總是在心智、感性力和對歷史（或時間）之理解力皆極弱小單薄的軀殼裡，藏匿著可拔城毀國的妖魔力量。他們是典型的受虐兒，被人世遺棄的怨靈。

我想像著：這樣的一個角色，能引起一整世代之人的共鳴，那背後積累的自我投射與自我戲劇化，調度傷害記憶以聚攏成一個冷冰冰、多疑疏離、不知如何描述自己且不知如何愛人的少年超人之夢境。或許已不僅僅以斥之「經驗匱乏者」、「青少年法西斯」、「泡沫經濟神話之複製人」，而能理解他們，隔著一層霧翳所看見的這個世界。

我身邊有許多典型之「我愛羅」。

他們慢慢由無愛的少年，變成無愛的中年。且繼續老去。

如何觀看他人之痛苦。如何感受並同情。

如何啓動愛。

如何在那自給自足的傷害劇場中，隨著慢慢越過另一個年齡的邊界，學著在那器質性、像噴射成形之塑料合成物一般的靈魂，找到一個可以讓淚滴流出的缺口。

佛經中難得有一段描述佛陀流淚的段落，寫到某日佛受一信眾供養，前去的途中，經過一座庭園：

……於彼園中有古朽塔摧壞崩倒，荊棘掩庭，蔓草封户。瓦礫埋隱狀若土堆。爾時世尊逕往塔所。于時塔上放大光明照耀熾盛。……爾時世尊禮彼朽塔右繞三匝。脱身上衣用覆其上。泫然垂淚涕血交流。泣已微笑。當爾之時十方諸佛。皆同觀視亦皆流淚。各所放光來照是塔。于時大衆驚愕變色互欲決疑。爾時金剛手菩薩等亦皆流淚。威焰熾盛執杵旋轉。……

我對這樣的一段，佛無來由掉眼淚，驚得身旁諸天菩薩們抓耳撓腮、不知如何是好的畫面，既著迷又困惑。佛啊佛啊祢爲什麼哭泣？那樣的一個老人，爲了一座壞毀倒塌之塔？突然想起你的族人血流漂杵地被屠殺而祢無能出手相救？佛在那穿透千百億萬劫的「神之蒼蠅複眼」裡，看見快轉影片一般的，讓人驚怖顛倒的，各式各樣被命運拗斷搥扁，乃至變形扭曲的神天失敗品「我愛羅」，佛可曾爲其中之一流下淚來？佛是否是爲自己壓倒掩埋在那座塌塔廢墟裡的某一部經書，從此將無法與世人會面而黯然神傷？

我幻想著，佛的眼淚費人疑猜滴落的那一瞬，就是我愛羅們爲造物主未曾輸入之記憶、傷痕、抒情詩……重組並自我創造的時刻。愛人的能力，犧牲的能力，笑的能力，同情他人的能力，對於無意義殺人、貶低人或遊戲般施虐之憤怒的能力……

如同《銀翼殺手》裡，那個魔獸般的銀髮複製人，在拔去刺在腕骨以銜接電路之鐵釘而自我終結生命之前，對著哈里遜．福特演的人類追殺者，作了一段如詩夢幻的告白：

……我曾目睹你們人類不可能看見的駭麗景觀，我曾在浩瀚星河下飛行，我曾在大海上攻擊著火的船隻，看著人們在烈燄裡絕望哀嚎，天頂的雷電交集嘈嘈不休……那一切在我眼前流逝，像雨中的露珠。

旅夢

在那趟旅程的第二個晚上開始，他便每夜做一個不同怪夢，灼灼逼人如實裸呈，既像懲罰又像是進入靈療師自陰影密布的心靈河灘召喚出最柔軟敏感的記憶。像一隻隻泥灘裡未變身成白皙嬰孩手臂卻發出一陣陣娃娃哭聲的化石魚。或像白日裡搭船遊河時，沿岸石梯、瓦礫、人家後院樹蔭裡，一隻隻癩痢狗大小的巨蜥，垂頭喪氣趴伏著曬太陽。他想起前一個晚上，那些本地詩人醉醺醺地告訴他捕捉這些巨大爬蟲類的方式：一是把一個汽油桶斜置，裡頭放腐肉，巨蜥爬上桶沿，探頭進去，一個栽滑掉進去，便爬不出來了；另一種是將一顆一顆卵石磨得光滑圓潤，上面抹一層他們這邊的香料醬，用火烘烤，讓香味蒸出。那巨蜥連沙土、腐葉、蟻群，或作餌的雞頭豬骨，一張嘴全部吞下。待那十來二十顆石頭蛋進了胃囊，那巨蜥便怎麼也爬行不得，乖乖就縛。他們說，抓了巨蜥，倒掛著剝皮，炒薑炒香料炒辣椒。三杯蜥蜴肉。完全是華人的吃法。

他記得第一晚夢境的內容如下：他和他高中時的哥們K君，各自攜女伴騎機車在一條類似北宜公路的蜿曲山路催油爬行，卻在某一處充作休憩之炒青菜炒山雞之路邊棚攤裡，爲細故兩人爭執起來，他先下手爲強抽出掃刀對著K君一片亂砍。夢境中K君的臉廓像武俠片中的竹林叢藪向四處嘩嘩飛散。K君應該被他砍成一堆肉醬吧？他把K君和自己的女人遺棄在山路上，恐懼地發狂地把機車騎回他童年的鄉間，那已是一片無人居住之廢墟。他躲進裡頭布滿牆堊剝落白粉的小茅房，坐在那水箱乾涸的壞毀馬桶上，喘著氣，等待。沒想到最後K還是找到這「世界盡頭」，踢開了廁所門（像電影裡那些永遠不死的武功高手），用同一把掃刀砍在他隔擋的手肘、手掌、肩頭和眉骨上……夢中那刀刀見骨的痛感如此寫眞。

他渾身冷汗驚醒。告訴妻子，或許他上輩子或某一輩子曾在這麻六甲當兵。鄭和的太監兵團？荷蘭海盜？英國人殖民時大批屠殺的橡膠工人？或者曾在日軍動輒屠村姦淫婦女並放火燒成一片焦屍的現場？

白日的時候他們穿過那些熾白如沸粥之光照的古街。那些賣娘惹甜點的柑仔店，街角一家豬雜麵線妻吃得淚眼汪汪說和澎湖的漁港麵一模一樣。那些宛如澎湖、台南、鹿港的閩式建築飛簷側壁，整面豬血紅漆剝落結滿歲月風霜之磊礫。那些混血在馬來人臉容中的華人的神情。遷移者。外來者。狡猾的通商者。他們早在鄭和的寶船艦隊之前便在這個天涯海角文明之外的異域築街造鎭了。有兩間相鄰的鐵鋪，兩個鐵匠一華一巫，赤膊著就著爐膛把燒紅的鐵管用大鎚打扁成釘耙。他隨著眾人走到街尾的「青雲亭」，在當地朋友攛掇下搖了一支籤卦。籤題曰「豬八戒過糞灘」：

漸看此月中如何，過後須防未得高，改變顏色前途去，凡事必定且重勞。

第二晚的夢境裡，他和D君駕車經過童年小鎮那座中正橋的橋墩下，一開始是，D君在轉角把一個騎機車的青年撞死，連安全帽都壓扁了。他和D君棄車而逃，手插在口袋貌若無事混進一群建醮吹嗩吶打鑼鈸的老人家隊伍裡。但才過了那座橋，他便和D君被人群沖散。一個不祥的預感逐漸襲上。終於他在那有巨幅電影看板的十字路口看見一群人圍著，一層又一層。他往人群中心擠時，便聽見人們使眼色低語：「之前就是他和這人在一塊兒的……」莫非D君也被人撞死了?他愈往人群中擠便愈被那種濃稠的哀傷給窒息。他記得在這之前，在夢境中他們撞死人之前，D君即坐在駕駛座上，臉像冬天灰色的河面，眼神發直對他說：「我幹了壞事，沒有辦法解決了……」

醒來的時候，他從飯店十樓鳥瞰下面一片華人式矮屋挨擠著，晨曦中一盞一盞未滅的簷廊燈，較遠處是像這些屋厝縮小比例同樣挨擠上三寶山上的墳塚。那天下午，他氣急敗壞拖著兩個孩子走在熱氣蒸騰的「雞場街」。他的妻子和另幾個前輩正悠然在這街上其中一間古董店裡翻看著那些沉船打撈的龍泉窯，上面黏附著貝殼；一整室的醃鴨蛋缸；那些極南之境的流浪族人裡婦女一生珍藏但看去就是寒磣悲涼的錯金髮簪……；兩個孩子則輪流喊著要大便，他一臉殺氣牽著他們鑽進一極窄小門廳，寫著「HOTEL」的小店借廁所（心想大約是像台灣的九份、暖暖、頭城、南澳……這類小鎮街上總會有一間三、四層樓，破舊又骯髒的小旅舍），不想一進去別有洞天：穿過一進又一進簡直像豪華大飯店裡某一間紀念珍藏館藏藝術品的展示間，在那幢謎樣般摺藏在窄仄小門和灰撲撲小馬路的建築物裡，竟有一座綠光盈滿、宛若祕密花園的美麗庭園。疏落有致的香草樹木間置放著白漆桌椅，有一些老外愜意地坐在那兒看書。那天晚上，他和當地一些藝術家和古董收藏家坐在一間「保安宮」的廟埕前大圓桌剝著土榴槤吃，晚風習習，芬香撲鼻。他告訴他們他兒時住在台北大龍峒的阿嬤家，一旁大約不到一百公尺，也有一間「保安宮」。此地，和遙遠海洋另一邊他的島嶼，當初應該是同一批移民先祖，選了不同的航海路線，或被不同的洋流沖散？像時間被紡錘狀捶垂拉長，延展成地圖上遙遠異地卻神貌相似的移民痕跡。

第三個晚上，他夢見他的妻子跟人跑了。他像個獨居鰥夫接受著一對夫妻（S君夫婦）的照顧，這對S君夫婦的女兒是個甜美大眼睛的小女孩，他們總開玩笑地將他的大兒子和這小姑娘湊成一對。在那個憂悒的夢裡，S君開著車載送他，沿途送孩子們上學，替他到小巷裡買飯糰、豆漿或報紙，他則是徹底沉默，兩眼死灰地瞪著車窗外那愈來愈陌生的，他原來的那座城市街景。他在夢裡，捂著心臟，艱難地想起了什麼。他對前座開車的S君說：

「我想起來了……她在那座南方的南方的古城裡走著……」原來夢境作爲材料，重組著他未必經歷過的某一生、某一座城市、某一個年代。我們並非虛構或複製。未發生過的其實皆已發生。不該遺忘的卻都粗心遺忘。

別人的夢

年輕小說家寄來了一疊她的作品（將結集出書的，一疊A4白紙上橫排打字的小說），其中有一篇〈夢的練習——陷在流砂裡的城市〉，我抄錄如下：

夢見自己置身在一部看過的電影（夢中的我以爲看過了）。一部科幻電影，情節的起點在一座東正教繁複華麗的禮拜堂裡，一群圍成圓圈的俄羅斯特技演員（不知怎地，我知道那只是他們表面的身分）吩咐把大門關了，不放一個人進來。然後他們便開始浮升。他們凌空浮起至教堂巨大、鑲嵌七彩玻璃的圓形穹頂下，迴旋翻騰如在滑軟的水中流動。有人教我抗拒自體的重量，像別人一樣劃開充滿陽光、透明的空氣上升；我照做了但做得並不好，始終無法接近穹頂下優雅地懸空翻轉的人們。我發現了這一點後便失去了飄浮的能力筆直往下掉，倉皇中搆住劇院包廂一般的雕花看台。我翻身進包廂後，懸在半空中的特技演員們全停下盯住我；這才想起原來在電影裡我是被追殺的那個倒楣角色……

這個夢境（或小說）令我驚疑不已。夢裡的場景、光線、氛圍我確曾親歷其境。那將近十五年前的記憶，像在水中搓洗某種藻類植物，一遍一遍地搓洗，柔軟的條狀葉片便一縷縷暈開淡褐色的滑膩稠狀物……

（想起了什麼……）

那時我猶在讀陽明山上的那所私立大學，有一幢老舊的建築叫「大義館」，既作為理工學院的教室、實驗室或各系辦之所在；同時也是區隔了那窄小的校園空間「前院」（包括操場、籃球場、行政大樓、文學院館和一個上坡斜道）和「後院」（包括圖書館、男女生宿舍、綜合教學大樓、農學院館、創辦人墓園……）的避風雨走道。奇怪的是在那熙來攘往、挑高建築屋頂的走道，總會經過一間——不知為何被置放在此的——體操教室。

那個體操教室——毋寧更像一間堆放大型運動器材或其他雜物的貯藏室——從屋頂上方垂下一對吊環，垂懸的粗麻繩多處擰絞部位撕裂鬆綻，沾滿粉紅粉藍的粉筆灰；下方放著兩張（應該是撐竿跳用的）大型墊子；還有一張巨大的圓形彈簧床……牆沿則亂堆著覆滿粉塵的藍漆跳馬木箱，還有一些地板韻律操的呼拉圈和彩紋木槍……

大部分時間那間教室總陰暗地鎖著。有時有一些肌肉發達的男孩女孩在那裡面劈腿拉筋，拗折他們年輕的軀體。像寂靜之夜沙沙沙翻過的書頁，無意識地，習慣而心思飄遠地反覆擺弄，細部看怎麼都機械性相似的臂膀、臀部、隆起的背肌或胸肌。經過時我會混在人群裡，張著嘴蹭擠在那被白蟻蛀空的木頭門外，看著他們在一種休憩放鬆但又忍不住自負（他們全知道人們在看他們）的神情下，吊兒郎當地玩自己的身體，偶爾有一兩個裡頭最才華耀眼的，會突然賣弄兩三個讓人群「嘩」地出聲的高難度動作（譬如吊環上的突然劈拍大車輪翻轉，或彈簧床上的突然彈高一個引體側空翻旋轉）。像貴族對賤民慷慨的餽贈。

有時山上雨傾如瀑，我選修體育的輪鞋溜冰課無法到前山公園的磨石地溜冰場野放，那位大鬍子溜冰教練（這個奇怪的傢伙其實是學校後門一家叫「補給站」賣廣東粥四神湯麻油雞的小吃店老闆，但聽說他年輕時是傳奇的「白雪溜冰團」之教練）會找人借鑰匙開了那間體操教室，於是三四十個年輕男女，便在那灰撲撲的大空間裡，歪歪斜斜，踩著紅色、黑色、白色的輪靴，一群人逆時鐘繞圈子。

這是我對那個年輕女孩夢境中場景的破碎記憶，至於我為何曾在許多年前闖進一位陌生人的夢境裡？我記得馬奎斯曾在他一本短篇小說集的前言這樣寫著：「……一九七〇年代初期我在巴塞隆納五年後，有一天做了個發人深省的夢……我夢見我正在參加自己的葬禮，跟一群身穿喪服心情卻像過節的朋友一起步行。我們大家在一起似乎很快樂。尤其是我，因為這些拉丁美洲來的朋友是我最老最親密的友伴，已經好久沒見面了，我的喪亡使我有機會跟他們在一起。儀式結束後，他們開始散去，我也想走，可是其中一位朋友斷然告訴我，我的好時光已過去了。『唯有你不能走，』他說。這時候我才明白，死亡的意思就是永遠不能再跟朋友們為伍。」他甚至在一個短篇裡講述一次他目擊了一位神祕的賣夢老婦和聶魯達的相遇，他們互不相識，沒有交談。但第二天早餐時聶魯達輕描淡寫地說：「我昨夜夢見那個女人。」稍晚在同一個餐廳，賣夢老婦問馬奎斯剛剛那個和他同桌的老人是誰？他說那是偉大的聶魯達啊，老婦說：「我夢見他夢到了我。」

事情是這樣的：十多年前某一個難得乾冷未雨的冬天下午，我獨自走在大學附近美軍眷區的朝鮮薊小徑，突然一個傢伙迎面捶了我胸膛一拳。「不認識我啦？」記憶的複眼開始把跟面前這個身形瘦小面容斯文男子有關之細節召回，「啊，阿猴，」那是我少年短暫鬼混時光裡唯一曾結識的一個「眞正在混的」。事實上他根本就像法拉利跑車不軋進腳踏車車道一樣不理會我和我身邊那一票幼稚傢伙。當我們自以爲臭屁地叼根菸在桌布破洞的撞球店大聲嚷嚷和偷給我們計時灌水的老阿婆爭吵，或是著深藍短褲把制服襯衫拉出來三貼騎在其中某某的五十CC小綿羊飆過我們國中校門前自以爲囂張時，他偶爾悶不吭聲地請兩天假，回來後低調地告訴我，「只是」回故鄉北港帶幾個兄弟揹著吉他袋（裡頭藏著長武士）去別人的地盤砍一個欺負他小舅的豎仔……在我的印象裡，他是那麼地像葛林小說《布萊登棒棒糖》裡那個少年品基：聰明（後來他考上建中，一年後被退學）、殘忍、具領袖魅力，少年時代便以早熟心智深諳那個暴力化但講究某些人情義理、氣魄、造作腔勢的成人世界遊戲規則，而讓一群漢操比他強大臉貌比他猙獰的大個兒乖馴地聽命於他。

我在陽明山重遇他之時，已是個自閉在學生宿舍苦讀小說或一些亂七八糟哲學書的譫妄之徒了。像習慣暗室的眼球驟然不能適應年輕時生猛光亮的同伴。他問我現在在幹嘛？我訥訥說不出所以然。他說他「經歷了很多事」，後來考上這個爛學校的哲學系（我那時忍不住噗哧笑了出來）。少年時代的某些義氣氛圍，像電影裡那些幾十年後的企業老闆仍得向賣彩劵的輪椅小販立正行軍禮：「報告上尉，我是當年第幾排下士班長軍籍編號○五四三……」

「遇到你眞好，」他說：「我剛好要去堵一個傢伙，你陪我一道去。」

我便那樣內心忐忑想不出脫逃之辭地跟著他一路走到大義館的那間體操教室門口。在那個空闊的房間中央，一個穿著緊身韻律服的少女，腰際一條護帶，兩側用金屬釦把自己繫在兩根「V」字形的高空彈跳索（那彈力繩索用支架從兩邊屋頂拉下來），如此她便在那張大彈簧床上炫耀表演各種正常重力下人體不可能實現的動作：她借力使力，一次彈跳得比一次高，然後後轉翻兩圈、三圈；側轉蝴蝶交叉、曲膝引體旋轉……原本灰暗的舊建築裡的死空間，在記憶裡竟似從教堂拱頂的七彩玻璃垂灑下燦爛的光照。那女孩亦像用魔術抗拒自體重量地淩空浮起，「劃開充滿陽光、透明的空氣上升」……我那時心底浮現兩個聲音：一是這女孩好美——她的五官就像電視轉播上那些東歐白俄羅斯的體操美少女一般，白皙的臉龐上細細覆著一層金色的汗毛，湖泊綠的眼珠彷彿可以濾出各種多層的瞳影，睫毛陰影倒映在尖翹可愛的鼻尖——但第二個念頭讓我焦慮不祥：「這是大哥（看上）的女人吧？」

果不其然，我身旁的阿猴，聳了聳他瘦削的背脊，說：「把門關上。」那時我才發現，在這個房間原先環臂站在一旁觀看的人們——我以爲是體操隊的，原來全是我們的人——他們把門關上，朝女孩走去，完全像許多年後我讀到的一位陌生小說家的夢境中的情節一樣。

一個偶像劇的夢

那個夢裡，他的妻子似乎從不曾和他結過婚，兩人之間也沒有後來的兩個小孩，但就像在久遠時光以前的某一個神祕的選擇時刻，另一組人（另一個年輕時的他和另一個年輕時的妻）去按鍵選項進入了「另一個人生」，而後也就經歷過許多他「這個人生」未曾經歷過的事，像在長途旅行選擇了不同路線，分別開兩車的友人，竟在中途某一處休息站遇見了。

那個房間，像是圓山飯店，這樣矗立雄據在某處山顛，可以眺望城市夜景和如流金幻景一般之車河的，豪華大飯店裡，一個類似婚禮新娘休息間或某一個精品皮包店（或鞋店）的倉庫，因爲裡頭零亂堆放著一些印了古馳、LV、香奈兒……等名牌圖徽的硬殼紙盒，且總是有人在一種忙碌紛亂的氣氛下推門進出。在夢裡，他和他的妻子，雖沒有結婚，但卻像一對同居許多年，感情已進入中年期那種像偎蹭在一塊的海豹那樣，溫和，鮮有刺激和創意，但又慣性賴在一起的狀態。或者是，像偶像劇裡演的，兩個沉默的悶人，像兄妹一樣住在一起，彼此喜歡對方，卻沒有一個肯先開口，還做出幫對方介紹男女朋友這樣的蠢事……在夢裡，兩人竟然像演一齣「眞實裡他們原該是什麼樣子」的戲，卻因一開始劇本就漏掉最重要的一個設計──結婚，使得作爲夢中演員的他們倆，像太空艙裡的飄浮畫面，也糊里糊塗、相親相愛過了這麼多年（和眞實裡一般，兩人都年近四十歲了），身體裡像吃了數十年泡麵累聚之防腐劑般，屯積著一種靜靜的、生活的痕跡。一種亦悲亦喜，亦哀亦樂的「當下」之感。窗外的車潮之光河如攝影之延長曝光，所有的速度都被混淌成一條流動的整體。

他在夢裡像個儻懶的頓悟之人，那樣對妻子（在夢裡並不是）說：

「……我想明白了。這個假期結束，我們將要分開，我們不是一直在做幫對方介紹情人這樣的事嗎？但我剛剛在想：也許我們這樣分開之後，就會有別的男人追求妳，而你們終於變成戀人在一塊這樣的事發生。但我發現我完全無法忍受『妳和另一個男人睡覺』這件事……我發現我已經從身體的慣性而非概念上，不能忍受這樣的事。那是不是長久以來我一直忘了一件最重要的事：我們不是應該結婚嗎？我的身體和妳的身體，不正是一對結婚多年的夫妻才該有的感情記憶嗎？」於是夢裡的他竟裝瘋賣傻地在那倉庫般的房間向他的妻子跪下求婚。他注意到女人的側臉隱隱牽動著一些不同部位的細紋暗影，像河流裡不同地段的小漩渦小暗流匯聚一塊。他知道她非常感動且開心他剛剛的告白。似乎她從許多年前就在等著他這個笨蛋開口求婚了。

夢中的妻子，是那麼美麗，即使她已經不年輕了，但她隱匿在衣裝下的某種近似無香精手工肥皂的香味，似乎祕密宣告著這個身體已臻女人一生最成熟性感的時刻。好幾個夜晚，他和她身體相銜，兩人皆停止擺動，像擱淺在海灘上的兩隻海豚，激情不再，他既感傷又讚嘆地看著她妻子光滑精巧的臀腰蜿蜒至大腿，像月夜下的沙丘，不為人知地一波一波款款改變著起伏稜線。

在那夢中場景，那些堆疊成鐘乳岩柱效果的紙箱，使得惟一一扇門湧進這暗室裡的光，造成一種迂迴深邃之洞穴印象，那個倉貯室房間的角落，靠坐著一位瘦削的禿髮男子，他從他一半浮在光中一半沒入暗影的濃妝之臉認出那不是那位知名的默劇演員金士傑嗎？他在他的夢裡像剛從舞台上扮演一個傀儡小丑而退場下來的休憩狀態，妝只卸了一部分，髮套摘掉，鼻上的大紅球也拿掉，誇張的唇形口紅也塗掉，但眼線上的星芒仍留著，於是帶有一種中年男人躲在角落掉淚的寂寥氣氛。但他發現這個金士傑帶著一種手腳關節皆像螺絲鬆脫的甩盪散晃節奏，不斷點著頭，似乎對他剛剛對妻子的愛之告白，表達一種熱情的贊同。

他這才想起，這個中年默劇演員，不正是眞實世界裡，他那個才三歲的，患了「關節鬆脫症」的次子嗎？他怎麼以這形貌出現在這房間？難道這是他「未來的模樣」嗎？或是像那些「回到未來」類型的好萊塢科幻片情節：那個後來沒有驚人成就的兒子，為了扭轉自己虛無且乏善可陳的一生，於是搭時光倒流機回到他父母初識初戀的那個年代，在一旁心急如焚地擔憂他父親竟錯過那無比僥倖，一晃即逝的向他母親求愛的時刻（否則就沒有他）？

女人，夢中的妻子，以一種甜蜜，但深刻體會時光已縱逝的感慨口吻說：「哪有那麼容易的事（你居然到現在才想起要娶我）？如果這是一個正式的求婚，你至少要送我二十個LV

皮包。」

於是，像舞台劇的換場，光線全暗，摸黑中依稀聽見演員們屏息踮足在搬撤那些道具布景。下一個場景（燈光復大亮之時），是他和妻子搭著一輛那種機場專用，底盤很低，兩側皆有極寬敞之氣閥開關門，座位極少所以乘客皆站立的接駁巴士。雖然是這樣一台巴士，但窗外流逝的街景顯示他們正搭著這輛車疾駛在一條省級公路上。他站在右側這邊的門邊，心裡不無疲憊且憂心地扳指盤算著二十個LV皮包要多少錢哪……櫻桃包、醫生包、山羊皮包、櫻花包、黑色鑲金包、馬鞍包……

隔著擁擠的人群，他的妻子和她的幾個貴婦姊妹淘（她們的年紀都比她輕）是湊靠在車體另一側的氣閥門邊，他知道她此刻正難掩幸福與虛榮地，和她們嘰嘰喳喳拿著那些有著各種流行款式型錄的豪華雜誌在討論著，他聽見她們其中一人起鬨地對他妻子說：「叫他送這個……叫他送這個……」似乎是跨頁廣告上一只戴在一位全裸的黑人名模手指上的蒂芬妮五克拉美鑽。他心底難免爲他妻子在她們之間的灰撲撲和窘蹙感到慘然。以她的人品姿色，本或不該在他這樣的男人身上耗費那麼多年青春的……

車停了再開，下去了一些人，於是車內變得空闊疏落，他注意到這一側的車門邊只剩下她妻子獨自一個。那些一身華服的姊妹淘們都下車了？他的妻子變回一個周身像塗上一層灰色調螢光漆的疲憊上班族。她手扶著立桿蹲了下去，臉上帶著微笑，若有所思，似乎忘了他也正在同一輛車上，且就在另一側目光灼灼地望著她。他幾乎可以從她這樣蹲踞著將全身重量撐在那穿著細高跟鞋的足踝上之姿勢，感受到她那接近崩潰的疲累。那一刻她像一隻被他遺棄多年的犬或馬匹，似乎那不可逆的，細碎流去的等待時光已使她動物性地在自己的體內，長出一種孤獨不可侵犯的，也許只是單純爲了消磨時光的雕塑神情。

女人變換了幾個姿勢，似乎皆不甚舒適，最後她選擇了把背部的重心抵靠在那氣閥門的中央。車子像夢遊般搖晃著，他想開口提醒她什麼，但那車門竟像一件棕櫚葉編束的簑衣那樣撕裂開來，他的妻子在那一瞬像高台跳水選手在跳板上拗身屈體的準備動作，一晃眼就背朝後翻跌出去。巴士司機尚未察覺，車子繼續行駛，「啊……」他的嘴張大成一個窟窿，聲音被一種膠狀的稠液凍結住，他像個老婦那樣用力拍打車門，「請停車，求求你停車，我的妻子掉下去了……」其他的乘客也發出一種一整缸的彈塗魚陷入集體恐慌的嗡嗡哇哇的金屬低鳴……

車停了下來，他跳下車，那恰正在一座大橋上，遠遠地，他的妻子仰臥在路面正中央。兩側橘色的強光路燈把這一幕景象照得如夢似幻，彷彿在未來之境。

祕境

保羅．奧斯特（Paul Auster）的小說《在地圖結束的地方》，敘述一條能聽懂人言的老狗，在牠相依為命的主人（一個曾住過精神病院的街頭流浪漢，一個「引擎出毛病」的秀逗詩人）死去後，孑然飄零穿過人類居住的城市（公園的惡童、馬路的車陣、噴泉雕像下即使餓得頭昏也撲抓不到的鴿群，或是傳說中嗜迷香肉料理的中國餐館），進行一場「把腔體內的油料燒乾為止」，朝著世界盡頭奔跑的大冒險。這樣一個故事，純淨而透明，受到像魯西迪、翁達傑這些小說大家極崇高之評價，但憑良心說，那不是一本讓人駭異驚訝、奇觀妄想的「大小說」，某部分來說它甚至可以視為一個溫暖、處理「異鄉人」疲憊又孤獨心境的短篇小說（馬奎斯就曾在一個短篇〈瑪麗亞姑娘〉裡，寫一個孤單老婦在將死前訓練她的狗兩件事：一是流淚哭泣；一是從他們的公寓按一定街道動線獨自走到她的墓地——如此她死後就不會連個替她哭墳的朋友都沒有）。不過小說中有個段落，讀了讓人心中一凜。

那是寫到牠的主人（叫威利，全名威廉．苦力維奇）年輕時的一段往事，他正處在腦袋被毒品和酗酒摧毀之際，剛從瘋人院回到他母親的公寓。那個晚上（凌晨兩點半），威利歇在沙發上，一包幸福菸一瓶波本酒、一隻眼角瞄著電視。奧斯特這樣寫道：「他並非對螢幕的影像特別感興趣，而是欣賞電視背後眞空管發出的嗡嗡聲和閃閃的亮光，那些投射在牆上的藍灰色陰影令他感到舒坦。……大部分時間都給了那些代表突破性的神奇產品：永不生鏽的刀，永不燒壞的燈泡，止禿的祕方生髮水。瞎扯瞎扯瞎扯……」

這時，小說突然出現這樣的景象（那就像，十多年前深夜電影院看奇士勞斯基的《雙面維若妮卡》，開演十五分鐘，正打著瞌睡，突然咚一下，什麼？女主角——而且那是一部沒有男主角的戲——就那麼死掉了）：

> ……就在他準備起身關電視的時候，上了新的廣告片，聖誕老人從某一家的壁爐裡冒出來……對那些專門裝扮成聖誕老人的演員威利看得太多了。可是這個特別好——一個圓滾滾的傢伙，紅潤的臉頰，貨眞價實的白鬍子。威利停下來看著誇張的開場白，原以爲鐵定又是什麼毛毯洗潔精或是防盜鈴之類的東西，不料聖誕老人吐出改變他命運的一番話。
>
> 「威廉．苦力維奇，」聖誕老人說。「沒錯，紐約市布魯克林區的威廉．苦力維奇，我就是在跟你說話。」

坐在資本主義跨國工業龐大網絡指狀分枝的末端，通常是一個封閉的公寓房間，一張癡呆的臉，一台藍紫光跳閃的電視。電視機裡的某個卡通人物、典型人物、新聞主播，突然，突然就對著你（只對你噢），無比清晰地叫你的名字，原先那些時間流，那些像塵蟎或超商食品中的防腐劑穿流過你的眼睛腦袋耳朵的垃圾資訊、災難新聞、廣告或地球上的哪個國家又在試射核導彈、哪個王室的太子妃得了憂鬱症這種種一切，突然就靜止下來。「那些都是壁紙。」對於熟看第四台頻道好萊塢舊片的人們來說，這樣的聖靈啓示時刻或也不過是老套了：阿諾不是也曾從電影銀幕跑下來和獨自坐在深夜電影院的小男孩說話？基努・李維不是不只一次被吸進那個擬像世界的窗洞，成爲拯救外面這個世界的救世主？連港片《金雞》都有這麼一段：電視裡的「閃亮王子」劉德華親身示範，教爲經濟大蕭條所苦的野雞如何「愉快、幸福、眞誠的叫床」，因爲那樣才能「救香港」；或是村上春樹小說裡，那個扁平剪紙人Johnny Walker，成了砍貓頭享受激爽樂趣的變態殺人魔……

這些那些。

不過，讀到那個段落（聖誕老人在電視機裡面對著那個孤寂且懷疑自己是否又出現吸毒後遺症之幻覺的傢伙說：「我就是在跟你說話。」），讓我無比懷舊又嗒然愣想的，倒不是從那些異次元通道推門跑出來的，究竟是哪些怪里怪氣的傢伙；而是不同時期生命裡，某個停頓時刻，本來你混雜在那群歡譁無憂的同伴裡，對你「正在進行的這個生活」之外的世界缺乏想像力。說不上好或不好。你在某一個群體被視爲怪胎或異類，很自然地就會在另一個群體得到補償大受歡迎，就是這麼回事，你不會變成眞正的孤獨者。

直到，那個停頓時刻出現。譬如說：大學時期有一段時光，我和人渣室友W共同迷上了電動玩具店裡擺放的拉Bar檯（俗稱水果盤、小蜜蜂或芭樂檯），當然以那個年代的窮學生來說，或某種膽怯拘謹的氣氛，我們不可能玩到傾家蕩產（一如我們對性充滿狂想，罪惡感和從無實踐力的不幸處境）。那年的聖誕夜，我們滿懷綺想、嫉妒與苦澀的複雜情感，跑到東區大街，混身在那些成群結伴，穿著時髦衣裳的男孩女孩之間閒蕩。我們漫無目的走了一個晚上，經過那些用投影燈打光某件奇幻精品的櫥窗、掛著小燈泡串的行道樹，或是教堂門口戴了聖誕老人帽的一群唱詩班女孩……但是想像中的豔遇始終沒有出現。後來不知怎麼兩人便鑽進一條小巷裡的拉Bar檯店，在那一旁水溝倒滿了麵攤廚餘的餿水臭味中，叮叮噹噹對著一台像教堂彩繪玻璃窗一般的小機器，丟進我們口袋裡能掏出的，兩個年輕人全部的夢想、憤怒和沮喪。

待我們離開那間暗巷中的小店，發現兩人已輸光之後一個月全部的生活費（約一萬多塊吧）。兩張眼鏡充滿霧氣、想殺人的臉。「這眞是最雞巴的一個聖誕夜！」分手各自回家前我和W相約「再玩這玩意兒就切手指」（當然後來我們皆瞞著對方，獨自溜進Bar檯店玩了好一段時日），坐在末班公車上，突然從黑色的車窗玻璃上看見自己的側臉，那張臉，醜陋而猙獰，像一個剛從商店偷藏了東西在外套裡的老人。「我將會這樣平庸而窮困地過完一輩子啦。」那時在心底哀嚎著。

另一次是，幾個月前帶著妻小到花蓮旅遊，寄宿飯店的地下樓是一間擺設了撞球檯、桌球桌、碰碰車、兒童球池，還有兩排投幣式電動玩具（天哪，多麼復古，時光踟躕的靜物博物館，有「雷電」、第六、七代的「快打旋風」，還有「麻將學園」）的遊樂中心。妻子體貼地讓我換了一疊代幣，坐在那些老舊電玩前「重溫單身漢時光舊夢」；她自己帶著兩個孩子跑去玩一種「迷你保齡球」：那是一個具體而微，但球道、球瓶和投擲的球皆比正式保齡球縮小至約四分之一的大型遊戲機具。

但是我很快就「死光」了。戰機墜毀，格鬥勇士被擊倒躺在地上，代幣三兩下就用盡（我老了）。若無其事地走到妻兒的身後，看著兩隻小獸穿著襪子咯咯笑著，像抱著鴕鳥蛋跑到球道極靠近終點球瓶處，摔摔跌跌把球拋出。妻在球道的這一頭笑著喝叱他們，我靜靜望著那像透視法則消失點的黑洞，上方的機器把殘餘未倒的球瓶懸吊起再放下。（這個晚上的枕邊故事是：爸爸和你們一起，不小心和那個保齡球滑倒滾進那個黑洞裡。啊，一直掉下去掉下去。最後發現那裡面是個「地底世界」。有一個很大的湖泊，可以看見許多樹木的倒影，卻沒有那些樹木。噢那是個倒影的世界。我們牽著手，爸爸變成小孩，你們變成老人。所有的東西都要從那湖裡才看得見，湖面上方見得到煙火（看不到炮竹）、飛行中的蝴蝶（牠一停下就看不到），或是斑馬的黑白條紋（看不到斑馬）……。我們就在這個「從保齡球黑洞掉下去的世界」展開一場大冒險咯……）

那時，我發現在那排電動玩具機具的側旁，在兩台烏茲衝鋒槍射殺恐怖分子解救人質的遊戲機的後面，放著一台拉 Bar 機（《似曾相識》的電影主題曲響起）。我像盯住一隻隨時會受驚飛走的鵲鳥，躡著腳步走去櫃檯換錢。踅回機器前，顫抖地（時光的重量），投下一枚硬幣，像是有人自十多年前那個悲慘的聖誕夜將一筆欠款從時光隧道送來。事情還沒開始便出現了爆炸性的高潮。哐啷哐啷停不下來的落幣聲。包括在保齡球道的妻和孩子、換幣檯的打工女孩，還有靜夜旅館百無聊賴來此的寥寥三、四個房客，全驚奇地望著我這邊。

我喃喃地說：「我拉中 Bar 了……五十倍……」

駭客任務

K君告訴我一個新聞，他說占報紙版面小小的一塊，很容易讓人翻過便忘記的孤立事件。事件本身當然是個悲劇，但又有些乖誕，有些魔幻，有些對當事人動機的難以揣摩，所以讓他一直為這個小小新聞所迷惑纏擾。主要是，故事中的男主角，說起來算是我們共同的學弟。事情是這樣的：這個大學生（報紙上簡單交待了他的家世良好，父親是位醫生，他在班上的成績極優，才華洋溢且人緣頗佳）在大年初一的深夜，獨自一人帶著繩梯到天母的大葉高島屋攀爬，結果或因天冷手滑不慎自六樓高處墜落摔死。他的屍體是到第二天（大年初二）的上午才被百貨公司的警衛發現。據說他的家人對他的身亡事故態度非常低調，他們提出的動機揣測是「這孩子受到電影《駭客任務》的影響，可能是基於模仿電影中的某些特技動作，才會想出這個夜闖百貨公司高空攀爬的奇怪念頭」。警方也排除了偷竊動機的可能。惟一的家屬提出的小小質疑——這個大男孩是否是在百貨公司警衛的追逐下失足墜樓？——也在公司方面調出當夜監視錄影帶後證明整個摔落過程全是在獨自一人且自由意志的狀態下發生。（我問K君：真的嗎？那個攝影機真的清晰拍攝下他在空曠無人的百貨公司樓層間攀爬的寂寞畫面？然後記錄了他失手滑脫繩梯的那一瞬？K君告訴我，他所說的，也就是從報上看到的幾個簡潔的陳述，沒有更多的細節。）

後來我才知道：K君從未去過大葉高島屋。所以他根據那則新聞的轉述，把整個事件說得像是發生在一幢建築物外面的牆面上，像那些高樓攀岩特技專家一般，在高空樓層的窗台、水管、遮雨篷簷或廣告看版這些突出物間徒手攀爬，然後失手，摔落。

等一等。我打斷他。等一等。攀爬？報上有沒有線索說他摔落時，是正由六樓往上爬？還是從六樓往下降的過程？

什麼意思？K君沒弄懂我的問題。

你說他帶了一個繩梯（而且據說那繩梯極可能是他們戲劇系上學期公演時，道具組製作，演出後丟在道具間的）？所以他必須先跑到一個更高的樓層，掛好繩梯，垂吊下來，然後一種可能是自那高點攀爬繩梯進行下降的動作；另一種可能是回到地面（那繩梯必須很長），自下往上進行攀爬的動作……

哦。報紙說，他是摔落在地下樓的一個大型水族箱旁……

像是電腦3D動畫繪圖，局部的輪廓、建材、獨立的視覺縱深、曾經無意識走過的角落……從四面八方飄浮飛來，在我腦中快速疊架重組了一幢建築物的環場全景。那是我熟之不能再熟的一家百貨公司，有近七個月的時間，我每天，後來慢慢變成一週三次，一週兩次，開著車，帶我的大兒子從深坑到石牌的榮總，去探視初中風住院的父親。那是一趟灰暗漫長的旅途。回程時我總會繞進大葉高島屋，帶孩子到一樓的地下美食街用餐，有時奢侈一些帶他到四樓的兒童餐廳吃米飯上用番茄醬畫上 **Hello Kitty** 臉的快樂兒童餐。然後我會讓他在那些擺設了什麼爬梯企鵝、遙控機器人、數字貼布、班恩傑尼的木頭軌道和火車、組合積木球或電腦遊戲教學……各式各樣玩具的玻璃櫃間，欣羨又貪婪地穿繞。我會投幣讓他乘坐那種電動搖晃的狗狗車或小蜜蜂，然後帶他到地下一樓的巨大水族箱前看那些孤寂的絢麗的洄游魚群。我總沒法說出那些妖艷熱帶魚群的完整學名，有一次我們恰好遇見百貨公司的水族餵食秀，在喜多郎的科幻神祕配樂下，一男一女兩個穿著螢光橘潛水衣的表演者，各自拿著一棵大白菜在玻璃櫃裡的石礁間梭游，那些大小魚族們像中蠱的蝴蝶追在他們身後。那樣的圖景眞是奢侈。許多的父親把他們的小男孩或小女孩跨舉在自己的脖子上，他們便騎在自己父親的上方驚喜地尖叫。我便也學樣把我的孩子舉在後腦勺上。似乎爲了讓他輸人不輸陣也能在制高處看見那螢光人在巨大的水櫃裡被一群飄逸彩色的生物追逐的演出。那次不知是因長久來壓抑著，帶那孩子鑽進父親癱躺的灰黯病房場景，眼睛突然被其實是資本主義情調極致的華麗畫面（巨大的室內水族箱、在水中漂泳的螢光人體、藍色的搖晃水光、那些原該在海洋裡的陌生族類）刺痛；或僅出於一種置身人群中的自憐自艾與滑稽感，我竟那樣扛著孩子（和其他許多扛著孩子的父親一樣），不爭氣抽抽答答地哭了起來。

那個百貨公司我熟之不能再熟。環繞建築物外圈的迴旋車道，一到四樓是百貨公司，五樓以上一直到十一樓都是停車場。耳邊似乎仍浮現車胎在上坡迴繞時的嘰乖磨擦聲。我告訴K君，這棟建築物基本上最初的設計根本是一個大型的室內立體停車場。據說當初還爲了建物使用證照的問題和市政府有過抗爭（到底是百貨公司還是停車場？）。我仔細地對K君描述那個建築物：我說那其實像是一個中央整個貫通的大煙囪。你只要有辦法侵入到建築物上方的那些高樓層的停車場，朝內部那個超大天井下望，甚至使用垂降繩索或相關器材（電影上演的那些東西），就可能可以在一無人時刻潛進建築物底部（地下一樓到四樓）的百貨公司了。

我不知道我有沒有稍稍闖進那個孤獨攀爬，失足摔死的天才戲劇系學生的異想世界。駭客任務？我幾乎可以精密地對著K君重建那個潛入、攀爬、然後墜樓的事件現場。他一定是從一、二樓之間的某個缺口鑽進那個迴旋上升的車道陡坡，然後沿著車道到達五樓以上的停車場樓層（你說他是從六樓墜落的是吧？），再自那個巨大天井的側沿壁向下垂降（像電影裡演的那些一邊蹬牆懸盪一邊抓繩索下降的特種部隊）。K君在此提出質疑：他認爲夜間的百貨公司作爲一隔阻任何外人入侵的封閉整體，他們不會那麼笨任令停車場車道成爲侵入的缺口，他們一定會用鐵捲門將大樓各處通道及入口封住。惟一的可能是他自外壁攀爬至這棟大樓的最高點——以一座超大煙囪來想像——最高點是這個建築惟一內外互通之處，所以他極可能是經過一場十幾層樓的大樓徒手攀岩，然後在最頂點將他揹的那一大團繩梯自內部天井垂掛，終於在第六樓的懸掛擺盪處力氣耗盡；或那已是繩梯末端，他卻沒算好懸盪的距離……

動機呢？我和K君皆陷入漫長的沉默。這個荒誕孤獨的狂歡行動讓我們放棄百貨公司內有任何俗世之珠寶鑽石值得令他瘋魔。那麼，那是一次無人觀賞的獨幕劇演出？是一個空闊空間垂直下降的身體實踐？或是一種，輕易以一人之力，用最原始方式闖入一座現代性資本主義象徵的巨大建築內的狂人意志？

我們嗒然靜默，因爲各自想起年輕時亦曾有過的、同樣瘋狂、精密、專注策畫，但終於沒能實踐的謎一般的「駭客任務」。

荒敗的海水浴場

那是一個廢棄的海水浴場。原本作爲收票入口的門面和售票窗洞拉下鏽跡斑斑的鐵捲門，可見荒置已久。隔著一條馬路的停車場上零亂停著幾輛小發財或家庭休旅車，綻破的柏油路面上冒出一叢一叢雜草，乍看像個廢棄車處理廠。一汪一汪浮著黑油的污水盤聚著蒼蠅。一旁倒有條小徑通往海邊，有一些大學生模樣的情侶騎著機車顛跳著騎進去，那使得原先的那座收票匣口像一面孤伶伶的、整座城皆已化作灰塵的城門牆面。

小徑路口的老雜貨鋪賣著汽水、枝仔冰、茶葉蛋和色彩鮮艷卡通造型的泳圈。一個老人家躺在竹躺椅上用蒲扇趕蚊蚋，他頭上懸吊的鐵皮招牌：「沖水三十元」恰與地方派出所在那頹敗收票口旁的灌木叢邊插上的木板告示：「本海水浴場已停止開放本段海灘屬危險海流區禁止戲水游泳如有意外請自行負責。」形成一種會心、賴皮，但不那麼張狂的嘲諷。

那條小沙徑略往裡走，右手邊是一座正在整修中的馬場。鐵絲網圈圍著，裡頭有一台堆土機在整地，沙塵漫飛中仍有騎師在訓練一兩匹無精打采的馬走基本步。遠遠地熱浪流動的光影像印象畫派可見一排朦朧不眞的馬廏和裡頭一顆顆超現實的馬頭。有一隻小黑狗歡快地追逐著在那小徑上來去的人群：從牠的視角看，那可能是一雙雙蒼白、滴著水沾著沙粒，直矗移動的腿。牠用心彈跳騰空，用細細軟軟的乳齒輕咬著那些人的手指。

小孩們尖叫著，年輕女孩尖叫著，有人從背包裡找出麵包撕成屑粒遠拋餵食，那使得那隻小黑狗像這個荒敗廢棄海灘逗耍取樂大家的流浪藝人。

待翻過這個緩坡的最高點，橫陳而下是一整片泥土化的淺褐色沙灘，和更遠一些，灰濛濛無任何折光的陰鬱海洋。天色漸暗，這個廢棄的海水浴場簡直像個啓用不久的大型垃圾掩埋場。成聚成堆的鮮艷鋁罐、塑膠袋、鞋子、碎木炭、紙便當盒沿著沙灘的稜線起伏散布著，在夕照中晶晶發亮著，像極這醜陋荒地的掌紋。男人穿著泳褲，女人穿著比基尼，還有小獸般的小孩，委屈而湊興地對前後左右的垃圾視而不見，站在反覆來回的漲潮線上，踩著那可能也髒污了的海水的白泡沫。

海灘靠近馬場這邊半沙半岩的陡坡，莫名其妙矗立著三枝巨大的，表面皆朽爛而深刻露出木材肌理的木樁，非常像當初釘死耶穌和另兩個盜賊的刑具。

這樣髒污、被放棄而任其愈漸醜惡的海灘，我還是像其他的父親一樣，趁著天光未暗下來，帶著兩個孩子半泅半坐地把身子浸在那溫溫、濁濁的海水裡。或許是心理作用，那海水沖激包圍身體時，毛孔或皮膚的直覺像泡在一缸許多人泡剩的、漂污浮垢的洗澡水裡。但那是我試圖喚起孩子們對海灘的想像，或我童年時母親帶我們去海邊玩耍的回憶？

有沙灘。孩子們小腳在沙灘上寫著注音符號，咯咯笑著任潮水將那些凹溝覆沒，塡上濕軟新沙。但沙灘上竟沒有一枚貝殼。沒有寄居蟹。來回沖刷的海水也看不見任何小魚或海星陽隧足。

沒有海蟑螂。沒有任何的生物。除了一些孩子僥倖撈到，枯褐色不知是死是活的海草。海灘上，有一個理著山本頭，膚色黝黑，穿著夏威夷衫的中年男人，駕著一輛沙灘摩托車，把挨聚的穿著泳裝的人體們當作障礙賽的道具，在人群間高速穿梭著，險象環生（因爲有許多初學走路，蹣跚脫離父母幾步之遙在沙灘晃走的小孩）。沒有任何人向這個駕駛著機械怪獸的男子抗議。如果此時有飛機空拍圖，就會發現這個沙灘上，一撮垃圾，一撮人體，一撮垃圾，一撮人體，然後在它們之間，有一個高速移動的小黑點，替它們畫下網絡狀的兩條平行線輪胎痕。

在我們不遠處，有一對新郎新娘在拍婚紗照。新娘的白紗小禮服後面還加了一雙可愛的天鵝翅膀，但她整身全被水浸溼了，身軀畢現。新郎則是一個迢迢仔模樣的年輕人，他並非穿著一般這種婚紗照裡男人總像傻B般一身僵硬的白西裝，而是極性感袒露胸膛穿著一件也被水沖溼的緊身絲襯衫。後來我發現我弄錯了。他們不是在拍婚紗照！攝影師拿的是一台半大不小的DV。導演要男女主角在那髒污的海潮裡做出各種親密煽情的動作。

「操他媽的我們竟撞見人家拍R片的在出外景！」我驚奇地對妻子說。

後來我們拿出一個之前在一家叫「黑店」的餐廳買的排骨便當讓兩個孩子分食。大約是傍晚這樣露著肚子吹海風著了涼，我的小兒子吃了沒幾口便嘔吐了。背後是愈漸灰濛的海景，我看著那小人兒垂頭發愣地站在那灘自己的嘔吐物前，心裡說不出的淒涼。我用腳踢沙土把穢物埋了，覺得離去前的這個動作竟戲劇性地和這整片被粗暴傷害的海灘何其相稱。

走回來時小徑，馬場的背面有一排胡亂湊搭的鐵皮屋棚淋浴間，亦分男女，沖洗一次三十元。我進去沖了。妻不進去，向老闆（我發現他即是那駕沙灘摩托在人群間撒野飆車的男子）借了外頭一水龍頭連橡皮管替孩子們沖了沖腳，一人一次十元。後來那一夥拍片的人也上來了，女主角從頭髮到羽翼白紗一身濕，且衣服全泡成了髒灰色，這證明了我之前認為海水不乾淨並非神經質。老闆換了一種殷勤而調戲的口吻：「來，美女到這邊沖，帥哥到另一邊，帥哥要收三十塊喔，美女免費……」女人的臉削瘦年輕，帶著一種說不出原因的風塵味。她叼著根菸，裹著一條大浴巾發抖著，由兩三個工作人員圍著用紙巾擦著髮梢上的水。她的臉在黃昏的暗影中停止在一種職業演員下戲後目空一切的倨傲和空白，那使得她，有那一瞬，在這放眼四顧一片凋敝殘敗的廢棄海水浴場，竟有一種大明星的風華與架勢哪。

黃昏月台

某一天黃昏，我獨自搭乘火車到中壢。我想或是這個時刻搭乘台鐵必然會組合成某種哀愁情緒的元素：車廂內東倒西歪靠睡在空位甚多的座椅上的人們，窗外時而過站不停的某些小站月台上已沒入黯黑中的人影，機關車偶爾輕鳴一聲像法國號那樣銅管共振的警告喇叭，或是車輪高速輾過鐵軌接縫時，一種單調重複的擊鼓節奏……在這樣高速移動，你與周圍之人卻共處於一晃動的停頓時刻。一種所有人周身皆釉燒上一層肉眼難見的、薄金色的疲憊光膜。那時似乎正在離開著什麼，但記憶裡的什麼卻又都回來了。

躂下火車，我忍不住在那說不清楚空氣中飄晃著什麼氣味的孤立月台站立不動。我的火車滑行離站，原先和我一道下車的人們零落朝通往車站前門或後門的地下道走去。月台另一側則像田圳旁單隻單隻排列的鷺鷥，等候反向列車的一個個人影。我掏出菸來，充滿興味地抽著，有許多年沒在這樣的光景（冬日黃昏？沒帶妻兒獨自一人？）站在這樣浮凸於地面上的水泥月台上了。冷風颼颼，空氣極乾爽。我想起那空氣中近乎柴魚或甘納豆那種淡薄微甜的氣味，或是青少年時光，偶爾這樣大膽搭著火車，在天黑時於一陌生火車站下車的記憶幻覺。

鐵道另一側以一排樹籬和鐵絲網遮蔽的那頭，是一幢一幢高矮參差卻同樣流晃著霓虹招牌燈的各種旖旎豔麗名字的 hotel。

那樣的心情難以形容。我如今已是一年近四十的爲人父者。這些年爲了帶兩個孩子各處玩耍，來者不拒地接下各個城市任何單位、學校的演講邀約或文學獎評審，無非貪圖那免費住宿和折爲旅資的微薄酬勞。但我總是自己開車，極遠的高雄或台東則單獨前往，搭飛機一日來回。

這樣的「鐵路迢迢」獨自搭火車，怕也是近二十年前的事了。

突然想起關於「中壢」的上一次印象，竟是在大約五、六歲時，父親帶著我們一家搭火車到這個小城來找朋友。那時的中壢或是一荒涼小鎮吧。我什麼都不記得了。只記得搭乘的慢車是那種座椅貼靠在車廂兩側，乘客們排排坐瞪著對位亦是一排的別人。我記得我們拜訪的那位叔叔住在一個眷村裡（但我的印象怎麼更近似一座軍營？），大人們喝茶嗑瓜子的辰光，我們一干孩童便溜去附近那似乎在烈陽下妖幻綠光草坪間，一幢幢無人居住但牆壁皆漆上迷彩的廢棄空屋間冒險。我記得我們爬上了其中一幢房子的屋頂，然後不知道哪個小孩起的頭，包括我哥哥在內所有的小朋友皆像企鵝列隊跳進冰帽裂洞下的海洋，那樣一個接一個跳下去。

最後那個屋頂上只剩下我一個。我是那裡面最小的孩子，包括我哥哥，所有的男孩們全變成遙遠草坪上的小人兒，仰著頭招手說服我也跳下去。「很低啦，不會怎樣啦！」但我一會兒蹲下，一會兒深呼吸，就是不敢跳。他們身後的草地上，散置著一些廢棄輪胎，和一扇被打碎玻璃的木框窗。他們說盡了各種哄勸打氣或是羞辱激將的話，我仍是腿軟不敢跳下去。

眼前的這個中壢，卻是一片燈火通明，似乎比記憶中童年隨著父親搭火車，而後從火車站走出時第一時刻灰濛濛印在腦海之城市印象的台中、台南、高雄都更像一座大城。後來那位叔叔在我結婚前一個月過世了。我記得我也是在這樣一個冬日黃昏自個帶著一盒雞精去三軍總醫院探望他。他得的是食道癌，醫生切除了食道後直接把他的胃提到喉管下。那時我疑惑地想：人體的胸腔裡怎麼擠得下一只胃呢？我記得他非常嘴饞，也許其實醫師不准他進食？但我坐在那光線暗下人影逐漸朦朧的軍醫院六人病房裡，看著他像個小孩，一罐喝光再開一罐，用吸管咂咂有味地吸著那小玻璃瓶裡的雞精……

後來父親也過世了。

前一陣子，母親決定將父親的藏書大部分捐給佛光大學的圖書館。母親要我回去挑我要留下的。永和老家的客廳、走道、餐廳、父親的臥室、閣樓，全是父親留下的一玻璃櫃一玻璃櫃藏書，我押住整套《筆記小說大觀》說不准捐，《古今圖書集成》不准捐、《道藏》不准捐、《十三經》不准捐、《六十種曲》不准捐，一整櫃熊十力、牟宗三、唐君毅、方東美、錢穆、徐復觀……的新儒家哲學書不准捐；《清詩話》、《宋明理學》、《宋人箚記》、《新學僞經考》、《管錐篇》、《江西詩派》、《全唐文紀事》、《金史》、《宋史》……

我抽著一落落想留下的函裝書，心裡卻浮躁起來，媽的，這些書，我這輩子會去讀它們嗎？我忿忿地跑去院子抽菸。院子玄關、客廳都堆著一紙箱一紙箱哥哥已打包好的書。我說：算了，都捐出去了吧，愈揀愈花，每一本都捨不得了。

母親大約以為我對她捐書這事帶著怨怪之意，竟在那些書堆陣中啜泣起來：

「我也很捨不得……這都是你爸爸一輩子的收藏啊……」

母親說，她在閣樓上整理父親那些積滿灰塵的文件堆時，發現有一大落東西，是我猶在念大學或研究所時期，偶爾有幾篇小說被刊載在報紙副刊，總共大約十來篇吧，每一篇，父親皆影印了一百份堆在那裡。

「也不曉得他打算把那些東西拿去分送給誰看？」家裡沒有人知道這件事。大約是父親晚年，獨自一人待在那空盪盪的老屋裡，每見我有文章上報，便一瘸一瘸（開心地）拿著報紙，走到巷口的 7-11 去影印。我想像著自己那幼稚殘忍的故事被壓在影印機的鏡面上，強烈的閃光一次一次重複刷印著……

他總是在收藏。而我們總是慌亂煩躁地清空那些堆積著灰塵、蛀蟲的無用之物。

我站在那月台上又抽了好幾根菸。後來又有幾班列車進站、離站，陸續一些下車的人們經過我，走進那地下道。這之間我的手機響了幾次，主要是邀我來此講演的聯絡學生著急地問我人到了沒？是不是迷路了？現場同學已經坐滿了喲……另外一通電話是一個好友打來，她告訴我在一個場合聽見一位小說家老前輩這樣純眞地談論我的小說：「……駱以軍的小說我眞的看不懂，一下跳過來，一下跳過去……我前幾天看 Discovery 在播一個介紹青蛙的研究節目，那些科學家就蹲著跟在那些青蛙的身後，青蛙跳過來他們就跳過來，青蛙跳過去他們就跳過去……弄得電視機前的我都眼花了……」

我們各自在電話的一端哈哈大笑。她說：

「眞的，你知道嗎？我剛好前一陣子在注意一條怪新聞：在德國一個湖泊裡，至少有一千隻蟾蜍，莫名其妙地膨脹自己，直至將身體鼓至極點，最後爆炸。牠們的內臟被彈射到一公尺高的地方，屍體比普通蟾蜍擴大了三點五倍……德國生物學家懷疑這些蟾蜍是被一種有毒菌類所感染……」

落單的咖啡屋

在那些緊鄰著銀行與便利超商，一家家連鎖出現在街角（Starbucks、西雅圖、IS、丹堤）的咖啡屋之前，有一些落單的咖啡屋，它們並無一風格固定的設計圖可供參照，整間咖啡屋裡，上自古董燭台式吊燈、核桃木書櫃、大型的大麥町犬或七矮人的陶瓷收藏品，下至主人端咖啡時炫耀地告訴你那是Wedgwood的珍品，或是女主人從歐洲各地旅遊帶回來的薄紗天使、淚滴小丑、布拉格水晶腳踏車，或是他媽至少上千種造型材質的貓頭鷹……或是角落一隻舔爪子的眞的黑貓。

這些充滿了「喝咖啡時刻的累贅物件」的私人咖啡館如今大抵是式微了，不過我覺得有趣的是一些咖啡屋它們座落的街角，鄰近的商家奇幻詭祕地使那間咖啡屋的存在，充滿了「爲何當初要挑在此地開張」的孤島印象：譬如在一家以婦科、小兒科聞名的醫院之對街，夾置於一排嬰兒用品店之間的一間咖啡屋；或是中山堂附近巷道，某一家必須下階梯至地下室，陰暗封閉的空間裡，擠靠在一起的桌座使得身旁看晚報喝咖啡的中年人們，全部可疑地像一群在此交換情報的間諜人員；譬如在國父紀念館左側光復南路與延吉街之間的巷弄裡，在那些加大尺碼成衣店與老舊西藥房的旁邊，某幾家咖啡屋，你去了一百遍整個店裡（除了你）仍只有看起來有黑道背景的老闆，在靠窗沙發座像南部兄弟泡老人茶擺龍門宴，和他的朋友臭幹當年他投資那個某某座工程被坑了幾百萬而他怎麼樣去向對方放狠話云云……此外從未見有其他客人。

這些咖啡屋大抵不被劃入龍應台前一陣子引起激烈論戰的那篇文章〈星巴克與紫藤廬〉裡所傷逝的，它們即使被全球化的街景布景給清洗塗掉，也不會有人眞正地爲之悲傷。主要是它們本身即欠缺一種該被當作文化資產保護的特色。它們的書架上擺著過期的八卦雜誌和那些教老女孩們怎麼手淫的豪華版女性雜誌，再不就是整套的《棋靈王》漫畫；它們的廁所裡緊張兮兮地貼滿各種婉勸或恐嚇客人別把衛生紙丟進馬桶裡以免堵塞的標語；它們又不像電影《艾蜜莉的異想世界》裡那間後來成爲蒙馬特觀光地標的咖啡屋——譬如你總可以在溫州街的「挪威森林」、「八十六巷」或是光復南路巷弄裡的「Dimmer」看見誰誰誰或是誰誰誰。它們不像 Starbucks 那樣燈光柔和沙發座簡直像你花一百元買咖啡就可以混賴進那些高級傢俱店昂貴場景裡但卻全面禁菸；或像西雅圖或IS咖啡乾脆用玻璃板隔出一小塊吸菸區域，讓你和其他那些吸菸客像被展示的城市靜物（那些絕食兩週後會在玻璃箱內出現幻覺的魔術秀？）……；它們大抵是可以吸菸，可以帶三歲小孩進去混鬧兩個小時而不致引人側目（有時老闆娘甚至會拿出她小孩從前的玩具自動販賣機、布熊或那些她們少女時代自助旅行時從世界各地帶回來的小丑玩偶或陶瓷貓來支援那些快和孩子扭打起來的落單母親）；比較恐怖的或許是當你稱讚兩句店裡目中無人來回橫行的貓咪時，原先沉默寡言的老闆娘會叼根菸拿來一大本全是該貓咪之家族譜系的照相簿，一一向你解說那些貓祖貓父貓兄們的奇幻身世和生死離別……

我不知道該怎麼去形容或追憶這些無強烈風格或城市身世意義的咖啡屋。它們在它們曾經出現的街角或巷弄裡消失，當我們發現（或想起）時常已在數月半年之後，那時我們或是怔忡片刻，即步行換個街角，找到另一家連鎖咖啡屋。連感傷都說不上。也許這些咖啡屋作為我們在這城市裡某段時光的印痕（「啊，那時我仍得帶著孩子在大街上狼狽地找歇腳處，」「那時我像個遊民搭捷運找人少些的咖啡屋寫稿。」「那時我的初戀情人都是在那間咖啡屋安靜地等我下班，那時我一個月月薪是兩萬八呢。」），只是為了證明我們的無情。

在遼寧街夜市旁的一條巷道裡，聚集了大約三、四家這樣的咖啡屋，全盛期甚至有六、七家。它們大抵是就巷弄裡兩排四層舊公寓的一樓改裝，進門前通常有個極小的園圃甚至小魚池，店前用寫生架放了塊黑板，上面黃綠紅粉筆寫著幾道女主人私房菜的簡餐，其中有一間叫「阿含」的，我與妻子在談戀愛時，去中興百貨看完電影，第一次便穿巷繞弄地發現這家店，主要是它的「懶人麵」好吃到不行，女主人燒的咖啡也像我們在陽明山某個畫家老師家裡喝到的「行家」味兒。後來我們凡有到那一帶，便總會進去坐坐，店主夫婦沉默敦厚，壁櫃上陳列著各式各樣他們去各處旅行帶回來的奇怪玩意，在我們那個貧窮的學生年代，年輕的妻每回去總要買一件兩件極便宜的印度或尼泊爾或西班牙的小陶壺小花帕小銀器。我記得結婚前我還和幫忙的人渣好友在那間咖啡屋裡，攤紙在桌畫著迎娶車隊進入我家那狹窄巷弄的地圖和動線，並且像革命分子要進行一場暴動那樣詳細地註記從開車門、孩童端橘子、媒人打傘、放鞭炮、掛紅燈、過炭爐、滾床……種種細節。另一次是我接了一個不掛名的寫作案子，即在兩個禮拜內要寫一本以范曉萱爲形象的《魔女魔法書》，配合她那時的一張專輯唱片出版，如此可得稿酬六萬元（那對那時的我們來說眞是一筆天文數字）。於是我在那兩個禮拜，每天下午皆跑進那家「阿含」，吃一碗「懶人麵」，就著女主人煮的餐後咖啡待一整個下午，絞盡腦汁胡謅了五、六篇胡說八道的童話故事。

婚後我們就極少到那一帶了（婚後我就極少帶妻子去看電影了），一直到幾年前妻懷孕後期，我們大約每一個月甚至兩禮拜便至預備生產的台安醫院作產檢，門診結束我們便沿著長安東路走到那條小巷，像造訪多年不見的老友，那對夫婦仍舊沉默不多言，「噢，肚子不小嘍。」女主人會貼心地在妻點的餐後附上一小盅人參雞湯。那時我們兩人對著眼前將要發生變化的生活，茫然且憂心忡忡，我記得妻子臨盆的前一晚，我還坐在那間只有我們這一桌客人的咖啡屋，拿著咖啡向老闆夫婦舉杯：「我的好日子恐怕就到此爲止了。」

我可曾在那畫面裡舉杯兩造的苦笑讀到一點近乎預言的意涵？那之後我們確實就再也不曾踏進那間咖啡屋。直到去年冬天某一日，妻子接到一位從前「嚕啦啦」學弟的電話，說是某種奇妙因緣加上女主人輾轉打聽（我至今未弄明白那是怎樣的網絡），老闆娘終於找到聯絡我們的方式，託他轉告我們，「阿含」要收掉了，她想邀請我們夫妻，在營業的最後一晚到店裡用餐。那時我們的第一個孩子已經三歲半，之後出生的次子亦已一歲半了。且我家中亦發生父親崩倒之變故，聽到這樣的人事變化，感慨特別深刻。

我和妻子在那個晚上盛裝帶著兩個孩子，到「阿含」赴宴——我原以爲那是個像《芭比的盛宴》，諸多老客人分據桌位，大家舉杯向老闆夫婦致意的賦別場面——沒想到夜晚的咖啡屋裡，除了我們這一家人和那位學弟，竟仍是冷清清無有一桌客人。女主人仍是中規中矩一道一道上她的簡餐：湯、沙拉、懶人麵和四碟小菜、小碟水果、自製布丁、咖啡。那整個過程我且不斷喝叱壓制兩個孩子爬上爬下胡搞亂摸險險打翻那些精美瓷器。當妻子問起爲何要收掉時，夫婦倆仍不改寡言風格，只淡淡解釋這兩年做得眞的很辛苦，中午那些上班族的同時擁進，幾個桌位也消化不了。下午大家都改去星巴克西雅圖眞鍋喝咖啡了，晚上呢就都是你們眼前這模樣，一桌客人也沒有……。問他們頂給人家多少錢，一間由女主人對「咖啡屋」想像之細節而裝置起來的店面，竟然用幾乎一輛中古國產車的價錢頂讓……

我記得那晚我和妻子向他們道別時，外面恰好開始下雨，我讓妻子撐著小陽傘護住大兒子，我則將外套脫下蓋住小兒子的嬰兒車，一家人便在那漸下漸大的雨中台北巷道裡狼狽奔跑……我心中難免迷惑爲何這對夫婦要邀我們作爲他們關店最後一晚的客人？或許隱約希望氣質相近的人（他們認定的）可以接手這間他們親手孵出的小咖啡屋？但我們當時的狀況，根本連接話都不敢。我記得那時推著嬰兒車跑著，心裡感傷地浮現這樣一句話：「所以終究是要在這城市裡變作一個無情的人哪。」

咖啡屋的女人

我們所有人都坐在那兒看著她，那使她像是個站在投光表演區而看不見隱沒在黑暗裡所有觀眾表情的孤獨演員。但其實我們，包括她，都是各自在這間咖啡屋刻意把光源控制成晝夜不分（店外面是秋陽曝曬的大馬路，室內卻像是玻璃杯底懸浮著紅茶渣的餘茶，投影燈的光束怎樣也無法將周身的昏暗全面照亮），以一張圓桌兩張沙發爲單位的區域裡，像各自據占一座孤島。

她占領的那座孤島上堆滿了各式雜物——這使人錯覺此處不是一咖啡屋而是一火車車廂內或搭帳篷鋪野餐巾三、四人一夥守夜排隊買演唱會或職棒票之類的場景——一個中型手拉行李箱平躺在咖啡桌上，她急躁地翻揀著拉鍊扯開那裡面五顏六色的洋裝啦絲巾啦帽子啦，一張沙發椅上則堆著另一只行李袋，一個仿名牌的雙肩後背包包，還有一只仕女包。事實上，她像一個默劇演員表演獨幕劇地在那些大小包包間進行著一種「袋子戲法」——那些動作之間的連貫充滿一種機械性的肢體暴衝，使我一度懷疑這是否是某個小劇場演員的情境自我訓練課程——她翻完了行李箱，接著把行李袋裡的公文夾、雜誌、保溫杯、摺疊洋傘還有一包蘇打餅乾和一包海苔片倒出來，然後又一件一件收回袋裡；然後開始把後背包包裡的瓶瓶罐罐的女性化妝品、早晚霜、四五條口紅、粉底盒，還有那種旅行用的盥洗包……乒乒乓乓地倒在仿玻璃的壓克力桌面上；翻揀一輪之後，她又從那仕女包裡找出一本皮封面的記事簿，從那簿裡抽出一張一張、各式各樣的名片或折扣貴賓卡，像是檢查每一張牌上可否有作記號或動手腳之後，再將它們一一插回記事簿……

她的這些「袋子戲法」確實勾起了我的某些久遠年代以前戲劇課堂上的記憶。她困陷在自己的孤獨情境裡，像壞掉的發條玩具重複著一組設定好的動作：焦躁地找尋什麼、支頷默想、把確定自己（在這城市裡的）身分的瑣碎物件逐一翻倒呈現出來，再逐一收回她大包小包的道具袋裡。這個女人讓我想起《慾望街車》裡的白蘭琪。這是一個被負棄的女人。這是一個猶癡心妄想被凍結在一永恆時光裡的，等待的女人。

但她弄出的那些巨大聲響終於還是驚嚇了四周座位的其他客人。我抬起頭來，發覺不同座位上的陌生人都在和我擠眉弄眼或會心微笑。「那是個瘋子哪。」我後桌的一個穿西裝襯衫吃著六十九元早餐看著報紙財經版的年輕業務員；更過去一桌兩個漲紅了臉吃吃竊笑的漂亮高中女生；還有背抵著那女人而坐，一個從容鎮定讀著原文小說的中年婦女。一種不安環繞著女人座位周遭的圓弧靜默地醱酵，大家固執地留在原位不肯離去，卻又時不時互相交換一個共謀的眼神。像是爲了再次確定：「她眞是瘋了的吧？」主要是女人太不似我們童年記憶那些在路口指揮交通菜市場蹣跚遊蕩露出乳房或雞雞或是巷弄廟口拿著鋼杯吃掏撿來的垃圾，那些形貌骯髒發出酸臭的流浪癡漢或瘋女人。女人的衣著打扮與咖啡屋裡互相成爲疏離背景的城市男女並無二致。在她那些像是馬達壞掉乃至於變得劇烈的荒謬劇動作裡，似乎隱藏了我們任何一個人在這城市裡，只是放慢了轉速或壓抑進更喧譁或更擰絞或更冷漠的人際關係裡，而不被辨識出來的躁鬱、驚恐、詫怒……等等小動作。

譬如她在進行那些「袋子戲法」的同時（尤其是她翻抽那些VIP卡片時，讓我哀傷地想起自己的妻子），她的嘴裡發出一種滾筒烘衣機般低沉而連續的噪音。一開始你以爲那是咖啡屋裡常見，某個拿著手機對公司員工或家裡印傭或基金經理人或子女高聲咆哮的不自愛傢伙。後來你發現她那麼大聲說話的時候，手裡並沒有拿著一支手機貼在耳畔，她正在自言自語。我發現四周這幾個不肯離開而將自己躲藏進觀眾席的傢伙們，一開始都是同我一樣，不耐煩地抬頭瞪她一眼，「多麼吵啊妳！」但臉上表情旋即由堵爛轉成一種輕微的驚奇，一種輕微的耽心（「她是個瘋子。」）……於是所有人豎起耳朵聽她「自言自語」的內容（那時已不是咖啡館裡預設容忍的背景噪音了）。女人似乎在憤怒地詛咒某個放她鴿子的人，也許是個男人，因爲我聽見她重複的咒罵中較清晰浮現的一句是：「……你再這樣避不見面看看……我也可以讓你難看……」那時我不免擔憂，我們這些人假裝成靜物坐在那兒聽她來回繞步演說，她會不會突然無厘頭拿起桌上菸灰缸往其中一人後腦勺砸下……

但女人只是在某個停頓時刻，像忘詞的演員，呆立片刻，跺一跺腳，離開獨幕劇光圈的表演區，她跑去點餐吧檯向那些用蒸氣咖啡機煮咖啡的工讀生搭訕。令人驚異的是，她的聲調變得如此甜美、咬字清晰而禮貌。她向那些工讀生解釋，她從台南搭計程車上來，約一個朋友在此碰面，已經一個上午了卻等不到人，不知道可不可以把那些行李先寄放在這裡，她去附近另一間咖啡屋轉轉，說不定是弄錯了約在那兒……

巧笑倩兮。最後還向那幾個反應不過來的工讀生吐吐舌頭作鬼臉，然後女人便留下她那一座位的大包小包，離開了。我們這些原來僵硬背脊坐在她周邊的客人，開始迷惑地互望著（「怎麼回事？剛剛她眞的是瘋的呀？」）。那像憤怒犬隻口吐白沫低聲咆哮的噗嚕噗嚕聲響，那讓人恐懼的歇斯底里翻包包的動作……但剛剛在櫃檯那邊，她表現得多麼正常啊。如果她是可以意識到她所面對的外在世界，她可以調焦對距僞扮成一個「正常之人」，那麼，原先在她的座位上，旁若無人地將自己封閉在一個絕對孤獨的內向時刻，她有沒有意識到，我們周圍的這些人，正恬不知恥地觀看著她，且用一道無形的玻璃牆將她圈圍在醜怪、威脅性且隨時可能將一維持住構圖之細線綳斷的中央。

僞扮成正常人而不被發現。我靜靜坐在那兒，身旁一桌一桌客人先後離去。只留下我終於還是沒等到女人回頭搬走她那大包小包翻露出衣物書本等等的行李。我難免想起這些年發生在自己身上的一些事。我曾收到一封讀者來信（那或許是我寫作生涯惟一一次收到的「讀者來信」），當我滿懷感激地拆開信封，發現那是一位母親因爲憂心自己孩子的未來，而對我的某些篇（充滿黴菌與屍臭的）文章的詛咒和憎惡幹譙。我又想起一位我頗看重的朋友一次開玩笑對我說：「……你的文章後來怎麼愈來愈『正常』了？是不是弄不清虛實，開始想向人多的地方靠近啦？」

我記得許多年前，我暗戀上一個女孩，我身邊所有的哥們都知道這女孩是人家的馬子。只有我，因為從未真正見過那個男的，所以總懵懂不去理會這個事實（人們不是說當初那整個阿姆斯壯登陸月球其實是一整齣電視公司耗費鉅資搭景拍攝的全球騙局嗎？）。我寫情書給那女孩，像童話一樣每天買花送她。直到有一天，我騎機車載那女孩回她的出租宿舍，她的男友下樓在公寓門口臭著臉等她。我獨自騎車回住處的路上，失魂落魄連車帶人摔進山坳彎道旁的臭水溝裡。

後來我搭公車回去時，一身從頭到鞋全濕淋淋浸泡著那些污泥和水溝湯汁。全車的乘客都捂著鼻翻著白眼瞪著這發出不可思議惡臭的怪男子。但我那時固執地挺直背脊抓緊握桿，假裝自己和車上所有的人們一模一樣。

酒吧長夜

近十年不見的昔日老友，某個晚上與我相約喝酒。電話中我囁嚅地向他解釋：「……很多年沒出去混了……這幾年身體變差，酒量也不行了……看我們是不是找個安靜些的小酒館，我也想聽聽你這些年來發生的故事。」他說好，遂約在遠企隔敦化南路對面的一座小公園前，「那巷子裡有家小酒館不錯。」實在我極怕這傢伙爲了炫耀他的排場，將我約在某間小姐們佯嗔假怨、殷勤賣弄，而我置身其中不知如何是好的熟識酒店。那些年我偶爾還和他上酒吧喝過幾次，就曾聽他像漫遊仙境般描述這座城市裡，那些鈔票如流水、大哥們像酒精中毒的皇帝、美麗的女孩們像被咒詛困禁夜間城堡的夢遊公主……的昂貴酒店景觀。這些年聽說他混得極好，像玩「陞官圖」遊戲就有那種骰子總擲滿點數，且一路拔擢躍升的奇命鬼才。似乎由艱辛蹲點替老闆顧那種鎖碼頻道的小主管，翻爬成老闆身邊的親信幕僚。我想像那些，十年前他難脫興奮滔滔描述的冒險奇遇，那些像《教父》電影一樣的大哥蠟像館、那些鎗枝與談判的華麗場面、那些「比鍾楚紅還美比鍾麗緹身段還風流」像水族箱冷光裡洄游的不幸女孩……或已是他置身其中的生活一部分了吧。

但總還是超過我想像的多一些。他帶我走進一間低調、高雅、帶著俱樂部氣氛的沙發酒吧。我注意到他的身段或神態多了一分以我這年紀來說相當陌生的東西——那種我從我岳父身上感受一二或日劇裡那些商戰歐吉桑稱之爲「氣勢」的東西——即使刻意放鬆說笑話，偶爾一瞬失神，旁邊人仍能感到那內裡沒有關機仍在運轉的硬質化的什麼。像西裝的版形和線條時日久遠脫去後仍規束著肩脊的姿勢，或是那些特種行業女人們肌膚上永遠洗褪不掉的香精殘存。那是一種長期在一男性秩序的世界打滾不自覺穿上身的教養：尊敬強者、不動聲色在簡短的對談中讓對方知道自己的實力（或地位），不夾纏打屁（這一點使得這十年來盡在一些虛幻編造世界裡打轉的我顯得不知所措），允恰合宜的套交情，一種我幾乎要用「謙遜」來形容的，權力者的安靜。

他向侍者要了一瓶寄存的威士忌。我注意到四周一區一區沙發聚落裡的老外、精英傢伙、和那些模特兒般的豪華女孩，竟然全像電視上的烈酒廣告一樣，人手一杯純酒（確實不是我們年輕時混的那些喝台啤吃薯條爆米花的爛pub了）。我想這大概是這傢伙向我展演的「城市入族式」的序曲吧。但當我們開始哈啦一個個舊識人名之境遇時——「那個某某後來出家了不是？」「某某和某某呢？」「很早就分了，某某去日本拿了個博士，不過她家的枝仔冰城連鎖店後來好像全收光了，沒做起來。某某現在在一家證券公司當經理人。」某某幾年前就自殺了另一個某某現在混到《天下》當記者前幾天我還請他喝酒看他能不能幫我們上個報導——他會，且不讓我不愉快地，分神，極認眞地問替我們往杯裡夾冰塊的侍者：

「這支酒你們店裡賣得好不好？」

「你們可不可以把那兩支換掉，就專做促銷我們家這支酒？」

一開始我並未特別注意這個小小的分神。我們繼續回到任意起頭和中止的故事上。夜闇酒吧，時間還長著呢。這麼多年過去，我們各自都有了兩個孩子。多少都得面對自己或妻子家父母衰老生病或是死亡之事、老人的凋零或任性、小孩幼稚園的同學老爸竟是某大名人。這些那些。我的部分乏善可陳，但這傢伙呢，多年前我就有一種感覺了：他或是個比我更夠資格的說故事者。我總是像徐四金小說《香水》裡那個天生無氣味的香水師葛奴乙，瞳孔收縮地聽他水銀瀉地一路說著一些不可思議的人和事。然後像個仿冒者，費盡思量揣想用怎樣的材料、比例、怎樣的萃取法、怎樣過渡那些無從想像的幽微細節……然後將他說的那些故事場景重建。我記得那時在陽明山我那窄小髒亂的宿舍裡，他曾告訴我他認識的一個某某，有一段時光和一群青少年成日在城市西區那些巷弄裡的老舊社區小公園附近晃蕩，他們夜裡便侵入那些無人的空公寓，在裡頭吸毒或生火起炊，有時他們會將在公園廹廹的少女拖進空屋裡輪暴（用迷昏或哄騙或ㄎㄤ、布袋？）；他們甚至曾在那些無人公寓裡虐殺過不止一個流浪老人……而這個某某，後來竟考上大學，和他在同一個課堂上修「法國電影與文學」……

這些故事在我年輕時聽來，往往如此超現實卻又歷歷如繪。他又曾告訴我許多有著奇怪身世的女孩們和他之間的幽微情事。那些女孩我大抵認識，但在他的色情故事裡，她們像是在太空總署的無重力艙裡進行著外太空任務的特殊訓練，有著我無從想像的、神祕而高難度的另一種面貌。

然而現在呢？他輕描淡寫地告訴我，在和我碰面前，他剛和一群公司裡的兄弟去討債。眞的？我想多聽一些細節，但我發現他口風變緊了。他說前一陣他老婆去看一位「陳太太」，這個陳太太是何人？就是陳進興那個全國SNG直播的南非大使官邸劫持之夜，一路跟在盧鈞侯友宜這些高階警官身旁的神祕人士。他說這陳太太不講宗教，只說因果，他老婆去看陳太太那天，旁邊一堆女人都是當老師的，大概都問些丈夫或小孩的狀況，陳太太說了一些前世今生的奇幻情節把每個當事人都聽得痛哭流涕。輪到他老婆，自然是問這個傢伙在外面會不會亂搞？婚姻會不會出問題？他說陳太太把他老婆訓了一頓，說妳上輩子是個商業間諜，妳先生上輩子是個大企業的核心幹部，就是被妳的美色所惑，大嘴巴洩露了商業機密，結果後半生貧困潦倒、抑鬱而終。陳太太還問他老婆，妳現在是不是還改不掉一些上輩子的老習慣，喜歡去翻他的包包，查他的電話簿……

我大笑不已：「你該好好去謝謝這位陳太太，這下你不是拿了免死金牌了？」

他意味深長地看我一眼，說：「陳太太說因果因果，她說我這輩子不謹愼的話，一樣會栽在同樣的毛病上。」

工作上的事不可說。女人呢，這幾年下來，倒曾遇過幾個聰明至極的酒店女孩。有一個女孩，小時候，現在基隆路從信義路到光復南路那一大片田地，全是她家的，後來是她阿公愛喝酒，不知怎麼換算的，那時也沒人覺得那裡的地有啥了不起，總之是幾箱酒兌劃一小塊地，這樣分分給人就分光了。他說，我小時候，我爸帶我們住三張犁，那裡就荒山腳下兩棟泥土破房，她們家還是我家的當然地主房東呢。結果她現在在酒店上班。

他說有一次，他喝得醉茫茫，就是這女孩開車送他回家。他下車時把鑰匙掉在座椅上，女孩 call 他，那天無巧不成書，他出門前就已將手機掉在臥房床邊。他老婆接的電話，問女孩是誰？女孩反應算快，說某先生把鑰匙掉我們店裡，請他改天來拿，反問那妳是誰？他老婆胡編了一家酒店名，說我是在那上班的小姐，某先生也是我們的客人。就這樣兩個女人成了朋友，偶爾通電話互相訴苦（女孩一直以爲對方是另一同行）。這通電話他一直被蒙在鼓裡。有一天，女孩說以後不能和他見面了，他問怎麼了？女孩說你女人不是下個月要生了……

我聽他說著這些那些女孩們的故事，總有一種年輕時讀村上春樹小說的霧翳印象：不可思議的運氣，有一天便發現你銀行的戶頭一輩子怎麼花也花不完。華麗的妻子、豪宅、小孩、上流社會的品味，但仍會遇見一些孤寂而帶著死亡魅力的女人。感覺上即使他將全家人帶去某個渡假勝地的豪華大飯店安置好，自己仍會不知何處空落地跑去飯店後的冬日海濱讓褲襠脹得好大……。似乎那樣莫名的煩躁或淘洗至靜默的欲念才是唯一說故事的驅力。我那時確定眼前的這個高級酒吧的場景，絕對是我某一個長篇的開頭。印象中身邊那些在一種高級烈酒的暈澤裡晃動的酒客和女孩們，都曾經、已經在我年輕時的小說裡出現過了。只是他們的年紀變得稍大一點、衣裝變得昂貴體面一點，酒的顏色也變深湛了……

放天燈

每天黃昏，我開車載著妻小走北二高回到我們那個荒僻窮鄉，我總愛繞過街景醜陋、灰塵漫漫的小鎮，走那條架設了測速相機，沿線兩排橘黃路燈的筆直聯外快速路。那段路除了一家加油站，一家孤伶伶的檳榔小組合屋，沿途景觀盡是覆貼在山壁上，歪斜起伏的灰色擋土牆，以及那片水泥棋格上聚生的芒草或矮灌木。

那段路如此枯寂，使我在行駛時常失神陷入冥想，忘了身旁親愛之人的存在，似乎又回到獨身年代孤自在空曠山路無止境踩油門加速的飆車時光。每每總是妻驚呼叱喝才喚醒我。

「怎麼回事？又夢遊了嗎？你在開車吔。」

妻描述那些時刻坐在駕駛座上的我，活像一隻猿猴或吸毒者的臉，眼珠突出，下巴前伸，表情癡呆迷惘。有時甚至會傻笑地伸出舌頭舔自己上唇人中處的短髭。

有時我會在一座變電所（那座變電所同樣瀰漫著一種孤寂的無人氣氛，令人難免懷疑或像宮崎駿卡通《天空之城》般，是由一位被遺棄辜負的機器人巡視照管的偌大空曠廠區）旁的小徑岔轉進小鎮，爲了補給家用（包括水果、狗食、樂透彩券，有時是到農會超市買燈管、小孩奶粉或殺蟲劑這類什物）。有一個傍晚，我如常駕車載著家人轉進那條小徑，在一間土地公小廟旁的一座小石橋上一晃瞥見三個女孩在橋欄邊放天燈。

那是一幅何其動人的景象。我把車停在小橋的另一端，把車窗搖下，對兩個孩子說：「看，姊姊她們在放天燈。」那是一個穿國中制服的小姊姊，帶著兩個約小學一、二年級的妹妹，暮色中，長手長腳地拉扯著一枚巨大而歪頹塌倒的紙天燈。那個天燈的白色宣紙外罩，被她們用毛筆蘸墨汁密密麻麻寫了一行一行的願望。三個女孩一臉肅穆，像合力撣床單那樣各捏住那紙燈的一處邊角，想把燈形該有的孔明帽輪廓拉開。但或因溪上風大，那枚天燈總是軟趴趴地歪倒。她們七手八腳地忙亂著，像哀怨的小女僕們在替一位看不見的任性鬼新娘整順她的白紗蓬裙。這一幕眞把我看傻了。後來因爲有一排車在後面叭我（原來我把車停在橋上擋住路了），我只好移到橋頭離她們稍遠處，繼續觀察。

那個小姊姊發號施令，要兩個妹妹一人一邊扯開天燈，她自己拿出塑膠打火機點火——這裡我必須解釋一下，這種用熱氣球原理的簡易飛行器確是民間祈福儀式的美麗發明。而能將那樣一架紙糊大玩意膨脹撐起、冉冉升空的燃燒動力，竟只是一疊在天燈底部用細鐵絲穿過的，浸泡過煤油的冥紙——那個小姊姊，氣急敗壞，火星熄了又點，無比專注地想點燃那疊天燈底部的冥紙。但也許是她們這枚天燈存放過久紙錢上吸浸的煤油揮發殆半，當藍色的火苗微弱地燃起時，我心裡突然浮現一個不祥的念頭。

「飛起來了！要飛起來了！」我的孩子們快樂地尖叫著。黑暗的橋上，女孩們亂髮紛飛的剪影，被捂在紙燈罩裡的火光慢慢變成溫暖的橙色，燈體也像油鍋裡的芝麻球那樣噗地鼓脹起來。但它卻沒有如我們想像的視覺，緩緩飄浮升起。它停在那兒，乍看像是舉著六條手臂的女孩們也時間暫停地靜止著。終於她們被這樣懸在空中不繼續上升的奇怪狀況弄得不耐煩起來，她們試著輕輕甩動那天燈的下方，並且偷偷把手放開。

那個天燈，在半空中停留了約十秒，然後，竟然不是往上而是往下，緩緩地從橋欄外面下降，直到我們這個位置看不見它。小女孩們趴在橋欄往下望。「天啊，」妻驚異地捂住嘴巴。我的孩子們也露出像現場觀看太空梭升空卻目睹它在眼前爆炸墜毀的受傷表情：「它掉下去了。」

我在那兒又等了約十來秒才換檔驅車離開——我想看看天燈會不會像好萊塢電影最後又扣人心弦從橋下飛起，但終於還是沒有——我怕我據實寫下會惹人不快，但我真的在關上車窗後，不可抑遏眼淚鼻涕流出地狂笑起來。我笑得那麼激烈，使得曾顏面神經受損的左邊臉差點再度笑歪。妻責備地說：「怎麼可以笑成那樣……看那幾個孩子怎麼辦……」但她繼而又憂心地看著我說：「你一定也有憂鬱症吧，好像好久沒看你笑成這樣……」

我實在難以描述那種整個身體像漏電般痙攣的，無法停下的笑，那時心底難免浮現「終於變成一個無同情心之人啦」的恐懼，但仍是臉歪嘴斜地笑著。主要是，最後一幕那幾個女孩一臉茫然的表情，載了過多願望乃至向下墜落的紙天燈意象，我在那樣反高潮的不幸裡看見了這些年發生在自己身上的種種不幸。它們最初總像忐忑踮腳期待著一個什麼慢慢膨脹升空的祈願儀式，但最後必然是以一種跟大家不一樣的奇怪形式收場（想想夜空上飄浮著許許多多盞別人的寫滿願望的天燈）。我總是沉鬱迷惑：「爲什麼事情最後都會變成這樣？」直到小女孩她們的天燈墜下，才想起了什麼。

我記得我高中時，班上有一個叫陳正偉的傢伙，他是個溫和良善的好人，我和他並不熟（那時我是個常被訓導處廣播叫去的問題人物）。有一次放學眾人在籃球場鬥牛，我突然發現他獨自坐在籃球架下，兩眼發直。我問他怎麼啦，他說：「我頭好痛。」第二天他就沒來上學了。過了一陣子才從和他走得較近的同學處傳來，說陳正偉的頭顱內不明原因出血，現在住院在台大，動了幾個手術，好像仍昏迷不醒。後來有一天放學我和幾個同學一起去醫院看他（我置身在那些好學生之中顯得有些突兀）。那是我第一次迫近且隱約理解地看見死亡的陰影。陳正偉剃了光頭，頭上戴了一種箍住手術傷口紗布的網罩，他陷入高燒昏迷中，但不斷打著哈欠。他的母親是個和他一樣良善的婦人，我記得她憂愁但仍控制在一種抑斂情感之禮貌的那種神態，輕聲向她兒子的這些少年朋友解釋他腦殼中遭遇的複雜狀況，並向我們致謝。那間病房如許安靜。我記得我隨著眾人向那位母親告辭後，不知怎麼就在醫院走廊和大家走散了。那時我或許太年輕了，尚不知珍惜我未知的日後生命裡的抽象的什麼。我竟然在那幢熙來攘往的古老建築裡，用我那時尚不知原本該變成怎樣的美好人生作爲籌碼，向上天許願：「菩薩啊，如果祢能讓陳正偉好起來，我願用下半生的好運交換。」

投籃機女孩

年節前那一陣我幾乎每天都到城市邊緣（那裡聚落著巨人積木一般的一幢幢造型陌生、色彩炫奇的大樓建築）一家百貨公司樓下的星巴克咖啡屋趕稿。主要是在那間咖啡屋旁的一個小零餘地廣場，放了一整排的投幣式投籃機。一開始我不了解其中厲害，無人時投幣試了一次：二十三分。機台隱藏的合成女聲訕笑地說：「太差勁了。」激怒之下我連著幾天皆流連在那些從前總有些輕蔑其自瀆意象的機器前苦練投籃。有一天我竟迷迷糊糊投到了一百三十幾分。那個電子合成羅麗塔少女聲崇拜地說：「你真是灌籃高手。」原來只要投到五十分，機器便再贈送給你一分鐘的時間，一百二十秒內投中一百三十分，除算兩分球和最後十五秒的三分球，平均約二點多秒便投中一球。雖只是非正式籃架高度與距離的街頭遊戲機，難免浮現一種輕易征服的寂寞荒涼和「也許我真的是個沒被發掘的神射手？」的疑惑。

有一天下午，我帶著「高手」特有的謙遜和低調，來到那一排投籃機前。那個時段或恰正是小學放學、附近公司員工蹺班喝下午茶的黃金時光，機台前鬧哄哄擠滿了背書包的小學生和穿白襯衫西裝褲的年輕上班族。我不動聲色地找了一個枱子，投幣，甩手，開始投籃。「好球！」「兩分球！」「好球！」嘩嘩嘩，最後十五秒，籃框左右擺動，「三分球！」「三分球！」碰。結束，一百四十八分。合成女聲說：「你眞是灌籃高手。」

沒有人理我，後面的小學生把我擠開，其實他在投籃時我便知道其中高下了，但當那個不貞的女聲說：「你眞是灌籃高手！」且螢光紅燈亮出二百八十九分時，我還是感到一陣暈眩。

怎麼回事？身邊所有的枱子，那些小學生和上班族，還有拿著菜籃的歐巴桑，人人皆像月球漫遊或影片快轉，橘色的籃球在他們的手上像吹泡泡鎗一樣連珠彈出，顆顆進網。這哪是投籃？這簡直是魔術秀大賽嘛，三百一十四分、三百零二分、二百九十四分、三百二十一分……合成少女的聲音此起彼落在各機枱間迴響。

這一切眾多灌籃高手僵持不分高下的場面，被一個和諸人陌生又疏離的奇異女孩給打破。她是一個二十來歲的印尼女孩，身形矮小單薄，畏怯地擠在人群中排隊，但是當輪到她投幣時，周遭的上班族、小學生和家庭主婦皆靜默下來，我似乎聽到他們耳語著：「來了，來了，就是那個印傭。」機器開始倒數計時，那個黑女孩突然像祖靈附體：雙眼、顴骨、舉球並送出的手腕弧線，乃至整個身軀的擺動，皆進入一種恍惚舞蹈的節奏，若非現場目睹實在難以形容，有一瞬間你甚至會懷疑，她其實是那整個投籃機的一部分，她像是那些嘩嘩從機枱下方湧出又循環向上飛起拋進籃框之球這整個液態流動的一個幫浦。我猜即使是當初設計這種機器之人，也難以從力學、機械學、球的彈性係數和人體結構的運動極限計算出可能可以有這樣一秒都沒浪費的進球效率。

計時結束。沒有人再理會那機器女聲的奉承了。計分板上亮著：四百五十分。奇怪的是只有我一人爆出讚嘆叫好之聲，其他人像硬生生吞下咽喉裡微弱的哀鳴，復靜默地各自回頭投自己的機枱。讓眾人投籃這件事變得平庸且乏趣的印尼女孩，沒有再掏錢投幣，她又恢復原先怯懦且抱歉的姿態（抱歉冒犯了你們大家），孤獨地離開那個地方。

這是年節前我在我寄生或漫遊的城市咖啡屋附近目睹的一幕：小小的奇蹟。但又無法更改龐大「我族」對落單的、流落他鄉的「異族」之冷漠、缺乏理解與同情之印象。那之前報紙版面偶爾零星野火地冒出「華航空服員夫婦凌虐印傭」、「外籍女傭發出怒吼，控訴受虐不人道待遇」、「悲情女外傭、國際醫療組織伸援手」種種小塊新聞（根據台灣國際行動醫療協會ＩＡＣＴ的統計，台灣約有三十萬名外勞，其中分布在社會服務業（即監護工與幫傭）的女性外勞逾十一萬人。據統計，每十個家戶工作者就有三個曾經有被性騷擾、一個被強暴的經驗。還有精神壓力過大，無法睡得好、孤單、想家、神經痛等問題……。由於菲傭會講英文，求救管道多，語言不通的印傭或越傭，情況可能更嚴重——以上摘引《中國時報》記者黃筱珮採訪ＩＡＣＴ移民醫療人權部研究員林純瑜之新聞稿），但似乎很快便被整版面有關大選或公投的洶湧新聞給淹沒。

那個神奇的魔術投籃女孩讓我想起這幾年來我陸續照面過（由於語言不通，連「認識」

都不算）的菲律賓、印尼或越南女孩。她們出現在我原本習以爲常的人際關係的場合裡：年輕時的人渣朋友、結婚初生孩子的混亂家中；父親中風後，母親獨力看顧癱瘓退化老人的不幸祖屋；或是我居住的這個老舊社區裡許多幢獨居老人的孝順子女配置給他們的相依爲命之異鄉人。她們總像靜默的動物，被口若懸河滿臉堆笑的仲介公司業者配送到這些家庭裡。奇幻的是，這些原本我熟悉且安心置身其中的「我族」同類們，一旦在他們原有的關係結構中，收納了這些驚恐又卑馴的異族女孩，原有的良善、好脾氣或慈悲都被消磨殆盡。我總是聽他們帶著一種受傷情感，當著她們的面（因爲她們聽不懂我們的話），像抱怨一台故障的電熱器或上當買到劣質烤箱那樣，困苦地數落那些眼色陰鬱嘴角卻機械性微笑的東南亞女孩。我發現有許多意識形態是仲介公司在「使用手冊」所灌輸的固定陳見：什麼菲律賓的禮拜天會吵著上教會、容易被老鳥教壞啦；什麼印尼的比較乖但是比較笨啦；什麼最笨的是越南的究竟是共產國家出來一個指令一個動作且語言學習能力最差啦。在這些把人的繁複品質剝奪殆盡，轉喻成一種商品或生產工具的論述裡，仲介公司教導並（貼心地）暗示雇主自我想像成一前現代的「奴隸主」：你可以（並爲了控管方便而「必須」）扣押她們的護照和居留證（否則她們住在家裡會偷錢），不准參加宗教信仰活動，每月扣錢強制儲蓄，若她們「犯錯」被「退貨」遣返回國，那筆儲蓄常不歸還。即使向勞委會查詢相關法令，似乎對外勞的健保、最低薪酬和管理皆定有標準，但仲介公司總可以影之鑿鑿地說這些外籍女孩在簽約來台前「先向公司借了一大筆錢」。我相信有經驗的雇主其實心底皆「惘惘的陰影」，知道那一大筆幾乎使女孩們第一年全作白工的龐大金錢根本進了仲介公司（或與來源國政府勾結的官員）之口袋。

她們離鄉背井，幾乎沒有職前訓練或對工作環境一片無知的狀況下被拋進那些「無言的閉室」裡。性侵害或身體的凌虐傷痕是較怵目且戲劇性的輿論邊界，其實有更多無以描述的心靈創痛、剝奪和侮辱正在你我身邊那幻想其咬合銜接運轉的現代都市結構中幽黯存在著。沒有人理會她們離鄉背井的痛苦、她們各自背後破碎的家庭、她們對疾病的恐懼、性的壓抑或長時置身無隱私工作場域並超時勞動造成的身心崩潰……

Ian McEwan 有一篇短篇小說〈固態幾何〉，小說中以修辭雄辯術錯幻穿梭視覺盲點，爲了證明一篇「發現沒有表面的平面」之僞科學論文。先以摺紙的方式：「當我將弧線相交、畫線和打摺時，我覺得是在盲目操作一套最高系統、最神奇形式的知識、絕對的數學。」等主角摺完最後一道線，那張紙會完全消失，「向度是意識的函數」，小說的結尾他用這樣的魔術讓身旁一個憂鬱而令他厭煩的妻子「摺疊」消失。我想起那些曾「照面」或許下次便換了個名字的臉孔的女孩們，她們帶著受傷的情感離開這個其實沒有任何理由必須傷害她們的國度。我想起那個投籃機前的印尼女孩。奇怪我有一錯妄幻覺，以爲是某種建立在錯誤邏輯上的精密機器，把她摺疊再摺疊，最後便弄消失了。

林旺的標本

D君告訴我說他鄰居的那位標本製作師接了個大工程：動物園委託他剝製林旺的標本。「什麼？大象林旺？」腦海中浮現了巨獸的骨骸橫七豎八和血流成池的場景，那似乎是我曾在小說中憑空想像處理過的畫面。D君說那個標本製作師就在靠溪邊的空曠地那裡租了一座廢棄鐵皮屋廠房，當作工作間，他打算帶DV去記錄，問我要不要一道去看看，我說我馬上到。

結果並沒有屍骸狼籍的場面，沒有整副剝下的象皮，也沒有白森森的骨架。兩層樓高的挑空鐵皮屋房（原先支架屋頂處的一些鋼樑被鋸斷了），矗立著一隻一比一實體大小，玻璃纖維材質的大象林旺。那樣完全仿摹實物的圓滾腰身，巨臀、粗直的前腿後腿、胸廓、臉頰……卻變成一讓人有螢光幻覺的冰冷材質（我兒子眞的有一隻手掌可握的大象螢光塑膠玩具），確實感到這隻已成爲傳奇的亞洲象，眞正的形體比從遠距或媒體上得到之印象要巨大許多。

滿地俱是刨下的捲曲木屑、塑料粉塵，空氣中亦瀰漫著那種快乾膠刺鼻的芥子油味（「怎麼是一個塑膠模型啊？」心裡難免嘀咕）。留著燎焦長鬍的標本師或有讀心術，突然轉過臉來對我解釋：「骨架的部分是我徒弟在動物園裡組裝。我這裡呢，是要先把這個『假體』憑空虛構出來，最後再把林旺的皮覆貼上去，縫合起來。」（原來動物標本的內裡是這樣一個實心塑膠模子，不是我一直以爲像塡充玩具一樣裡面塞飽飽的碎木屑。）標本師拿了一張鉛筆素描草圖給我們看，那張圖很像達文西手稿的那些飛行機械或人體或動物之解剖圖，那是躺臥的林旺，身體各部位的長寬測量：不同測量點之身高，前額至頸、頸至臂之距、前後腿之身距、胸圍、腹圍、臂圍，四腿之圓周、頭顱不同點距地高、額寬、眉寬……寫滿數字的網線交錯。有一面牆上長列貼滿了上百張林旺各種角度的特寫照片。正面、側面、四十五度仰角、俯角、三十度仰角、俯角、特寫眉頭、特寫眼睛……用這麼多張局部之特寫拼湊成一個「完整」之想像確實讓人產生一種難以言喻的情感。有些照片中林旺的眼神像是帶著神祕笑意，我說這些照片是林旺生前，動物園就爲了之後供標本作業，而預先給牠拍下的嗎？標本師說哪裡！這些照片是從各處資料調出來的，你沒發現光線色調都不一樣？調這些照片倒不難，林旺實在太紅了嘛，光動物園本身就有一大堆牠的照片。困難的是，這些照片都是不同時期拍攝，你知道大象這種動物，每個不同年齡階段牠的相貌都會變。我們等於要從這些每一細部照片（「而且照片會騙人不是？」他說）都在翻動變化的平面視覺裡去——停止、定格——抓住一個全體的最後實物。這是非常非常困難之事。

他說林旺剛掛倒那天，非常急促，動物園便把他們找去——我忘了他是說幾點過世而他們一直不眠不休地工作到第二天的幾點——測量身距、繪圖、剝皮卸骨（那時可能才是我想像中的血肉模糊，大象內臟像 **IKEA** 沙發展扔滿四周的大型場面吧），他說他們有一種標本師專用的剔骨刀和皮革刀，他們不斷地剖切，剔斷肌理筋絡，剝去附在皮革上的屍肉和脂肪，還要把那些熱呼呼的，不慎弄破便漿水爆噴的大囊袋從肋排間的腔洞掏出……後來都處在一種半夢遊半自動化，身體隨著頭搖晃擺動的工作狀態。他說那眞的是個大工程。要儘量取完整的皮，取完整的骨……能被這樣完整取下，不是你們想像的，像剝一張狐狸皮或猩猩皮那麼容易呢。那可是浩大的工程哪。你看，馬蘭的皮、骨就沒留下，當初就燒掉了。

「什麼？馬蘭的皮被燒掉了？」諸人皆惋惜不已，「怎麼沒想過幫牠們兩個都作標本，將來放一對展示也是佳話啊。」

「後來動物園好像也很後悔。主要是他們經費也不夠。當初好像是覺得說馬蘭有一隻前肢潰爛了，那副皮剝下來，那一部位縫製時不好看吧。」

標本師說他租下這個鐵皮屋廠房充當工作室，一開始先就著那張測量圖，釘製一個像數百個中空木箱堆疊而起的結構體，這些四方體框格大小不一，乍看像是公園裡給孩子們攀爬的油漆鋼筋骨架（像那些城堡啦、飛機啦、地球儀啦之類），外廓用帆布包裹，然後熬煮自己調料的發泡劑聚脂，整桶整桶地倒進去，等它發泡、凝固，就變成一個巨大、不規則狀的橢圓體……

他這樣描述時，我腦海難免浮現一些類似「米粒瓷」之製作（捏坯時先把米粒包進杯壁，待送進窯內焙燒，米粒會在高溫下融化蒸乾，使得成品的瓷杯薄壁間竟留有米粒形透明如膜囊的空室）；或像孩子在看「動手玩創意」（用某種凝膠繞著一顆氣球來回擠成網格，待乾硬後將氣球戳破，便剩下一枚完美球體的外骨骼）之類的奇技淫巧。忍不住問：「那要如何取掉那些木頭結構？」標本師不以爲那是個問題地回答：「取掉？那些木頭結構還留在裡面啊。」

剩下的工作就沒什麼神祕之處了，不外乎將那個巨大的玻璃纖維橢圓體，粗切輪廓（他提到線鋸），按比例畫圓弧、鑿、削、刨、磨；包括象臂的精準弧線，象鼻、象牙、林旺的陽具、象皮的不同部位摺皺……這些局部。完全的工匠技藝。

最後再把動物園裡，林旺的那張象皮包覆住這個大形螢光塑膠玩具一般的「假體」。所有的小朋友都會朝著那具維妙維肖嘿然靜默在某一靜止時光的大象喊：「林旺爺爺。」沒有人知道縫在它裡面的是一大坨凝結了上百個正方木框格的螢光硬膠。那整套與我原先的「標本製作」想像有些鬆脫的，「把一隻大象的巨大形體從虛空召喚出來」之流程，有一些物傷其類的情感搖晃著我。「我也是那麼簡陋粗礪地在組構小說啊。」那天傍晚，像那些炫耀生命眞相的父親，我故意開車載著孩子們繞過竹叢荒地間的那座鐵皮屋。暮色中他們把日光燈點得輝煌明亮，遠遠望去，標本師和他的助手，兩個渺小的人影在那隻發光的象形巨物上爬上爬下，孤單且專注地工作著。

「仔細看哪，」我對孩子們說：「等到他們把皮披上去，它就變成林旺爺爺嘍。下回老師帶你們去動物園參觀，你們就可以說：我看過它裡面的樣子。」

氣味

有一次，我們帶著兩個孩子去關渡一所醫院探訪一位重病的長輩，之後，像是爲了補償那在寂靜無聲的醫院長廊和電梯、像夢中幽靈戴著口罩與外科帽套來回走動的醫護人員、或是陰暗凝重氣氛的病房中……這些場景裡對孩子們的鎮壓、喝叱、怒目瞪視，我對妻子提議說我們趁近繞去久聞其名的淡水漁人碼頭看看吧（那些咖啡廣告裡孤寂眺海的男子背影、或是汽車廣告小孩拿著焰火流灑的仙女棒乍看像是威尼斯出外景之類的異國漁港）？

當然到了現場難免又出現像看了仿拍《慾望城市》的本土版什麼「熟女日記」或仿製《料理東西軍》之類的本土美食料理名人節目後，嗒然失落的心情。「唉。」有一個台語發音的詞非常傳神而韻味十足，「Kee-Vee」，氣味。歌廳秀場舞台上戴墨鏡穿大翻領白西裝白喇叭褲白皮鞋的老黑狗兄突然拿出一把白色面板的民謠吉他；日文歌曲那卡西；或是我們那個荒僻小鎮每週二便出現燈火輝煌、在臭氣沖天的河邊聚落的流動夜市：那些古早玩具、粗製濫造的佛像茶壺古董、盜版CD、仿冒皮包手錶、瘦身茶養身藥草或一些萬靈萬用藥膏、一些異想天開的民俗按摩器材，再加上那些其實很貴的投竹圈、射擊氣球、丟乒乓球到玻璃杯或彈珠檯之類的遊戲攤子，空氣中飄浮著鐵板牛排、鵪鶉蛋、烤花枝、串燒……這些醬料被炭火糊焦的臭香味。那形成了一種「氣味」。一種集體對「懷舊」的重現。一種無論如何粗糙皆可藏身其中的暗影劇場。

氣味。**Kee-Vee**。走遍全島各觀光景點俱是一模一樣的想像力。大得不得了的停車場，一整排長廊建築裡隔成一小間一小間的公有攤販，賣的卻是全台共同特產的甜不辣、裏粉炸熱狗、大腸包小腸、九份芋圓、機器霜淇淋、棉花糖和那些你明知是訛詐卻每每順手買一兩件給孩子的古早童玩……

港灣裡確實挨擠停泊著大大小小或新或舊的漁船改裝遊艇，碼頭邊約十步一哨便用一張大洋傘兩張課室小桌併成一個簡易購票處，每一個攤位皆有一位拿著擴音喇叭的歐吉桑或辣媽或工讀生在拉客，他們以一艘或兩艘船爲單位，載客或出海繞一圈回來（「看，那就是海。」）或從河口進入淡水河上溯紅樹林。攤位上皆用牛皮硬紙寫了那些船隻的名字，那些名字很奇怪皆取得像侯孝賢電影《海上花》裡，十九世紀上海長三弄堂各以一兩位頭牌掛陣便高張豔幟的「書寓」妓女藝名，既華麗引人遐思流連，又帶著一種不論身體病痛機械故障皆得硬著頭皮接客的孤單況味。

我們停在一艘花名「紫羅蘭」的遊艇攤位前，到那時爲止我從未有一絲帶那兩個分別四歲和二歲小孩出海的念頭。只像是慣性上隨著妻逛街，她總會被那些五光十色新奇眩目的攤販貨架吸引，純粹只是上前哈啦問問價錢或商品內容，便可得到短暫雜駁的與人交談或貿易行爲中提高腦啡分泌的愉悅（那是我不理解的）。但不知爲什麼我發現我們正在討價還價。而且我們正在兩艘船——一艘載客三十人的遊艇（花名我忘記了，也許叫「黑美人」之類的）出海繞一圈，另一艘載客十人的快艇（就是「紫羅蘭」）上溯淡水河道至紅樹林——之間挑選一艘。

我一點都不想出海。那天的天候不佳，遠方海面的上空低低壓著一整片烏雲，事實上我的耳朵後頸時不時感到一陣陣飄下的雨絲。主要是我對這樣來到風景區糊里糊塗被這些粗糙手法規畫，跟著人群排隊掏錢跑一趟「觀光動線」的事情深惡痛絕（像福樓拜小說裡，一個遊樂區的帳篷外寫著：「花五十元參觀全歐洲最胖的男孩。」）。但是「Kee-Vee」，就像你永遠在遇到這樣的女人（她是一個辣媽）——不論是拉保險、拉信用卡、老鼠會、瘦身產品、兒童美語光碟——之後你一定會掏錢給她。你永遠知道你「正在」上當，但那像SM一樣切分了兩個時段：付錢前她對你曲意承歡，百般窩心溫暖；付錢後你淚眼汪汪，不斷哀求她要履行承諾。

事後回想，我發現我不斷對她提出我們的疑慮或需求（我們兩個孩子都太小，必須挑一較平穩的遊程），但她其實一直朝完全相反的方向，錯誤地描述（她不斷遊說我們去搭那艘「紫羅蘭」快艇。她說：船新、安全，而且到紅樹林可以讓小孩對「生態教學」產生興趣）。等我們付了錢，簽了保險切結書，上了那艘快艇，可憐巴巴領了四件大人小孩的救生衣，我才如夢遊中微弱意識：事情正朝一不祥方向進行。

之後上來了一個戴深黑墨鏡像縮小版小黑柯受良（願他安息）的傢伙，他告訴我們（這時這艘小艇已有七、八個傻傻穿著救生衣的乘客）他是這艘船的船長，然後他用一種（又是這個島國的 Kee-Vee）彷彿他是吳宗憲而我們是可憐巴巴接通告上他節目的小歌星，可以不先告知而被他整被他羞辱仍得閃著淚花嘰嘰尖笑的態度，說一些屁笑話。他問我們會不會熱啊？沒關係待會就會有天然冷氣加灑水裝置；吃過午飯了沒啊？待會盡情往海裡吐就可以了。有沒有吃潤喉糖啊？因爲根據他的經驗這一趟回來所有人都會因尖叫而失聲……

那時我就應帶著妻小離開那艘船。但我只是像個城市的拘謹的中產階級，支支吾吾地拜託他不要開得太快，不要飆得太凶，剛剛那位小姐答應我們，我們這兩個孩子還太小……但很快我發現自己像是多年前參加救國團戰鬥營每晚纏著迷彩軍服教官問有沒有吹風機可不可以打電話回家有沒有可樂自動販賣機的討厭鬼。我變成一個不合群的傢伙。我看見他兩個黑墨鏡上映著自己的影子，而下面是一張揶揄的笑臉。

船出海後，如預期地，所有人在側舷飆起的水花濺灑下尖叫（似乎他的工作尊嚴，就在於像榨甘蔗汁小販擠出這些傻B乘客的尖叫），那之間還雜著我的兩個孩子的驚恐哭喊。我聽見自己的聲音在逆風中大叫：「可不可以慢一點，小孩都被嚇哭了。」

突然間，他把引擎熄火，小艇停止下來，摩托馬達的聲響被一種靜謐但沉鈍的海浪拍擊聲取代。那一瞬間我確實第一次感受到小艇漂置在一個非平面的，成千上百個暗綠色的稜狀突起在四周起伏升降的恐怖感。戴墨鏡的臉面無表情地和我對視著，他說：「怎麼樣？要不然我們就熄火停在這裡，這就是海。沒有速度，我們就是這樣被海浪衝來擺去。」所有的乘客都哀求他快快把引擎啓動。有一刻我想在那劇烈顛盪中站起身走過去揍他。我心裡想：這是強暴。我必須在第一瞬間將暴力還諸在這個病態的傢伙身上。但很快我便被身邊那沒有邊際、如此實體感的野性的海浪給馴服，我對兒子說：「不要哭。」然後憎惡欲吐地對那位充滿 Kee-Vee 的船長說：「繼續開吧。」

假日校園

假日的午後，妻子到這間學校的「會議中心」發表論文，我則百無聊賴地在老舊而灰撲撲的校園閒晃。有一架裝了鑽釘的怪手正在破壞一棟教室大樓的結構，在冬天乾燥的空氣中發出「吭吭吭吭吭吭」有點不真切的聲響。鋼筋扭絞橘磚瓦礫傾覆。那樣的校園讓人覺得憂悒。像是很多年前某一個忘記了的溫書假，急匆匆背著書包卻發現只有自己一個站在空盪盪無人的校園裡。所有的教室建築像老舊國宅社區裡的樓房靠擠在一塊，除了那幢突兀巨大拔地而起的簇新「會議中心」，其他的水泥建築真的很像建校之初，就把某一區域內的幾棟民宅舊公寓買下，然後圈一圈圍牆當作校園。

我是那麼地對假日人去樓空的校園充滿感情——如今我的生活實質已變成「命運交織」的關係網絡：照顧兩個稚子的妻子、照顧已彷彿古代化石魚之父親的我娘，照顧近百歲阿嬤的我哥，照顧家裡僅存兩隻殘命老狗的我姊……。不敢置信我竟變成這個網絡中並不任性亦不頹廢的無趣角色。朋友變得若即若離，仔細想想同輩相識中像我這樣無辦公室人際，卻過著中產階級生活的都市流浪漢竟再無一人（印象裡早些年這樣的傢伙我認識不少）。如今大部分的獨處時光都是戴著耳塞擠在連鎖咖啡屋吸菸區那些手舞足蹈嗡轟交談的陌生人群裡——好多好多年前，算算居然有二十年前了，我的青少年時期，常把獨自晃蕩的時光消磨在那些無人的假日校園中，無人的課室桌椅。操場。走廊。鋼琴蓋上敷了一層彩色粉筆灰的音樂教室。鎖死的化學實驗室和工藝教室。

但是這個校園……

沒有一處角落讓你想坐下發呆抽根菸。好不容易抓到一個年輕學生，問你們學校裡可有咖啡屋？搖搖頭說學校後面可能有一家。照他手指的方向繞過那些灰舊教室，穿過一個兩百公尺跑道的操場（亦是像枯乾河床邊被廢棄的某個什麼燒肥料場或違法掩埋場那樣，給人一種荒涼曠廢的印象），走到校園的盡頭，一堵插滿玻璃酒瓶刺片的圍牆，紅漆鐵門用長鐵鍊鎖著。廢棄的警哨亭。隔牆竟是一座金漆耀眼的、民間神壇燒紙錢的大金爐。圍牆有一小段的玻璃刺被人敲掉，牆腳斜倚著一塊木頭築板，想是學生們懶得繞一大圈從正門走，遂「牛羊踐之爲徑」，走出一條翻牆捷徑。

我踩著那築板翻牆出去，隔著一條塵土飛揚的馬路，是一排連棟幾乎和校園內那些教室無有差別的灰舊公寓。哪有什麼咖啡屋？除了一家坐滿了打電動學生的網咖，一間漫畫出租店，一家OK便利超商，兩家美而美早餐店，兩家燒餅油條店，一個拉上鐵捲門的店鋪外的香雞排攤車，再就是一個豬肉攤。

無有咖啡屋。順著原來的牆缺口爬回校園。心裡微弱搖晃著一個疑惑（我是不是已經變成一個只能坐在咖啡屋才能寫作的，那些所謂的「都市作家」？）。但是那麼醜的街景……

因爲找廁所，走進原先覺得乏味至極的建築裡其中一幢，也許是建校之初即存在的一座大樓。有一些從外觀想像不到的陌生感受：那是一條極長的走廊，廁所照例在走廊兩側盡頭。我選了右側，結果賭錯，只有一間女廁。我想那從樓梯間爬上二樓或交錯著是男廁吧？結果仍是女廁，所以男廁清一色在走廊盡頭另一端。這麼笨的設計證實了這棟樓的年代久遠，但或就像他們說的，房子愈老舊，就似乎在各角落禁錮著愈多故事的幽靈。那種因爲水泥建築超出習慣的延展深度，在走廊盡頭，光源變成一種闇黑深處，蒼白飄浮的剪影。那喚起了久遠年代以前，也許是在一個夢境中的經驗，我曾那麼好奇又感傷地，在那樣一條醫院長廊走著的記憶。光像刮痧時一點一點慢慢從肌肉內裡浮至表面的斑粒。那麼老舊的建築，各間辦公室的門框外還有一道紗門哩……感覺也那樣一點一點地浮現：磨石地板，過期的紅漆滅火器，布滿水垢鏽斑的飲水機，黏滿蛾屍的吸頂白玻璃燈罩。

我便坐在那幢舊建築長廊盡頭的小梯階，拿出小錄音機播聽一卷錄音帶。那是一位前輩交給我的功課。錄音帶裡是一個年輕女孩無防衛、慵懶且漫無頭緒地亂聊自己，當然每一個段落這個前輩的聲音就會出現，一開始你會以爲那只是介於廣告公司會議室較輕鬆又不正式之 audition 與 pub 裡中年男子和年輕美眉不花腦力哈啦打屁的一次錄音記錄。但後來我發現這位前輩每一個看似散漫的搭話，其實皆充滿了人類學田野調查採錄故事的高明技巧。女孩的聲音帶著一種睡眠不夠的錫澀。透過小錄音機喇叭的破音質在這假日無人的建築物走廊裡，奇異地竟有一種不世故但亦不天真的性感。我沒見過這個女孩，但這位前輩導演卻要我從聽錄音帶來憑空發展一個，她們這世代（說實話我完全不瞭）的都會美少女，如何穿過不可能的昂貴名牌、衣裝，穿過與年齡不符的昂貴美食品味；怎樣在不同城市、機場，但卻全球化的玻璃鏡城裡漂流……一個人物輪廓，一則無傳奇城市的童話，一小截用考古釘錘小心翼翼從灰岩中敲出形狀的故事龍骨……

一開始他們哈啦車子，女孩非常興奮地描述剛才在樓下看到一部最新款Porsche，車牌開頭字母是GS，表示非常新，前輩導演則悻悻然地說他最近才剛賣掉一部Porsche（這是整卷錄音帶他唯一一次露出小男孩炫耀自己昂貴玩具的一面），然後他說，對啊妳不像是開賓士的女孩，那種車是人家大老婆帶菲傭去幼稚園接送小孩開的。然後他們專業之極地聊了一大ㄊㄨㄛ我聽不懂的高級跑車牌子。妳該開那種什麼什麼的……，哦不，我真正想買的是那個什麼出的新款什麼什麼……。然後導演一一問了女孩的父親、母親（可能離婚了，因爲錄音帶裡的描述，她怎麼好像有兩個母親）、哥哥、姊姊、弟弟……各自開什麼樣的車。然後導演問了一下女孩提的LV，在這話題一會便不了了之（我猜他對名牌皮包不是挺內行）。後然他們開始哈啦台北的高級餐廳和夜店，安和路上的、天母的、敦化南路的哪一家，像兩個盲棋高手在對弈（很慚愧，他們心領神會說的那些店名，我沒有一家聽過）。最後是導演嘆了一口氣：「反正妳和妳的朋友們是哪家昂貴往哪家去，不夠貴的還不屑進去是不是？」他似乎也被她見過的世面輕微驚嚇。女孩則對那些常一塊玩兒的「誰誰誰的兒子」發了一頓牢騷，說就老是這一群人，老是去這幾個地方玩，沒意思。導演則打斷她，說那妳的交友層會突然往上跳一大截吧？妳這樣的消費檔次，同齡的男孩子跟不上、吃不消。二十八、九歲初入社會的男生，每月收入買妳一個LV恐怕恰恰好花光，肯定再得往上跳。女孩說但是I pay everything for myself。導演說不是，是他跟不上，他連跟妳走進那些店都會腿軟……。他說基本上妳們這一塊的女孩（非常好命的）只有一個問題：就是被寵壞了。沒真正吃過苦，所以成長的代價常是一種對人的任性或自私、懶、愛睡，品味近乎偏執地挑剔，美食主義（女孩說：眞的吔）。但是這一切精緻的、脆弱易碎的櫥窗般的生活，下面是沒有基礎的。那是以妳們的才能智商辛勤工作一輩子都不見得能賺到的。那都是父母給的。所以有一塊東西必然被抽空掉了。某一個年齡不同類型的朋友，或是像純眞之類的東西……。他接著說，妳不覺得不可思議喔，有另一個世界的女孩跟妳們的世界其實很相似喔，那就是最高級的酒店小姐。女孩詫異地笑，酒店小姐？太離譜了吧？他說不，妳知道，妳們見過的世面她們全見過（她們可能和這社會各領域最菁英的傢伙都碰過），妳們消費的夜店、名牌店她們全消費得起，她們一定坐過各式各樣的跑車……。惟一的差別是妳們不高興可以玩玩把小男朋友甩掉這種小遊戲，她們沒有這一部分。還有，她們，必須定期，眞的去看心理醫生。她們累積的傷害一般人難以想像。除此之外，她們比妳們還懶、還愛睡……

說實話，在這無人走廊聽這麼一卷錄音帶，眞的自己一個人哈哈笑得回音似鬼。

父親的鞋

金黃色的往生被覆蓋著父親，那上面用紅墨水手工粗糙地拓印著一些我看不懂的密咒和經文。覆住頭顱的部位隱約可以看見鼻樑至下巴起伏的輪廓。我在那漫漫長夜，宛如夢遊的誦經時光裡，難免浮想聯翩，經被下的父親，此刻正悄悄地移形換貌，變成另一個什麼模樣？也許待會掀開經被時，赫然可見誦經造成時光逆走之奇蹟：躺著的是一個面如敷玉，未經歷過這許多流徙離散、苦難的美少年；也許如我小時候讀薛仁貴與薛丁山的故事，掀帶之瞬，側躺著一隻色彩斑斕的大老虎，那是父親的元神。也許隔著一塊布料，父親的臉上帶著奇異的笑容：

「你們這些傢伙。」

父親剛過去時，我被一種劇烈的生理上的顫慄給攫取，整個人失控地抽搐哭泣，「啊，眞的死去了？」但之後卻慢慢被那一群（母親的朋友）嗡嗡轟轟的低沉經文聲給鎮懾撫平，安定下來。

父親的病已拖了三年，如今他走得安詳，我更多的心情是「你受苦了」。而非遽失摯愛之人的驚恐哀慟。他被母親和哥哥從榮總用救護車運回家時，只剩一口氣了。我抱著他胖大的頭顱，倒退著，跟著混亂的人群穿過那條闇黑狹小的弄子。「爸爸，到家了。」「爸爸，不要怕。」母親、哥哥、姊姊都慌張對擔架床上的他大喊。這或是我們這一家人，第一次不害羞地在人群前表露對他的愛意。

他被抬上了預放在客廳的停靈床上。護士說：我現在要把他的這些管子拔掉了。她用小鑷剪剪斷一些細管，把黏在他焦黃皮膚上的膠帶撕掉。有一條藥劑的管線插入肩胛部位的洞口可能很深，她拔出時要我用棉花用力壓住，以防動脈血噴出，這樣剪管線、拔出、摳掉黏在皮膚上的黏膠，然後將鼻胃管拉出……最後終於只剩下兩條接一個蜂巢大小塑膠幫浦（幫助他呼吸）的透明塑膠軟管，護士說：「我現在要把這條管子拔起來了。」她帶著一種儀式上的詢問和宣告，我們說好，那管子拔出，等於正式放下握住父親，不捨讓他獨自遠行的手，最後一條繫住他生命的人間之繩。拔管後，我被混亂的人群推擠到另一側榻邊，和哥哥、姊姊一起跪下唸佛號。那位唐老師（母親這一群趕來唸佛朋友的精神領袖）把臉貼在父親額頭前對他低語，然後將金黃色的往生被帕覆上父親的臉。

那時我心中難免浮出嫉妒之情，那個對父親最後時刻款款低語的角色，不是應該是我這個么兒嗎？父親即使在生命最後這段時光，神智散潰之狀態，只要我貼在他耳畔，學他老家的鄉音，粗聲大吼：「爸爸，等這一切痛苦過去，我們爺兒倆，再一道回江心洲找奶奶，那時辰，什麼好酒好肉都可以痛快大嚼大飲啦……」父親總會露出童騃的笑容。結果這臨終的散潰時刻，我們仍得趺坐在一屋子影影幢幢的念經人中間，唇乾舌燥，全身痠痛，把單一的個人身體，透過喉頭唱誦的佛號，被編納吸收進一個共鳴的，不帶感情的巨大集體。那樣長達十幾個小時的集體時光——像以父親的新鮮屍身爲核心，全部的人被包在一枚夢魘的膜胞內，眼耳鼻口全被懸浮的液態物事塞住——眞的一如鍾阿城先生所說，古代的祭祀其實是一集體催眠（透過如大麻等致幻劑）的幻覺活動，由巫師暗示引導，因爲個人的經驗匱缺，所以共同進入一種集體昇天會見祖先的「共High」冥想幻念……

十幾個小時後（那時已是第二天中午），唐老師將往生被掀開，像展示一件發光的神器，「恭喜，現瑞相了。」父親的臉帶著神祕的笑意。我們七手八腳地把他撐坐起來，他的頭頸仍非常柔軟，我們把原先壓在他身軀下方的褥墊、床單抽掉（那上面的血跡體液，像耶穌的裹屍布一樣沾滿了父親最後一段時光身體受苦的痕跡），七手八腳地替他穿上內衣內褲。壽衣的部分，因爲在母親終於接受「留不住父親」這件事到父親眞的去世之間的時間實在太匆促了，她從夾層閣樓上找了一件寶藍色絲緞長袍，沒有人記得這件漂亮衣服父親從前究竟有沒有穿過（寫到此我又眼淚汪汪，我那可憐的父親，他老年時的壞毛病即是一切好東西都捨不得穿用，全部屯藏在這屋裡包括他自己沒人找得到的奇怪角落）。我們幫他換上長袍時，我發現胸襟下方有一個小小的，可能他某一次穿著參加重要聚會，不慎把菸蒂掉落燎燒的小黑洞。

父親的笑意更深了，我記得小時候，他帶我們參加一位他老師的葬禮，在往殯儀館的計程車上，他從前座回頭，嚴厲地警告我和我哥：「你們兩個，待會到會場，哪一個敢給我二百五嘻皮笑臉的，看我回家剝他的皮。」小時候我對那樣盛怒威嚴的父親畏懼不已。如今我卻懷疑，他在那樣警告著我們時，其實心底是否亦壓抑著一股笑意，那個我和我哥血液中莫名愛耍寶讓悲慟變得滑稽的，某一部分的他自己？

因爲末期整個身體水腫，很難找到合身的大褲子。本來母親找了一條藍白直條紋的睡褲，我們替他換上後（我和我哥滿頭大汗拗折抬起他的臀部和大腿），眾人發現那褲腿僅及膝蓋——這怎麼去見祖先？——母親爬上閣樓又找到一條簇新（又是父親捨不得穿而藏起）的西裝長褲。我們七手八腳把那條睡褲褪下，再又扛又抱地替父親換上這件西裝褲。雖然眾人佯作不見讚嘆：「好帥喔，」「這樣穿好帥喔。」——像在哄一個要去遠方見一群陌生人的靦腆孩子——我卻注意兩個褲腳的下邊全被蠹蟲蛀成鋸齒狀。但這時我母親像個變通又機靈的媳婦，像他最貼心之人，人群混亂中靜靜蹲下將西裝褲腳的鋸齒襬反摺至內面。

這時我們遇到整個入殮過程最恐怖荒誕的狀況：我們找不到一雙他穿得下的鞋。父親本就是個大腳，捱病的末期組織液全從血管滲出，那雙腳更是腫得像發壞的麵糰。白白胖胖，腳脛的輪廓都消失了。幫忙買壽鞋的師姊拿了一雙黑色功夫布鞋，說是最大的尺寸，但那只怕連套住五根腳趾都不夠。於是母親又去鞋櫃裡胡亂翻出父親從前捨不得穿的鞋：有硬得不得了的登山鞋，有一雙奇形怪狀的老芋仔鞋，還有和一身長袍很不搭的長筒球鞋。……這時父親的腳踝關節已經鎖死了，腫大的胖腳我們又怕一用力會破皮冒水，一雙一雙試下來都不成，我突然想起自己腳下的這雙鞋，那是我的連襟，妻的妹婿（他是一位督察官，據說是鞋廠曖昧不明的餽贈）給的一雙仿冒克拉克鞋。那是一雙好鞋，寬大舒適，皮質柔軟，底墊彈性好，鞋面上還覆了一道有金屬釦的皮帶，我糊里糊塗穿了一段時間，有一次我的老闆瞥見了，誇張地說：「你這雙鞋至少要一萬塊。」我訕訕地說怎麼可能？他說眞的，這是雙高級鞋，我看那金屬釦就曉得。我們問過唐老師，可否給死者穿親人穿過的鞋，他說：「很好，這樣的意義太好了！」於是，在一番塞擠撐拉下，像奇幻的喜劇，我的父親，這一生最後的一雙鞋，竟是穿著從我腳上剝下的仿冒名牌鞋。

那像是父親最後會心傳給我的某個祕密的耳語。他最終穿上了我的時髦鞋子，搭配那一身寶藍絲緞長袍（襟口有一個菸燎小洞）和西裝褲（褲腳不小心會掉下一圈鋸齒），像離家一輩子終於返鄉的老遊子，見到那些祖先、我祖母，或他遙遠時光的年少同伴，他會滑稽又炫耀地撈起褲腳給他們看，讓他們摸摸研究：

「看看，這是克拉克的鞋子，我兒子的老闆說這雙鞋最少要一萬塊嚇。」

想起一個人

大學時學校附近有一間小小的素食自助餐廳，奇怪是不論外頭是怎樣的正午驕陽，一走進去就覺得光度黯弱下來。狹窄的屋室中央是一個桌面包覆了不鏽鋼外皮的餐檯，上頭擺放著一盤盤菜餚：清炒的、紅燒的、勾芡的、涼拌的……菜色自然比那些動輒上百盤選樣的學生自助餐廳寡少，但或因老闆本身之潔癖，從餐檯、桌椅、地面、碗筷餐具，乃至食物本身，都保持著一種纖塵不染的潔淨印象。在那個年代，素食在年輕大學生間或不像如今普及，我記憶裡環繞在那長條餐檯四周、靜默地拿著鋁夾取菜的餐客，竟都帶著一種夢遊者隊伍或盲眼僧人繞著轉經輪打圈，嘴裡嗡嗡唸著經文（實則並沒有人交談或發出聲音）的錯覺……

也許都是一些佛學社團的學生，過於年輕便在生命裡遭逢了大苦難或大疑問，使他們透過某些儀式或戒律栽進一個抽象寂滅的秩序裡，那使他們的臉全像老木匠手下的菩薩像，垂眼低眉，無表情無眼波流轉無青春不自覺的擠眉弄眼或生殖逗引。那使得每次走進那幽暗安靜的店裡，其實之前在課室裡還和人渣同伴們較勁說著黃色笑話，或才從賭博電動玩具店鑽出來的我，總覺得冒犯、不安。

餐館的老闆是一個臉龐白皙，眼睛像馬一般黝黑良善的中年男子。他非常沉默，只有在算帳時專注看著餐盤下的電子秤，甚至有點羞赧地唸出一個數字：「四十二塊。」「五十塊。」完全不像後來我去過的諸多掛滿佛像或勸善文的素菜餐館，掌櫃的皆帶著一種混合商業與宗教的和善，一種修行人說不出哪裡讓人覺得不舒服，不知是自信或謙遜是誠摯或偽善的什麼（我想：或許是那些喜樂且虔誠的臉，對你說著「阿彌陀佛」時，總讓你困惑：如何可以以如此簡易之路徑，穿行過你打顫、疲憊、灰暗穿過的，外頭的龐大城市，那個死蔭之境、那個糾葛纏繞的娑婆世界？）。

那個老闆，是個內心被什麼事所困住的，緊張之人。

他的妻子，是個嬌小的女人。臉較丈夫黑瘦，也有一雙良善而不敢直視人的美目。她比她的男人還要害羞，常常佝佝地拿著條抹布，像想把自己隱形那樣，低頭縮肩各處擦擦弄弄。臉上總掛著抱歉的微笑。或有人問用過的餐盤該丟哪啦或是你們禮拜天有沒有開這類尋常問題，她的臉便會刷地整個紅起。

在那個構圖裡，有一些輕微的，以我那年紀（心浮氣躁無能靜止鏡頭觀察人，或恰好相反太過專注於自己甲蟲坑穴般的自閉世界而缺乏搜尋外面景物時停駐下來疑惑的能力），並無法辨別的怪異。也許曾閃過一絲幼稚古怪的揣想：這對美夫婦，若在古龍的小說裡，或是一位性格孤僻劍術高強的殺手級人物（「中原一點紅」？），帶著像瓷器一般脆弱的心愛小妻子，避走江湖凶險，隱姓埋名在此謀生。

去得常了，老闆偶爾會在報完菜價後，抬頭對我擠出一個無奈的微笑。那是什麼？以我當時和他的年齡落差。電光石火一瞬而逝即收回那木訥拘謹甚至無神的眼皮下。是看出了我也是一內在歪斜而終將被這世界擊毀之人？或他在跨過時光對我傳授心法：「這就是難堪的生活本身哪」？

後來有一段時日，忘了是什麼原因（是因我和朋友駕車不慎撞凹一台賓士而賠了一筆對大學生來說算天文數字之鉅款？或是沉迷於某類電玩而錯過每日之用餐時間？），約隔了月餘才又踏進那間素食店，端著菜盤算帳時，我對老闆笑著吐了吐舌頭。

不好意思，那麼久沒來了。

板著臉。面無表情。如一尊得罪了的白瓷菩薩像。

哦，是個器量狹窄之人。

（許多年後想起，參照體會的座標多了一些，「是個死心眼的傢伙」，「是個慣性之人」，「是個不世故的自苦之人」，或者「是個癡人」。）

於是，便不太往那店裡去了，混在一般的學生自助餐廳裡吃肉邊菜，便宜菜色多油又重（可能就是髒了些）。有那麼一兩次經過店門口，老闆蹲在水管旁洗鍋洗杓洗餐盤，一抬臉，不知有意無意，眼神空撈而過。成了陌路之人。於是更不願進去，有時想起甚至繞路而行。

如此，暑假，寒假，日夜顛倒的大學生活，菸抽得多了，鬍子留得長了，頭髮亦懶於梳理而活脫脫像個流浪漢。甚至念的科系也從森林系轉到文藝系。這樣過了一年餘。有一天，一位高中時的摯友退伍上山來找我，帶他到學校亂晃，經過那間小餐館，「咦，這裡有家素菜店，對了，我已經吃素一陣了。」朋友說著便往裡走。

其實也沒啥事是吧，不過就是食客和餐廳老闆間稀釋在芸芸眾生間的人情。走進店裡，仍是那一派的昏暗。餐檯上攤放著一盤盤潔淨且輕輕冒著白煙的菜餚。用餐時間，桌椅間卻一個客人皆無。低頭夾著菜，餘光卻見秤重算帳桌後白濛濛一個站得挺直的人影。

端著餐盤走過去。經過大湯鍋邊時，角落另一個倚牆而立的身影，險險嚇了一跳。是那個害羞的，有一雙深眶美目的老闆娘。一臉燦爛笑著，眼神卻近乎無禮地直瞪著人瞧。又笑。這次焦距並不是對著尷尬的客人。像沉湎在什麼多年前一件極有趣之事中。這時確定了些。這個女人瘋了。

不曉得他們的生命裡發生了什麼事？拿菜算錢時我不敢看那執拗男子的臉。「四十五塊。」「六十三塊。」沒有任何情緒的聲音。朋友似乎也有感於這店裡的詭異氣氛，兩人不發一言地用著餐。

不記得後來過了多久，有一天那間店便收掉了，消失了。

戀戀風塵

仔細想想，這些年來，我和D君或有這樣的，米基．巴魯和馬修．史考德式，「風雪故人來」，在pub後面廚房，喝酒交換故事的淡泊交情。我們大約數月或半年碰一次面。而每次碰面，總像暫時喊停了各自身後那眞實世界裡的時間——我的陀螺亂轉的「家族遊戲」；或是他那鬼影幢幢被狗仔隊跟監的不幸生活——像流浪漢交換展示上回一別之後各自拾荒收藏的垃圾寶物，一個故事哈啦著一個故事。我當然也頗習慣和D君坐在阿寬開的「挪威的森林」、或在師大夜市吃蚵仔煎時，那些上前來禮貌打斷我們談話向D君要簽名的女影迷們，雖然之前的談話或許正像重考班的爛哥們：D君正大吐苦水媽的現在這麼容易被認出，不知該如何去把馬？

有時我或會想：D君是否是個像「華麗的蓋茨比」那樣的人物呢？雖然他一直抗拒著自己被認出——對照著電影裡的那些角色或八卦雜誌對他的「好意」，但被「認出」這件事總不斷提醒著：喂你並不是眞的高四重考生或流浪漢，我甚至懷疑那些「哈啦時光」裡興味盎然和我玩著故事腦力激盪的D君，是像《巴黎．德州》裡那個流浪漢，懷中藏著一張昔時照片，那是他對某種平庸、美好的人生之懷舊、注視。

有一次我莫名被叫去作一個電影影展的評審，但到了初審會議的前一天，我發現我還弄不懂「最佳攝影」、「最佳造型」、「最佳美術設計」、「最佳剪輯」這些專業領域之精準定義。我向D君求援，約定當晚在他的流浪漢宿舍臨時惡補。不想那天黃昏時我在便利超商瞥見他上了那週我寫專欄的這個雜誌的封面（眞是尷尬哪）。那個晚上，我便在D君的住處，一邊聽他接著各方打來的慰問電話，壓抑情感地解釋、澄清，並得體地對那個亂爆料的女孩絕不出惡言；一邊則用遙控器播放、停格、再播放，細部講解（以《PTU》、《盲井》和《巴爾札克與小裁縫》爲教材）什麼是美術設計的工作，什麼部分是剪接師的魔法，攝影的專業炫技在哪……只有在夜深我告別，他送我走下階梯取車時，才稍稍洩露了一些情感——被虛構、扭曲，然後大量流傳的另一個自己，一種焦躁、憤怒但又亢奮的情感——他輕輕摸著一輛車的照後鏡，指著暗影裡停在山溝旁的一整列車，說：「媽的現在說不定其中一輛就躲著兩個狗仔隊，對我們這邊拍照呢……」

另一次是和D君參加了一場座談。那個邀約的女孩略搞了點小詭計，她在我們答應這個活動後才模糊地說出講演的地點不在台北而在桃園復興鄉，而直到我搭著D君的那輛三噸半ISUZU大休旅車一路盤旋爬坡近兩小時才知上當：「操！霸陵？聽起來好像是去爬大霸尖山的入山口那種感覺？」果然會場是在北橫公路起點的高峰之巔。入夜溫度低至五度以下，山櫻遍植、蔣公銅像，還有一幢幢高山聚落氣氛的派出所、消防隊、鄉公所在整排賣香菇、金針、高山特產的原住民商店……

那晚D君倒是讓我這個總是對著十幾個打瞌睡的聽眾乾巴巴演講的酸文人大開眼界：上百個年輕女生在台下如癡如醉眼睛發直猛呑口水……對不起我或許寫得太誇張了，不過那晚的座談結束之後D君的心情顯得極佳（不知爲何我總有本事在這些克己功夫極佳的傢伙身邊，仍然觀察到某些微細的，他們不欲人知的情緒起伏），於是黯黑漫長的下坡山路我們就開始飆起故事來了……

D君跟我說了一個關於討債公司的劇本；之後我或許說了一則報上看來的新聞：十年之內全球的可可豆皆因一種病蟲害而集體滅種，也就是有一天地球上可能再也吃不到巧克力這種玩意兒了；我且說了一個最近看的短篇小說：有個傢伙繼承了一只他祖父留給他的標本玻璃瓶，裡頭用福馬林浸泡的是一枚巨大的，某位將軍的陽具；而D君又講了一則報上看來的，一位大學生用攀岩術夜闖百貨公司卻摔死的奇幻新聞……當我們其中一人說完一個故事，另一個人或許問些細節，然後便說起另一個故事，不對前一個故事評論或表達喜惡。原先那人會點一根菸，靜靜從故事的情緒中退卻（如果是D君，他則邊把方向盤邊吸菸）。

車外旋轉景色如魔山之夜，只有車前燈打光處，雨絲紛紛。D君突然說：你知道從深坑往台北，還沒右拐上北二高前，有一家中油加油站，那加油店前有兩個檳榔攤？我說我記得啊，不過我後來都走聯外道路不繞進鎮裡了，怎麼樣？

D君說，其中有一個檳榔攤（該死的是我忘了他說的是第一個還是第二個？）有一個檳榔西施……

我自然是尖聲怪叫，威脅他說嘿嘿我要把這八卦賣給狗仔雜誌喔……像國四重考生流鼻血傳閱 *PLAYBOY* 一樣要他描述描述那女孩的模樣兒……我說咦我記得那裡剖檳榔的不都是阿婆嗎？

那個女孩……D君叼著菸，平靜地盯著駕駛座前方，他說，那個女孩肯定不是你喜歡的那一型。他說有兩年了，幾乎每天，我要到台北，上高速公路前，都會停車在她的檳榔攤前，買兩包白長壽。

我說那她沒認出你？

沒有，D君說，那女孩酷酷的，她的嗓音很低沉，每次她就問我：「要什麼？」我就說：「兩包白長壽。」她把菸交給我，我就搖上車窗開走，除此之外什麼都沒有。兩年來就只有這兩句台詞，D君說，你知道嗎？我每天去台北前，只要能這樣看她一眼，聽她問那樣一句話，接過她遞來的兩包白長壽，上了高速公路，就覺得那天像被祝福過了，景物皆浮著一種淡金的光暈，好像我那天出門定然好運罩頂……

我問D君：所以你這兩年沒在便利超商買過菸？全跟那位檳榔西施買的？

是啊。D君說。

我說，你真夠變態的。

後來我還是禁不住好奇，開車載著妻小從台北回家，故意不走聯外道路，繞過那家「D君的檳榔西施」，那時正是黃昏，那個路口車潮洶湧烏煙瘴氣。街角一家二手車店停放了一輛輛烤漆鋥亮頂著黃色壓克力小牌的待售車。那兩座裝飾了粉紅粉綠霓虹燈管的玻璃小屋裡各坐了一個年輕女孩，她們各自孤伶伶蹺著腳坐在那片光與暗影如此混淆的構圖裡，低頭專心剖切著檳榔。我的妻子陪我一起在車內觀察了許久，當我把車駛離那兒時，她嗒然若失（以一種美容院翻看八卦雜誌的婦人口吻）地說：

「原來這就是D君喜歡的類型啊。」

最好的時光

侯導的新片《最好的時光》，我大約是在一個多月前看試片的，三段式不同時空背景乃至不同街景、服裝、色調、男女主角（皆由張震、舒淇串演）之間互動時的「侯式靜默」（無言、眼神不敢直視對方、表達關愛時的顧左右言他、佯怒、壓抑情感無適切話語形式描述自身），乃至於他們與周邊人物之間的交際形式……皆如此不同。身邊的朋友對這三個短故事各有好惡，我個人倒是偏愛第一段的〈戀愛夢〉。距看片後已這許久，腦海中仍對那個恍如我少年時代一度流連的撞球店惦念不忘；舒淇在其中排攏司諾克紅球，球客們用藍色巧克裝腔作勢旋磨著球桿頭的軟膠，叼著菸，輪到打球時則把菸擱放在球檯邊冒煙，俯身專注瞄球，有時忘了，菸頭會把那廉價的木片貼皮燒出一個又一個燻黑泛油彩的燎疤。

那像是夢中場景。零零落落一群人在裡頭打球，有國中生，有長瓢子迌迌仔，有阿兵哥，偶爾有一兩球技嚇人的老灰仔。光度愈暗，所有人在裡頭喀、喀、喀緩慢無聊地擊球。偶爾討人嫌地喊一聲幹：「嗆司喔。」「突槌。」「駛恁老母來一粒三顆星尾袋。」「撿角啦——」

那些人像鬼魂一般在畫面裡待著，時間到了猶不曉得離開。

奇怪的是，我的年代和侯導（在電影中追憶懷想的）那個年代相差可能快二十年。我的青少年遊蕩時光，其街道、公寓違建、雜亂機車騎樓與粗陋的高架橋石礅，應當是和第三段講歐陽靖故事的那個街景較近似啊。但爲何如印象畫派著魔於「時光」的復原與構圖，三個各自不同年代氣味彷彿自光幕淹漫而出的停格幻燈片，只有那個理光頭騎偉士牌在南台灣省道惶惶然奔駛，尋找一個根本只有一面之緣（加上之後單方面自軍營寄出的、拘謹又乾澀、抄了大段情書大全的幾封信）即遷徙漂流至其他鄉鎮小撞球間的計分馬子，這樣一個苦悶年代，比第二段的默片更像默片，光陰大把耗擲亦不用擔心被整個時代快轉影片般、閃跳光點的「現在」所遺棄……那樣一個時光，讓我似曾置身其中，心嚮往之，爲其消逝不復再現而感傷，覺得它「最好」？

我第一次看到侯導的電影，是在高三時糊里糊塗陪一位人渣哥們和他的補校馬子，於金山南路的一間「寶宮戲院」，看了《童年往事》。那時我的生活、友伴、讀的書，距所謂的「文藝青年」何其遙遠！我根本不知道國片除了小時候父母帶我們去中山堂看機關免費播放的《秋決》或《英烈千秋》、《梅花》之類的，還有什麼？遑論其時正發生的台灣新電影運動。說實話，我和我的人渣友伴，除了在咖啡屋抽菸打屁、到冰宮作弄那些誇張尖叫沒大腦的逃學女孩，或是缺錢時陪著誰誰搭公車到新莊向他顧電動玩具店的熱褲姊姊要了一整布袋的銅板，或是南下台中被某某的舅舅帶去一間豪華得像羅浮宮的西餐廳看廖峻澎澎的黃腔秀……

基本上是活在一個枯燥、乏味、沒有文藝氣氛或另種生活可能想像的醜惡時光。但是，那樣的我，看著電影畫面裡的「阿孝咕」在母親葬禮上，一張被自己的莽撞與動物性的沉默執拗重重傷害的臉，無法對抗生命裡說不上是不義或懲罰，但卻所有珍貴的皆一件一件被拿走。……坐在黑暗戲院裡，竟和銀幕上的演員同樣一抽一噎，熱淚漫面地慟哭著。

〈戀愛夢〉讓我想起《童年往事》以及後來的《戀戀風塵》。其實我日後反覆懷舊吹噓的所謂迢迢歲月，無非是城市小癟三抽長了書包揹帶穿著灰白訂做制服和變形大盤帽，在那些比同時代苦悶蒼白少年多一點點色彩（司諾克光可鑑人的紅膠漆、不良少女的蓬蓬裙、黃長壽的菸袋、咖啡屋暗色調裡的彩虹燈。光華商場藏在灰塵漫飛的舊雜誌裡的日本女優寫眞）的「不良場所」間穿行、漫遊。距侯導電影中那種白刀子進紅刀子出，一群鄉村公路旁勇悍肉體逐打追砍的原始暴力甚遠矣。身邊的友人也聒噪滑舌得完全無一人似電影裡那靦腆、靜默，面對青春有無限的委屈與認眞。但爲何我一看到電影那光陰停滯的撞球間，就有一種無明鬼撞見戲台上展演自己一生荒唐，恍然大悟同時被濃霧般哀愁包圍的鼻酸？

那個「最好的時光」裡，如印第安人乞靈沙畫，在構圖上細微索索勾動了我們對某一個年代丟失之物的遺憾或輕輕疼痛的，究竟是什麼？

關於撞球間，我記得國三時有一段期間，每每於下課後和一票傢伙路途迢遠搭公車到中和復興商工附近一間窄小破舊的撞球間敲桿。那間店只有兩張檯子，其中一張的桌布甚至破了兩三個大洞，你可以想像擊球後紅球及色球們四散翻滾最後竟會陷進那月球表面般坑洞的滑稽畫面。所以我們興沖沖趕去，總希望能排上那張好的球檯。那個老闆娘是個老厭物（以我們當時的少年眼光看來），她總在用粉筆在黑板記時間時，不乾不淨動手腳給我們多算錢。如今想來，她汙的不過也就那十幾二十塊，但當時卻令我們幾個口袋翻出來所有零錢湊足只爲了敲兩局的少年非常不爽。可能也是這個勢利的老太婆打從心眼裡就瞧不起我們這些每次算帳都摳摳蹭蹭、穿制服短褲的小鬼（有一次我們甚至球資不足，還把其中一人的手錶質押在那）。印象裡我們總被她有意無意排去那張破球檯。而她面對那些阿兵哥或職校的有錢傢伙，總是諂媚搭訕，笑得花枝亂顫。

爲什麼我們總要千里迢迢，跑去那樣一間光線暗黑、破舊狹窄的撞球間讓人嫌呢？可能是其中一個傢伙自作聰明的主意：這裡離我們學校遠，已脫離訓育組長的管轄區了。

有一個下午，我和另一個瘦傢伙，來到那間撞球間時，意外地竟一個客人都沒有。我們當然無比舒愜無比奢侈地享受那張綠色桌布像高爾夫球草坪一樣平整的好球檯。但敲了沒幾桿，進來了一個穿黑皮衣的阿兵哥，那個做作的傢伙還用一隻長夾皮袋帶著自己的球桿呢。那個老闆娘竟然像趕野孩子一樣把我們叫去那張破球檯。我們漲紅了臉（可恥的是，我們竟乖乖照辦了），胡亂敲了幾桿，突然瘦子一個失手突槌，把母球ㄔㄨㄚˋ飛離桌面，那壓克力材質墜落地面的輕脆聲響給了我們靈感，幾乎眼神沒有照會便默契地把檯面上所有的球皆挑飛出來，地面上劈劈啪啪像孩童口袋破掉撒出眩目光彩的玻璃彈珠……

那帶著惡戲的狂歡以及被那些彩色球體意外造成視覺與聽覺的快樂，卻被氣急敗壞的阿婆打斷，她以超乎想像的敏捷，倒抓起一支球桿，從球檯另一端往我的面門垂直擊下，我的眼鏡破裂滿臉是血，痛苦地蹲在地上。模糊中，看見瘦子像隻小雞被那阿兵哥反剪手擒拿抓住，一蹦一跳地掙扎……

假日車站

星期天的早晨，我依約來到台北車站。這幢與周遭雜亂高樓相比，感覺像壓伏在地表的巨闊建築，記憶裡我好像有一百年不曾和朋友「相約在此見面」了。印象中似乎是在我念大學初期，它便從原本的那幢光滑磨石地的老建築，橫移至今天的位置。列車進站深入地底（不再能從那像哥德教堂挑高拱頂，光線昏暗的候客大廳，穿過柵欄看見外面月台妖幻日光下停泊的深藍色火車了），捷運共構後，後來我們下南部（或去東部），都是從岳父母家搭捷運，直接在地底世界交換樓層，趕赴陰風慘慘的月台上車。

「……車站氣味中，夾著一股從咖啡店飄來的香味，有個人正透過霧濛濛的玻璃朝內看，他打開酒吧的玻璃門，裡面也是近視眼，或者眼睛被煤渣刺痛時所看到的景象……」賓果。《如果在冬夜，一個旅人》。卡爾維諾。「今晚，我有生以來頭一次在這車站下車，進出這間酒吧，穿梭於月台的氣味與盥洗室內濕木屑的味道，所有的味道混合成一種等待的氣氛，電話亭的氣味。」

那幾乎是我那個世代描寫「車站」的聖經了。「倘若是抵達一個古老的車站，便會令你有復古的感覺，感懷逝去的時光和地點；倘若是燈光閃爍，音樂流瀉，則會讓你感到自己活在今日，活在所有人都相信活著便是喜悅的世界裡。」

但我眼前這座半新不舊，空曠乃至你無從自建築物的迴廊、樑柱這些細節或光源的窄仄造成梭光流影的「夢中車站」昔時幻嘆。那是一個空盪盪的「現在」。7-11 瀰散出的茶葉蛋香味，書報架上各式狗仔雜誌的女星的無縱深的臉、郵局的冷光招牌，把上半身埋進那像莫高窟凹鑿佛龕的提款機的人的背影。在這從外部看像「壓低」，在內部卻感受到「挑高」的大廳裡，沒有一個匆匆行過的人，臉上帶著一絲旅次或異鄉的哀愁而我正要穿過這無鄉愁、無昔時光陰遺物可供憑弔，無有一「將要遠離」或「抵達之謎」怔忡氣氛的假日車站，前往「西三口」和人會合。那天是侯孝賢導演要替參選苗栗立委的小說家藍博洲舉行一類似街頭即興劇的造勢活動，藍博洲先生兩年前寫了本小說《藤纏樹》，內容大抵是追述五〇年代白色恐怖時期，客家竹頭庄一位知識青年，因捲入「匪諜案」，在馬場町被鎗殺。這部小說，穿梭於十幾個地方耆老的回憶，對歷史迷霧中一閃即逝的破碎史料鍥而不捨，在如今已被粗暴遺忘、扭造的歷史時空下，由殉難者的「故事」，還原那幾十年過去了，受難者親屬、戀人被死亡遮蔽的恐懼、創痛和冤恨。小說中穿插一首統稱「九腔十八調」的客家民謠，以喻摯愛之人被攫奪的年輕女子，在如爬蟲類般蟄伏時光的餘生中，「冬雷震震夏雨雪，乃敢與君絕」的內心獨白：

上山看到藤纏樹，下山看到樹纏藤；
藤生樹死纏到死，樹生藤死死也纏。

這書得到該年度各大報的「年度好書」大賞，不過對我這輩的文學讀者來說，藍博洲十六年前（猶未解嚴的年代）所著的《幌馬車之歌》，或更具搖撼、摧毀你所站立的歷史想像階梯之力量。容我在此摘引一段詹宏志先生於《七十七年短篇小說選》裡，爲《幌馬車之歌》所寫的一段評介：

……《幌馬車之歌》寫的是一位台籍知識分子的時代悲劇，主人翁鍾浩東生在日本統治下的台灣，自小富於民族意識，中日戰爭爆發後一心想赴大陸參加抗日，他帶著妻子與同志冒險來到廣東，卻被誤爲日諜，差點成了槍底冤魂，幸虧台籍國民黨游擊隊領袖丘念台營救，才加入抗戰隊伍。他們一行在大陸奮鬥了六年餘，作戰流亡，連生下的小孩都得送給別人，一直到抗戰勝利才返回台灣。回台後的鍾浩東，擔任基隆中學的校長，展露辦校的才華與風格。直到二二八事變爆發，鍾校長爲了啓蒙民眾的政治認識，堅定階級意識，創辦了地下刊物《光明報》，到了民國三十八年，《光明報》事發，鍾浩東與同案多人被捕，在獄中待了一年多，於民國三十九年十月十四日被槍決。

這個故事本身是擁有悲哀與憤怒的，但作者沒有讓它氾濫出來，使它成爲一篇有藝術品質的「小說」，而不同於其他廉價的翻案文章。

小說家一開始，先通過同案難友的口中，描述鍾浩東從容就刑的場面；然後故事跳回來，從浩東幼年說起，描述他的性格、成長；他的青年懷抱、他的戀情；然後，進入他人生的轉捩點，赴大陸抗日的雄心偉舉；故事再依時間順序發展到回台、治校、辦報，直至被捕、受囚、就義。這期間波瀾壯闊的經歷磨練，作者是很有機會可以爲他抱屈申冤，但小說卻壓抑這些情感。一直到鍾浩東已死，他的弟弟帶回骨灰，並且騙母親是請回來祈福的佛祖骨灰；然後他「跑進屋裡，關起門來，先是乾號，然後就放聲大哭，眼淚流個不停……」。

死者被按停的時間。未亡人在暗室驚恐壓抑不敢嚎哭卻繼續汨汨流動的時間。死者的歷史。未亡人的無歷史。我年輕時是多麼爲小說中這樣的段落驚恐迷惑：「……三月九日。由上海開來的第二十一師抵達，一上岸就是一陣殺戮。同時，在石延漢市長指揮下，警察也到處抓人，然後把每三人或五人爲一組，用鐵絲穿過足踝，捆縛一起，投入海中。要塞司令史宏熹也率領部隊，逐日展開大逮捕，並且割去二十名青年學生的耳鼻及生殖器後，再用刺刀戳死。」年輕時狐疑地回頭看自己的父親，那個教了半輩子書萎縮在黯黑客廳的父親，逢年過節便要感傷重播一次一九四九年的那一天，懵懂且在死亡黑潮裡打轉蹭擠在那些兩眼無神的「外省人」人群裡，離鄉棄母跑來這陌生之島的父親。是誰殺了人？一種黏著上「我族」的永遠拂洗不掉的羞恥和不祥自那時起似乎幽黯地進入我的身分核心。約從那個時點開始，父親的形貌逐漸變成一個口齒不清，蹣跚邋遢的老人，他回家時總灰頭土臉難掩驚怒地告訴我們：「今天又被從計程車上趕下來了。」「今天被從公車上趕下來了。」

李渝在小說〈傷癒的手，飛起來〉結尾，引錄了一首商禽的詩：

在失血的天空中，一隻雀鳥也沒有。相互依著而顫抖的，工作過仍要工作，殺戮過終也要被殺戮的，無辜的手啊，現在，我將你們高舉，我是多麼想——如同放掉一對傷癒的鳥一樣——將你們從我雙臂釋放啊！

如今我穿過這悠閑空蕩的假日火車站，沒有人的臉上可被讀出他是要離開或甫到達。一群穿著紅色義工背心的國中女生踟躕且害羞地圍住了我：「先生，我們血庫的存血要用光了，請您發揮愛心來捐血。」並指向大廳角落的臨時捐血站，我亦害羞微笑地答應她們。

我去排了隊且捐了血。也許朝向一個抽象看不見的網絡償付什麼，反而能免去那些暗影裡互相毆打、咒罵、解釋、催淚的尷尬吧？然後我走到「西三門」出口，侯導已在換裝穿上一身像阿嬤被罩碎花布的小丑戲裝，那個靈感來自電影《兒子的大玩偶》裡阿西演的「電影三明治人」。但他拿著鈴鼓，夾板上寫著：「行動書房。支持藍博洲。」身邊人寥寥無幾，路人也鮮少駐足圍觀。但打扮成小丑的侯導仍一臉開心地搖鈴鼓：「來來來！大家支持藍博洲！」作爲主角的作家候選人一臉木訥，瘦削斯文地呆站在一旁。有一個圍觀的女孩可能是侯導的影迷，站在人行道另一端哭了起來。那時我又有一種「此刻不是站在一時光靜止的夢中棋盤？」的幻覺。忽然有人低喊：「記者來了，」一台攝影機對著不擅長對著鏡頭的大導演和小說家。「……如果文學的描述方式代表一種更細膩或不媚俗的情感……」有一瞬間火車站邊的廣場無比寂靜。前輩小說家朱天心對我說：「這樣不行。」於是我和她，一左一右，各舉一張標語牌，像柯賜海那樣詭異、固執且靦腆地站到他們身後。

偶遇

那時，我端著放了咖啡、菸灰缸、一杯冷開水和零錢發票的托盤，在那個百貨公司鑿挖進地下樓的露天咖啡座找座位。眼瞳的焦距快速調整、移動，在那些像暈濕的水彩調色盤的混亂人形或桌椅輪廓間搜尋。突然一張人臉搖過面前，笑著的一張臉，把視線拉回，在我從腦海中叫喚出相關記憶檔案前，那張臉的主人先喊了我：

「喂，駱先生。」

我想起來了，是我的高中同學ㄌ君。他穿了一身保全公司警衛人員的藍色制服。或許是因為這樣，在視線掃過時，我下意識地避開和對方眼神直接對接吧。究竟還是先被認了出來。「我從剛剛就看到你了，站在那裡東張西望的幹什麼？」笑著湊近過來。那時我發現他身後是一排銀行的提款機和臨時派駐也許是辦信用卡之類的服務櫃檯。我傻氣地笑著打屁：「做保全噢，很帥噢。」他聳聳肩：「沒辦法，混口飯吃。」我打了根菸給他，換他問我來這幹嘛，我說我孩子的幼稚園在這附近，待會要去接小孩，趁時間空檔來這坐一坐，寫點東西。

我們曾經那麼透徹明瞭對方靈魂裡的流浪漢特質，即使是在高中的青少年時光，那時我是動輒被教室門口來一掛穿漂白訂作卡其服殺氣騰騰的高年級傢伙叫走，或沒事被教官廣播至訓導處的問題分子；而ㄌ君是班上那幾隻孤鳥，從不和班上同儕打成一片的留級生。基本上我們井水不犯河水。但有幾次，在我們那所像集中營般四面高牆上架鐵絲網的高中校園，我們無預期地在各自蹺課漫遊至無人角落處相遇，會疏離地遞菸用較周遭那些天眞傢伙早熟許多的陰鬱口吻哈啦幾句。老實說那些二十年前的談話內容我鮮有記得，只殘存了一種我強撐著世故應他話尾的「成年人」的說話氣氛。我記得有一次，全班在學校一棟大樓地下室操練軍訓課的「刺槍術競賽」，課後我和幾個傢伙在那積滿灰塵的陰暗空間玩著追打摔撲的無聊遊戲。追逐中一個人影擋在我面前，一抬頭，是ㄌ君，極短暫瞬間的身體試探，我也許想把他撥開，但下一刻我的身體在一種奇幻的離心拋力中失控飛起，然後重重摔跌在地上。那眞是不可思議的疼痛，且羞辱了我平時逞凶鬥狠的自尊。「好，玩眞的嘍。」我撐爬而起，向他撲去，但下一個瞬間我仍被懸空拋起，再度摔得四仰八叉。我記得是他將我拉起（那時我尾椎眞痛得差點沒淚眼汪汪），輕描淡寫地說：「這是柔術裡的『浮腰』。」……

那時我們或皆無從想像，以彼刻爲起點延展向日後未來各自的人生境遇。我記得有一陣我還跑去當時重慶南路的書店，翻讀那些什麼《柔道教室》或《柔道的剋星——合氣道》之類的速成書籍，吊著書包獨自在眾人翻書的窄仄走道間反覆比試書中的一招半式。很多年後我倒是與ㄌ君在不同次的高中同學婚宴重逢，大學畢業那幾年是聽說他要去重考醫科，想自己開一間檢驗所。後來據說他去學麵包烘焙，想自己開一間麵包店。基本上我皆只是惘惘地聽了即過耳。事實上我想像著我那些高中同學聽到我的生涯目標是「寫小說」，勢必亦茫然不知其間究竟在這人身上發生過什麼遭遇？

倒是此刻在這樣的場所相遇（我們非常偶然地撞進了對方的「上班時光」），他聽我談及孩子，用一種流浪漢變裝蟄伏於正常人世界的貼己口吻，亮出他皮夾裡一張兩個幼童的照片：「我也是兩個，可愛吧？」

後來他被提款機那邊另一個穿保全制服的傢伙叫喚，也許是制止他在值班時間和閒雜人等攀談，他無奈地說：「我要過去了，不過再半小時我就下班了。」便神祕兮兮地離開。我則像無數個在不同咖啡屋上工的孤寂時光，將桌面上的瑣物鋪開，點菸，戴上耳塞，和身邊的世界隔離開來。那時我正翻讀一本出版社寄來的小說選集，裡頭收了我一篇少作，小說後的短評是一位昔日友人所寫：「……作者擅長結合流行文化與議題，以現身說法的方式自演自說，將當代的流行題材納爲己有，又從自我衍生出去，這種人我不分的寫法，令人迷亂，卻中傷許多人，作者的道德爭議，留給讀者去判斷吧！……」那些句子像一顆一顆各自獨立的咒文字符，讓我頭痛欲裂地在書頁的強光中飄浮著。「又來了。」這兩年來，我屢屢被這樣平庸又粗暴的想像力手指伸進小說的黯影界面弄得厭煩又沮喪。我想像著那些平庸的小說老師們如何把小說當作他們貧乏課堂的教材：「所以小說，絕對要避免這種『人我不分』的寫法……」

也許是腦海中浮想聯翩著這一類惡戲而無意義的自問自答，乃至於穿著制服的ㄌ君端杯咖啡坐在我面前時，險險被嚇了一跳。他或許也被我額露青筋一臉癡笑的猙獰表面嚇著。我看著他一臉笑意在我面前張闔著嘴，這才想起把耳洞裡的膨脹泡棉掏出。

「怎麼了？」「沒事，收工了。你怎麼怪怪的？」

於是又從孩子和各自的經濟狀況談起。他問了一些我近年來的況遇，我也心不在焉地回答了幾句。順口也問了他當初不是說要自己開一家麵包店嗎？

「還不是我老爸……死腦筋……不肯拿錢投資…否則我今天就不是這個處境了……」他開始大發他父親的牢騷。隨著他話語的潮汐，我腦海中逐漸浮現一個似曾相識的那個年代某一類「父親」的形象（眞的我曾在幾個不同領域友人的口中聽他們描述的父親皆有一定的相似處）：師大畢業（在民國五十幾年那個年代噢，如果進公家機關現在可能已經是什麼行庫什麼合作社的總經理嘍），但因某種原因而變得憤世嫉俗、陰鬱、難與人相處，於是一輩子賦閒在家（我想起來了，就像夏目漱石《心鏡》裡那個多疑又自閉的先生），由他母親作助產士省吃儉用替他們存下兩間房子。父親的知識分子的專注和嚴謹轉向對家人的控制……

那時我突然分神開來。我想起日前母親在電話中向我抱怨阿嬤的種種。父親過世後，母親將九十六歲的老阿嬤接回永和住，白日裡就她們一對老母女共處偌大空屋，到了晚上姊姊下班則成了三代母女仨。阿嬤是母親的養母，面對我和哥哥這些孫輩男生時，她是個害羞、慷慨而衰弱的老人，但一面對母親，她六十七歲的老女兒，「身分」喚起的嚴厲和矜持讓她變得精神奕奕，像鬥雞一樣巡視著那個新地盤，處處挑眼找母親的麻煩……。母親笑著告訴我，有一天夜裡，她被鄰床姊姊的鼾聲吵得睡不著，睜眼躺了許久，最後躡手躡腳鑽進阿嬷房間（那是父親生命最後兩年癱瘓臥病的房間，阿嬷現在便睡在父親那張可電動升降有氣墊的醫護床），摸黑躺上一旁那張原先給越南看護睡的矮床。阿嬷卻像夢遊又像清醒，坐起身反手輕輕拍打著母親，嘴裡發出「欸，欸」聲，像是叱罰又像是安撫這個六十年前的調皮小女孩……

因爲聊到孩子，我問ㄌ君，那兩個孩子都是媽媽在家帶嘍？ㄌ君用吸管吸了一大口冰咖啡，臉色黯下來：「我老婆跑了。」我說怎麼回事？他說：「傻啊，我老婆是越南新娘。」他說越南究竟和我們民族性不同，他們是母系社會，女人自主性很強。語言又不通，「我媽要她做一些家事，她就以爲人家在罵她，整天跟我吵，第二個生了以後鬧得更厲害，後來就跑了。」

像可以隱喻涵蓋我們皆置身其中的那個荒莽世界，我問了一句廢話：「孩子怎麼辦？」「怎麼辦，兩個老的在家幫忙帶啊。」一切和我們年輕時所能想像的那麼不同。沒有任何一件事再能令我們驚嚇訝異了。我很想有一日若遇見那位動輒將「八卦流言」扣在我小說上的昔日友人，這樣對她說：我錯了。但那非關道德，而是我受限於年齡，看待並素描這個世界的整套方法論之錯誤。它們已不再是新鮮艷異的小說素材，而是一個景框一個景框透視延伸，人痛苦生存其中的形象……

不見的眼神

一個夏日的黃昏，燥熱異常，妻帶著兩個孩子同娘家人回澎湖探親，於是我獨自一人踅晃至對街巷裡的剉冰攤吃一碗冰綠豆湯。低頭吃著，聽覺逐漸沉澱下來，於是攤車另一側一對年輕男女的對話便如抽長的藤蔓植物爬入耳內。

男的大約是個精刮的電腦買家，分項品評著各家筆記型電腦的優劣：acer Aspire 3000系列、華碩W2系列、BenQ的如何如何、COMPAQ的怎樣怎樣，或是IBM的貴但絕對物超所值……最重要的，是不要相信那些趕時髦的人說的，十二吋螢幕的攜帶起來是比較輕便啦，可是十四吋的我們現在放進背包裡一樣行動自如。但你的眼睛看十四吋的螢幕就是比較舒服，也適合作桌上型電腦的替代轉換……

女的說：「反正我就是要買我的蘋果。大不了我再看使用說明書就是。」

男的說：「反正以我對妳的了解，妳買來後一定是把說明書丟一邊……」

女的非常大聲地說：「我把說明書丟一邊？你說你對我的了解是『我一定把說明書丟一

邊』？欸拜託，我從小到大，買手機、買音響、買冰箱、買DVD，甚至郵購化妝品買狗罐頭，我的第一件事就是從頭到尾細讀一遍使用說明書！如果有一份履歷上自我介紹的部分不能超過二十個字，我也一定優先寫上『我是一個使用說明書的閱讀狂』。現在你居然說你對我的了解是『把說明書丟一邊』？哦 My God，我簡直不敢相信你是我的男朋友吔……」

如此當眾像舞台劇演員大聲唸著劇本台詞，以一對在路邊攤吃剉冰的情侶來說，他們的對白，從內容到腔調，都太不自然太像面對著想像中的觀眾在演出了。還是現在的年輕孩子都這麼說話？一種無暗影無話語間停頓留白無想像空間的連續性長句，一種半誇張半喜劇的饒舌歌風格？

在我的那個年代，如果有一對小情侶在路邊攤吃剉冰，不管他們曾不曾經有肉體關係，你大約很難從他們的對話中聽到「噢，你竟然說我是一個哇啦哇啦的人，我告訴你，我可是個嘰哩咕嚕劈哩啪啦的人，我眞不敢相信你眞的是我男朋友？你是嗎？還是你是一個外星人假裝成他，把眞的他給綁架了」這樣的內容。

男的抗議地舉了一個例子，「像妳上次根本就搞不清楚那個（他說了一個類似P．A．T或T．P．A之類的英文縮寫），後來還不是我逐條逐項幫妳看了全部的細節……」

（後來我才聽明白他們說的是某種網路上極便宜的國際機票購票系統。）

女的更大聲地打斷他：「你還敢說，你一直在遊說我去搭泰航，天啊他們的失事率，簡直像在天上飛的舊公共汽車，每站停還有站票呢。我幹嘛省那五六千塊拿自己的命開玩笑？」

男的說：「不是，危險是一回事，主要是他們的座位太小太擠了，十幾個小時飛下來，眞的會累死……」

於是他們開始討論一些我極陌生的，各家航空公司不同飛行路線或換機城市的不同票價。由於我的綠豆湯吃完了，不得不起身買單。離去前忍不住瞄了一眼，女孩是個極瘦削的麻子臉，男孩是個小胖子。兩人都是大學生模樣。

那天晚上，我獨自在客廳看了一部久聞其名卻始終沒機會看到的片子：張曼玉演的《錯的多美麗》。電影的情節，大致和之前聽朋友講述相同：張曼玉的角色，是一個有毒癮的（她注射海洛英）、玩音樂的藝術家。她的男友，是個過氣的（同樣爲毒癮所困），從前可能頗有名氣的唱片歌手。這個故事，就是從她的世界開始崩毀之前夕講起：男友的事業一蹶不振，包括經紀人或他的朋友都視她爲毀了他的那條毒蟲。他們爭吵（因爲長期吸毒，連爭吵的句子都非常簡短沒勁），兩眼疲憊恍惚，帶著一種「待會要去某地和某人取貨」的浮躁。終於那個晚上，她拿了白粉，獨自開車停在海邊港口注射，面對港灣對面那像極末日之城烈焰沖天的煉油船塢群影，酣極而睡。第二天一早，回到公寓，警方拉上黃膠條封鎖線，她的男人死於吸毒過量。於是，世界的崩壞以一種非常實體感的形式呈現（你幾乎可以感覺那些塌落墜擊在她頭上的石塊、瓦礫、灰塵、鋼筋）：入獄（因爲非法持有毒品）、失去小孩的撫養權（那孩子本來就寄養在溫哥華的祖父母家）、失去摯愛之人的孤獨感，以及一種死灰的、黏著而揮之不去的，男人的朋友們對她的憎惡眼神（「那個婊子用毒品殺了一個天才！」），再就是戒毒所服食的替代藥物造成肉體的痛苦。出獄後她離開倫敦，回到她認識男人之前，她曾年輕輝煌過的城市巴黎。

在中國餐館端盤子。帶著一種身體上的恍惚（替代藥物的藥效間隙仍讓她抽搐欲死），以及一種沉到最底處的，近乎棄犬的防衛和求生侷迫，無尊嚴的四處碰壁。昔時舊識總帶著一種「我知道妳發生了什麼事」的輕慢態度對她說話。

有一幕是，張曼玉和一個年輕時的戀人相見（是個女人），那個戀人如今混得很好（似乎是個媒體高層），當張向她提及想託她介紹工作時，女人篤定地說：「妳還在吸毒吧？」張說：「我戒了。」女人說：「得了吧，我太了解妳了。」張又說了一次：「我眞的戒了。」這時有一對年輕男女舉杯過來向那女人致意，女人便轉頻進入社會成功者優雅謙抑之身體表情。

電影裡，有一瞬間，畫面停在張曼玉的眼神。

我突然想起剉冰攤上那一對年輕情侶的對白（「天啊你居然敢說你了解我。」）。

我總想延續那聆聽。如果可以如深夜院落的池水，不被落石擊破無聲的延續。不被這世界暴力化的聲音塞滿。時光，回憶，枯澀的舊情。

但那一切總是如此困難。

誰混得很好。誰混得不好。

混得好的總告訴你他遭遇了怎樣不爲人知的困境、麻煩，或是心不在焉卻難掩得色地把話題帶到一些你其實一點也不感興趣的專業瑣事。混得不好的總有一種眼神、柔和的、尊嚴而諒解的。

我們總想起那些艱難時光，如陀螺打轉（如電影裡灰頭土臉的張曼玉）。恐懼並且驚訝發現自己不可思議之承受苦難的毅力。爲了車子被拖吊望著柏油地面上的粉筆車號字跡而哭泣；爲了和一群朋友喝酒搶付帳時其實錢夾裡乾扁無鈔而心虛氣弱；不斷在街邊每一台自動提款機查詢餘額；電話裡有人來約稿時總得壓抑住「我願意！我願意！」從喉頭險險湧出的高喊而保持矜持自尊……

（我終於知道劉冰攤那一對小情人的對話讓我感覺突梯幻異之處爲何了。我們其實是活在一個，電影中某些人物對話停頓瞬間，那特寫的，別有一番滋味的表情之重影世界。在眞實世界裡，那些眼神總不會停頓讓你看見。）

在一個文學營的場合，遇見一位故人，他告訴我現在在當「配音師」：「就是每天從孤寂、無聊的公寓走出，穿過一條街景，鑽入地底，看著捷運車廂裡無聲、無表情的人群，然後鑽出地面，走進一幢同樣孤寂、封閉的大樓裡的音控室。我們每天要看同一支韓劇三十遍以上，替那些打鬥中的崔智友、權相佑、李秉憲配上國語。往往一個小細節不對，我們的配音老大就要求倒帶、重來，重複的動作，重複的、沒有意義的短句，重複的俏皮話。這便是我每日的生活……」

砍頭

晚報上看到一則這樣的新聞：巴西聖保羅州某一處監獄發生暴動，獄中兩派黑幫發生爭執時，其中一掛人制伏獄警，衝入敵對陣營牢房中，將其中五名囚犯砍頭。暴動囚犯將兩顆頭顱插在監獄屋頂的兩根鐵條上，把第三顆頭顱插在避雷針上，讓監獄外面的人可以看到。他們還將另一顆頭顱當成足球，在屋頂上踢來踢去。

報紙頭版上放了三幀不同大小的照片：一張是擎天高舉的一根像玻璃纖維釣竿尾端卻用基座固定在屋頂（看文字才知是避雷針）的長標杆的頂尖，插著一顆灰色的、五官輪廓依稀可辨，而脖子被切斷處幾乎可看見那些截斷的粉紅、白色或暗紅色電線般的喉管、食道、脊髓腔……的頭顱；另兩幀較小的，一是一個活人對著一顆懸舉在手上的頭顱充滿調侃滑稽興味地端詳著；另一張是一個人拿著水管對地上一顆孤伶伶側躺的頭顱灑水。這幾顆直刺刺出現在晚報頭版的灰色頭顱，或因印刷色粒的脫焦模糊，都奇幻地讓人在忍不住想細看其表情（死前一刻是憤怒或恐懼？或也是一個凶神惡煞的漢子？）時，卻陷入一種無生命者的貞靜，它們沒入某種不願讓人看清晰的陰影裡，竟有些像漫畫中避諱死亡寫眞，而在死者臉上畫一叉叉，無鼻無耳的朦朧感。

視覺上的被砍下的頭顱爲何具有如此巨大的恐怖感？

第一，頭部是人作爲一個單元，幾乎所有的中樞神經的集中收藏處所，頭部統攝了人類所能感知的「存在意識」之統合，是匯聚視覺、聽覺、嗅覺、味覺、平衡感、記憶的指揮艙。以我這一代曾過眼煙雲那許多科幻電影裡，常見的一個意象即是：無論身體遭受到怎樣的摧殘毀滅，只要頭在，不論是懸浮泡在培養皿中，或接上蛛網纏錯的密布管線，或裝在一金屬骨架的機器人身軀上，那顆獨立的頭皆可以令人瞿然心驚地睜眼開口說話。在某些神話底層的想像：孤懸的頭似乎比連接著身體的完整人形更具有純粹之意志（在這樣的潛意識裡，身體像是頭的贅物，或被殖民的次等奴工，只爲了執行頭的意志：空間之移定，營養之吸收補給、排泄、生殖欲望之實踐，或工匠技藝在實體世界之完成——包括彈吉他、繪畫、廚藝、踢足球……等等）。包括美杜莎那被砍下當作死光槍的頭；或是魯迅的《故事新編》中的〈鑄劍〉（其實改寫自《搜神記》中的〈干將莫邪〉），眉間尺爲報殺父之仇，自刎其頭，將頭顱贈交黑衣人，作爲刺殺秦王之「暗器」。故事的結局是眉間尺、黑衣人、秦王的三顆頭皆掉落宮廷上的油鍋裡，炸得稀爛分不清哪一顆頭是誰的，且互相啃咬追逐。這些斷頭後仍能遂行其強大恨意的景觀，很奇怪地，頭在失去身體後，亦「非人化」了，它純化了意志的絕決和嚴峻，卻變成一顆無感性餘裕、無柔和表情，甚至無法進行長時間反思哲辯的，像刺河豚一般的恐怖球體。我想：就一最直觀簡化的說法，砍頭（或其後那顆脫離了身體的孤立之頭）作爲一公開展示的畫面，或在視覺上最能造成觀者一種「同屬爲人的最本質性的存在狀態」被侵犯了。除了殘酷、噁心這些反應，常會出現羞恥、不祥或不寒而慄的自我投射。那些罪犯把人頭當足球踢，那樣的暴力踐踏摧毀了「人直立行走，由頭部下降至肩項、身軀、四肢的視覺均衡甚至美感」，在地上滾來滾去的頭顱，其死者或已無痛苦表情，但那不符合習慣經驗的五官之旋轉顚倒卻羞辱、剝奪了「頭該在的位置」。

另一個讓遠距觀者不安（或不快）的因素，或脫離了頭的層次，而屬於臉的層次。春日武彥在《顏面考——一位精神科醫師的臉部狂想曲》一書中，提到日本在一九八九年到一九九〇年風靡一時的「人面犬」傳說，並提到那正好是泡沫經濟引發社會躁動的時期，他引了那個「故事」：

有個大叔晚上開著車，突然有一隻狗衝出來，被車子撞倒了，但是車子還是繼續開，過了一會兒，大叔往後照鏡一看，應該已經被撞倒的狗卻以極快的速度在跑，而且那隻狗長得一副人臉。過了差不多一個星期，那個大叔就死了。這是眞實的故事。

這個普通的城市妖怪故事（這隻狗的臉後來逐漸定型爲已過中年的男人），作者卻有一段極精采的分析：

人面犬雖然長得像中年男性，身體卻是狗，人臉很不自然的接近地面。連小學生都可以俯視這張具有中年人臉的野獸。由於物理位置關係如此的扭轉，或許不僅是現代的不安或危機意識，連年輕人對成人社會的焦躁感都有可能從中表現出來。此外，狗的基本特徵是咬和叫，從這方面看來，人面犬的存在未免大過於否定狗的屬性。與其說牠是有人臉的狗，不如說牠是有狗身體的特殊人物比較合理。既然這樣，人面犬就比想像中的怪物更接近於畸形的人，這或許就是令人感到不快之處。人面犬不僅有點滑稽，也傳達出某種讓人不寒而慄的眞實感。這種虛實均衡的安排，讓我覺得簡直就是時代精神的具體呈現。

朋友K君送了我一顆石雕佛頭，像一粒哈密瓜大小，非常沉，雕工極精緻，眉眼、鼻樑、髮瘤、垂耳皆弧線柔和而立體恍如眞人。我堅拒不收，K君急了，說：「眞的很便宜，你知道我多少錢收的？一顆兩百塊錢！」據說他把那間省道旁的古物舊貨鋪裡的三十幾顆佛頭全買回家，客廳地板上排了一列一列不同的臉廓和表情。「沒有一顆一樣！我仔細看過了，不是灌模的，全是就石頭雕出來的，那管他是不是古董。」確實我多年前旅遊大陸西北，曾看過一古老廢廟石窟裡的佛像，頭全被砍去的恐怖畫面。地陪解釋說是附近農民不管石雕木雕，砍了去盜賣。於是後來每在台北建國南路近信義路一側的古董店櫥窗，見到頭脖處有裂齒狀斷面的古佛頭菩薩頭，心裡總覺得怪怪的。

似乎我總對某些斷頭的畫面特別耿耿於懷。年輕時讀葛拉斯的《鐵皮鼓》（或譯作《錫鼓》），印象極深一幕是描述漁民將砍下的馬頭丟進河裡，任其在河床爛泥間腐爛，隔一段時間撈起，那面目全非的物事，會從眼眶、耳洞，嘴洞各孔穴鑽出上百隻吃腦漿吃得肥滋滋的油亮鰻魚。宮崎駿的卡通朋友或各有堅持偏愛，我則獨迷戀《魔法公主》裡那華麗魅幻不能逼視之狒狒臉麋鹿身之山神，被貪婪而迷戀現代化之人類砍下頭那一瞬，從頭項汨汨冒出讓森林一切變成死灰的稠液狀黯黑怨靈的可怖畫面……

妻把那顆佛頭放在入門玄關處，我經過換鞋時總像強迫症患者要撫摸一下那貞靜的面龐。或可以這樣想：是什麼樣的「時代精神」，什麼樣的潛在焦慮、屈辱或叢林恐懼，使我們的晚報主編，下意識地將那幾張遙遠國度監獄暴動的砍頭照放在頭版，而卻又如此允恰地涵蓋了那整落包含於內的，這個島國所有發生的，惘惘的眞實？

父親的遊戲

我的小兒子是處女座的——請原諒我對這星座之負面評價——即是：龜毛、固執、囉嗦、緊咬你的話柄不放……當然這是基於我這樣一個愛糊弄、打完屁就忘了承諾的牡羊座豪邁男子，老被他的小人兒意志弄得毛躁不已卻理虧無言而起的反彈情緒。

那天早晨，我送他們兄弟倆上幼稚園，出門前他便不斷叨念著：「我想去動物園。」因為我在妻子不在僅我和他們相處時，恆處於一種心不在焉的恍惚狀態，是以總對他們的嘰呱索求視為一背景聲。一直到在計程車上，快到他們幼稚園了，我才聽見司機（大約也被那小孩的唱片跳針重播給弄毛了）回頭說：

「小弟弟真的很想去動物園ㄏㄡ？」

一種在人前扮演自己是個上道老爸（像電視廣告上演的那種）的虛榮，使我順口答應：

「好啦，今天放學就帶你們去動物園。」

孩子們一陣歡呼。那天下午我去幼稚園接他們之時，根本忘了此事，且其時天上烏雲密布，開始飄雨。但我走進小兒子的教室時，他的老師們（後來陸續有許多別班的老師們皆加入）這樣問我：

「聽說ㄅㄚˇㄅㄚˊ今天要帶他們去動物園哈？阿ㄋ一ㄥˊ咕今天很臭屁地說了一整天。」

當然她們不確定那是否又是這孩子憑空杜撰的唬爛？但我看到他充滿元氣（像跳著毛利人的戰舞）從其他小朋友人群堆中一臉燦爛地朝我奔來，「動物園！動物園！」心裡難免心酸，這才三歲半的小人兒，就有他的人際圈子，有在那人際圈子裡炫耀虛榮與眾不同的需求（而這個炫耀又無厘頭地，尚未掉入成人世界的價值換算：我老爸帶我去夏威夷澳洲愛知博覽會或巴黎）。

但那時已是下午四點，我想動物園應該是五點就關門吧？

當我帶著兩個孩子，坐著捷運終於到達動物園站（那時整個車廂只剩我們三人）時，外頭下著傾盆大雨，天空的雲層就像那些《魔戒》之類的電影動畫特效，陰晦濃灰的巨大漩渦，暗得不能再暗的光線。我想我們父子仨撐著傘在這樣末世景觀的恐怖畫面裡，站在空盪盪的動物園的獅子、斑馬、大象柵欄前，實在也太那個了吧？

且我眞的撐傘挾著兩個孩子在滂沱大雨中走到動物園門口（那是在一種無法抵抗處女座小孩碎碎唸「ㄅㄚˇㄅㄚˊ你答應過的」、「ㄅㄚˇㄅㄚˊ現在雨根本不大」、「ㄅㄚˇㄅㄚˊ我眞的眞的必須要進去看一看」頑強意志的夢遊狀態緩慢前行。我突然想到：所有的迪士尼卡通，進行偉大冒險旅途的男主角身旁，都有一個超級囉嗦，多話、碎碎唸、嘴停不下來的附屬人物。像《冰原歷險記》的樹懶、《怪獸電力公司》的大眼仔、《史瑞克》的驢子……牠們總會在其中一幕被受不了的同伴咆哮：「夠了！」「請你閉嘴！」我懷疑這些角色全是處女座的。要不就是，這一系列卡通的監製或導演，一定有個處女座的小孩或妻子），才發現，唉，那天是禮拜一，動物園公休。

於是你可以想像這個畫面：一個慵懶的、完全違反所有「幼兒教育須知」手冊的父親，帶著兩個孩子，在假日後空無一人（除了換代幣的工讀生小妹）的電動玩具遊樂場（那是在動物園走過捷運站另一端，一個叫 ZOO MALL 的遊樂、商品、美食複合樂園裡的一塊區域），換了大筆代幣，看著兩個孩子像在無人馬戲團裡（完全沒有其他的小朋友），勁搞搞地玩著碰碰車，皮卡丘猜拳遊戲、麵包超人車、鐽糖果機、打鴨子、打地鼠、丟彩球到垃圾桶、秤玻璃珠、迷你保齡球……孤寂又喧囂。聲光、合成噪音、對那些搖桿按鍵上布滿病菌的神經質猜想，在一個不合宜的時間，帶著孩子出城，在這空曠荒郊的一座電子遊樂世界裡，算是移轉了原本的承諾（那時天色慢慢暗了下來）。

回程的捷運上，大兒子坐在我身旁，小兒子趴在我身上睡著了。在我們對面，是兩個小個子的國中男生和一旁站著的兩個比他們高大卻明顯是同班同學的女孩在打打鬧鬧。女孩裡有一個長得清秀漂亮，她的同伴則是個胖女生。男孩們以一種不自覺的懵懂和那漂亮女孩調戲著，他們拿手機的自拍裝置拍她，女孩充滿女人味地佯嗔又歡喜，胖女孩則（這令我不理解）非常稱職地進入一個替同伴攻擊男孩，並讓大家輕侮嘲弄的配角角色。

我的大兒子非常害羞地縮著頭偷看這些大哥哥大姊姊的嬉鬧推打。車上其他乘客則沒入一種漫畫裡畫上斜線的暗影裡。

這時我收到一則簡訊，是我的友人M君傳來的，上頭寫著：「1，5，6」三個數字。那時我忍不住抿著嘴笑了起來。

那天是大樂透連六摃彩金上看九億的開獎日。我記得從我開始寫這專欄不久，北銀便開辦樂透彩，後來又辦了大樂透。我記得我亦曾寫過一篇關於買彩券的文章。那以後，我幾乎是靜靜的，每一期都買他個幾注（所以也買了兩年多嘍？）。當然最後皆以摃龜作終。我記憶裡這兩年多來恐怕只中過不超過十次的三顆星（也就是二百元或後來的四百元）。說來我曾算過命，命盤上也說是一輩子無橫財運的。但那似乎成爲一個我和這個世界祕密連結的蛛網細絲。

每次站在街邊、騎樓、巷口轉角的簽注攤，置身在那些戴著老花眼鏡、渾身菸臭味的歐吉桑之間，看著他們拿著不知從哪來的整面是「明牌」猜號的報紙，煞有其事地交換情報（有時我會偷抄他們的號碼），心裡就有一種熨貼踏實的情感。我家附近的那個簽注站老闆是個臉色蒼白的中年人，每次簽注後，他會非常怪力亂神地拿著你那張號碼紙，在他面前一小尊臥躺在金元寶上的金漆彌勒佛身上沾沾晃晃，說：「來喲，ㄌㄧㄡˇ ㄌㄨㄚˇ ㄐㄧㄤˋ（台語中大獎）喲，大獎來你家噢……」不過這個動作讓人很窩心，我遂常在他家買。

那天出了捷運站，我抱著仍熟睡的小兒子，另一手牽著手上拿滿零碎贈品（之前在遊樂場用積點小卡片換來的彩色鉛筆、吹泡泡強力膠、彈力球和一些糖果）的大兒子，狼狽地穿過下班人潮，找到一間簽注站，買了十張有「1，5，6」和另外亂選一些別的號碼的彩券（有幾張我甚至叫大兒子幫我亂勾號碼），才帶他們叫計程車回家。

那天晚上，和從前無數個沒有奇蹟出現的夜晚一樣，我在妻子哄孩子們睡了之後，靜悄悄地抱出她的筆記電腦上網對獎。沒有一個號碼對中。開出的是「2，8，9，10，21，31」。奇怪的是每回我都會有一恍惚如眞的幻覺，以爲自己會在下一秒，壓抑著情感不大笑或驚叫地走進房間妻子枕邊，輕聲對她說：「我們中了特獎。我們可以不用再過這種提心弔膽的苦日子了。」但望著許多個飄浮的，全部失敗的數字，簡直像年輕時打手槍到馬桶沖掉的悵然。我傳了個簡訊給M君：「你的意思是一到十除了那三個號碼，其他都可簽嗎？」

腦海裡卻浮現我那處女座小兒子在我簽注時，從我肩上睜眼醒來，帶著餳澀鼻音說：「ㄏㄡˊ，你以爲我不知道，趁我睡著來偷玩這個大人的遊戲？」

故人

有一次我在一位長輩友人的家庭聚會中遇見一個男子，不知爲何我就是覺得這傢伙眞是面熟，便不斷盯著他看。一旁的長輩們促狹地說：「怎麼樣？認出來了沒？他是誰啊？」奇怪是我怎麼在腦中資料庫一一調閱倒帶，無論如何也想不起生命中哪一段時光有這一位舊識。後來他們才笑著告訴我，這個人哪，就是侯孝賢電影《戀戀風塵》的男主角啦。眞的假的！我驚呼出聲，就是後來他做兵時，女朋友辛樹芬跟送信的郵差跑了的那個嗎？

原來是電影中人，難怪如此眼熟，突然之間像此人是從電影院銀幕跑出來似的，全身發光或剪紙一般薄。我試著回想這部電影（天哪，我最少是十五年前在金山南路的寶宮戲院看這片子）裡一些恍惚變成默片或黑白紀錄片的段落，他在其中發生了些什麼事。而「戀戀風塵男主角」似乎是個內向溫和的好人。他像是第一萬次面對這種「被認出」的場合，耐性地解釋當時他只是陪誰誰去試鏡，好像是選角怎麼都不順利，最後就被人推下去試，不想一試就變成是他去演那個角色……，當然也回憶了一些拍片當時被操得多凶之類的小軼事，而後無比感傷：「片子殺青之後，我們一大群人也就散了。」似乎那也是他這生唯一演過的一部電影，現在則是正常上下班的報社記者。

有一個老套的問題總在這樣的時刻浮現：「那時我在幹什麼？」這位沒變成明星的「電影男主角」大約大我個兩歲，算是同世代之人。當然到我現在這年紀，確實偶爾難免類似經驗：在貓尿臭味薰天的出租宿舍裡和我亂哈啦著沒營養屁笑話的D君，一轉身一恍神就變成第四台頻道重播電影裡那些孤寂或陰鬱的角色；或是某某疲憊又憤懣地在電話中抱怨她如何策畫執行一〇一大樓跨年晚會逐層亮燈的艱難和荒誕細節，全不是你這個老百姓躲在封閉的小說裡能憑空想像；或是某個深諳子平之術的前輩私下爆料，那個某某超級巨星的命盤曾請他排過，日後發生的種種，眞是準得讓人發忧……。我總像那被命運挑選後剩下的，平凡而沉默的多數。偶爾遇見一同伴，或在過往時光，或在現在時刻，置身進那如夢如幻，快轉不及喘息的輝煌場景裡。他們童心大發時，會像發射投擲到火星地表的精神號傳眞那些如臨現場高解析度的攝影畫面回到飢渴聆聽幻異傳奇的地球。那些時刻，我總是伸長耳朵，惟恐漏聽十里洋場任何一段小道，卻又難免感傷，確定自己是活在自然光源、時間緩緩流逝無甚新鮮事的「日常生活」裡。

後來迷上ㄎㄧㄤ車後，便是發狂騎著腳踏車奔向據點，然後享受那好不容易攢下的、在嚴密計算下仍能摳出來的一小段「出軌時光」。

一位二十多年未曾謀面的國中同學H君，輾轉透過友人和我聯絡上，說他人目前在美國，某一段期間會回台北休假，希望能約我出來喝杯咖啡聊聊。傳話的朋友開玩笑地說：「我耽心他是不是又一個自己送上門的無辜者啊？」什麼意思？莫非我是一隻故事蜥蜴或一棵故事豬籠草嗎？對於飛過身邊的故事昆蟲，反射地彈出口器將之吞食？不過心底確實隱隱期望這樣的故人之約，可以聽到什麼不可思議的華麗故事。這位H君，國中時曾有一段短暫時光和我是一起上下學的玩伴。他家和我家近到像在那盲腸般迂繞的巷弄裡分據鄰近兩側絨毛皺壁一樣。有一段時間我們共謀地迷上「ㄎㄧㄤ車」，把人家忘了加鎖停在公寓騎樓、校門口或電動玩具店外的腳踏車順手牽羊騎走，合資送去老師傅的腳踏車行改裝、重新烤漆。但我們這樣ㄎㄧㄤ來的車通常沒多久便被別人ㄎㄧㄤ走。於是我們得找下一個目標。許多年後，我想起這事才恍然大悟：H君在那段時間和我像嚴守戒律的犯罪夥伴，乃在於他母親和我爸一樣，不准他騎車，不准他買車，不准他牽一輛車回家。印象裡H的母親管教他非常嚴厲，即使我整個少年時代經歷過形形色色的同學的母親，仍對這位伯母印象深刻。我記得她精準嚴控H每天放學（或補習後）回家的路程所需花費的時間，只要H到家時間超過五分鐘的誤差值，她的電話馬上追到學校、老師家，或我們這些同路夥伴的家裡。但是那個年紀的男孩子，誰不是在放學途中，或是在河堤兩端互相叫陣丟石子，或是翻牆跳進巷弄裡無人的廢棄宅院冒險，或是鑽進那些雜貨店裡抽五角籤或打那些第一代電動的小蜜蜂、長生鳥或小精靈？便有這樣的畫面：我和H一出了校門，便拚命跑拚命跑，把固定路程的前一大段時間節省後，再到離家很近的地方勾連玩耍。沒有另一種作爲參照組、與別人想像之「戲夢人生」對峙互望的

「眞實人生」，「其實我啊……那時的眞相是……」你所保有的，就是那平凡無奇的一種生活。少年們玩著玩著總會忘了時間，於是另一個畫面是，H君面色凝重地編造回家後呼攏他母親的謊言。有時我好意替他出些點子，他會氣急敗壞地說：「這種程度的謊言，回去騙你媽還可以，想拿來騙我媽？層次太低了。」後來我走上虛構故事餬口這條路，說來H君和他的母親還算是最初的、有某種對編造品質挑剔的啓蒙者呢。

有一天晚上，我和家人圍坐著晚餐，突然電話響了，而那通電話恰好是我站起身去接的，是H的母親。她也沒有要我找我的父母來聽，只是簡潔地，近乎自言自言地對我說：「以後你不許和我們家H來往了，好好一個孩子都被你帶壞了。」便掛了電話，我記得那時我的臉像火燒一般，我陷入巨大的羞辱和悲傷之中，我幾乎是踮著腳走回飯桌。母親問我是誰的電話，我說：「打錯了。」那是怎麼回事？我猜一定是H在一場與他母親意志對抗的謊言編造中，爲了保命，便把我出賣了（把我虛構進我不在場的替罪故事裡）。問題是我那時正開始將進入一段渾渾噩噩，彷彿黑暗隧道的青少年憂鬱時光，H母親的電話，竟像一個預言。那之後我確和H突然疏遠了，而我的功課開始在班上墊底，H則仍保持前段的成績。之後也上了建中，可以說我們兩個的生命自此便分道揚鑣無有交會了。

二十多年後，我和H君約在台北市松江路上的一間咖啡屋，不知爲何，在提早到而等候的那一個多小時，我的內心仍焦躁而起伏。時間的效性變得濃稠而迂緩。這些年來我似乎總生活在一種跌跌撞撞無法眞正和眞實世界嵌合的狀態。我已是兩個孩子的父親，H也有了一個五歲大的女兒，但我不知道從H君的眼中看，現在的我算是什麼模樣？我又不知道自卑的毒蛇會不會突然竄襲咬我一口，會不會淡淡微笑說：「你母親當年要我別帶壞你喔。」

但是H君比想像中來得樸素，他大略地描述了一下自己目前的狀態（雖然許多細節不是我能理解，但大致和我的朦朧想像相符）：在美國拿了博士，連工作在那待了十來年，目前則是舊金山、東莞、台北三地飛。現在在一家（我忘了是做光纖還是筆記電腦的）科技公司做總經理。他不太像這兩年我遇到的一些到北京、上海、深圳蹲點的外商台幹，總可以夸夸暢談那邊種種暴亂與荒誕。我感覺他對那移動遷移的城市皆缺乏描述之熱情。我們像兩個周身塗了一層時光薄釉的中年人。有一段我提到自己最近常飛國內線班機，總是跑去松山機場大廳那個意外險櫃檯買個一千五百萬的「一日險」，倘若摔機至少可以留一筆錢給妻小，他露出那個少年時我們互相試探共謀去ㄎㄧㄤ車時的詭祕笑容：「原來你也會這樣想。」但他的方式是「財產信託」（那亦是一我不理解的遊戲）。然後我們充滿孩子氣地交換了許多個人名、昔日的少年友伴，他們分別在我們之後的生涯又遇見或耳聞來的狀況。我以爲他會比我知道多許多人的消息，結果發現竟和我一樣寥寥幾人，且最後的訊息也都快十年前了。我們且拼綴著各自的記憶破片，感慨當時我們那位凶暴的導師許多高壓嚴酷的管教方式眞是匪夷所思（那時我非常激動，我說，直到如今，那每日都置身在一個群體底層，等待隨時臨襲之身心施暴的恐懼，仍是我無法克服的性格暗影。我仍常做惡夢夢到他呢）。我們且笑著描述彼此以不同方式不用當兵的滑稽過程……

什麼驚怵的、幻異的故事都沒聽到（反而是我反常地多嘴，說了不少後來我進重考班和一些人渣哥們鬼混的故事）。時間差不多將分手時，我忍不住問他：「你母親還好嗎？」H君平和但略感傷地說：「我從一九九五年那年到現在，便和我母親沒有往來了。」

訪舊多為鬼

他一直不專心。

在聽別人發言的時候，乃至於他自己發言的時候。他一直想像著她裙胯下，怎麼說呢，像檀香的臥香盤，泥灰般木屑的乾燥香味，不再是那些年輕女孩香汗淋漓從身體各處蒸騰的鮮活果香味。

在這本書上講到這個概念：不能因爲債權人的權利而犧牲了基本人權。大約在西元前一七八〇年，巴比倫國王在《漢摩拉比法典》中宣告：「若一個人欠債，而暴風雨之神侵襲他的田地，帶走所有作物，或是因爲缺水農作無法生長，那麼，在那一年，他就不需償還債主任何作物收成，他可以更改合約，那年不必付利息。」是的，現今的國內破產法多保障破產者免於被剝奪一切，仍可留下最後一絲希望和尊嚴……

他努力聽著，但腦海裡卻像偏執狂用遙控器反覆倒帶一卷錄影帶的某段畫面：他在努力回想昨夜那個關於她的夢境。像奧黛麗．赫本主演的經典電影《羅馬假期》（雖然對這部電影的印象，他是極模糊記得童年時跟著父母到中山堂看的），他騎著一台偉士牌機車，艱難噴氣爬坡在一空荒山城裡找租賃住處。那是一處年輕人俱離去只剩凋零老人在苦守的破爛社區，沿著山壁弄不清是鑿穿還是搭建的白堊牆屋舍。規格不一，每間皆放著一張濕答答彈簧鬆壞的床墊，靠著牆洞一張小桌。說是租給另一端山巔的大學生，但這些陰暗窄仄的房間，看去更像是苦修的修士或監禁逃兵的囚房。他用偉士牌機車載著她，在那陡陂蜿蜒而上，一側那些老婦們在棧道般階梯和忽隱蔽忽顯露的樹叢碉堡間如猿猴攀行，最後他們竟同時到達山頂。

他想告訴她這個夢境。她陪著他在這荒山裡找一間宿舍。似乎他還是二十年前那個大學生一樣。但這個夢境並沒有任何情節。就是那個駝背而一臉曖昧神情的老婦，拿一大串長柄鑰匙，將那一間一間久無人住的霉濕房間打開。像那種永慶房屋網頁上「影音看房」用DV攝影機三百六十度旋轉檢視一間空屋。但夢裡那是一間又一間光線明亮卻讓人覺得無限哀愁的粗糙處所。

他無法專心。

他想起是在進會場前的台階上，他貼在她的身後，低聲說：之後我們上床吧？她沒回頭，繼續上著階梯。但他確定她點了頭。有一種自棄而悲壯的意味。

他想起她現在算是個寡婦了。慈悲與溫柔。

他們是大學班對。當然後來各自男婚女嫁。

一些死亡的消息。

——中場休息的時候，那個原先滿嘴大前研一和彼得．布拉克的傢伙，拿著紙杯咖啡，像作頭腦體操一樣侃侃而談報上那個大學男生騎機車載著女同學過橋，而女孩離奇落河而死的新聞。

——據說警方目前正在調閱新海橋板橋與新莊兩側的鄰里監視系統，以確定跨年當晚在板橋往新莊方向，是否拍到范同學以輕機車載王曉珮的鏡頭，以及當晚九時四十四分到九時四十九分間，是否在新莊往板橋方向，有看到其他同學接到王曉珮電話告知「機車拋錨了」回頭往橋上騎的鏡頭，以及之後范與同學一起到新莊派出所報案的鏡頭……

——什麼意思？難道是一場集體謀殺？

——主要是那機車道距橋護欄還有一公尺寬的自行車道，護欄也近一人身高……怎麼可能男生在修機車的時候，女生突然飛身隔空躍下……

另還有那個在齊秦演唱會舞台階梯上摔下身亡的不浪．尤幹，那也算是他的舊識。

還有那位大學戲劇公演時，演福斯塔夫的那個胖子，據說後來驟減體重，赴歐加入碧娜．鮑許舞團，並讓人不能置信地成為首席舞者，去年聽說得了血癌，前兩個禮拜聽說轉成骨癌，死了。

沒有人提到她丈夫。

也許那個夢是個預言吧？他拉著她，避開人群，不很順利地一間換一間，只為了找一個僻靜的處所，用他們各自不再年輕（局部形狀可能皆變得有些滑稽）的身體交歡。

她也許會哭泣，也許歇斯底里捶打他。

眼神空洞，靈魂的密室已封阻了所有可能進去的路徑。靈魂是年輕女孩的東西，到他們這年紀，理解新事物或回憶舊東西，都像暗夜在深宅長廊裡摸著牆壁開關前行，走到哪，點亮燈到哪，離開了，又把燈給熄了……

訪舊多為鬼。

不過，會議結束之後，她果然不著痕跡地迴避著他。他們搭著那班來時的接送巴士，隔了兩個人，他慢了幾步上，發現她刻意坐在一個高壯的女人身旁，他走去坐在最後一排，車行駛的顛動搖晃過程，他迷惘地看著一個座位一個座位，兩顆兩顆並列的後腦勺。他記得年輕時曾和她到一間叫「影廬」的包廂式MTV看藝術電影，有一次他們挑了一部叫《布拉格的春天》的片子，放片小姐把字幕匣放錯（那種老式的影碟必須在播放時同步插入一種字匣小盒），第一片影碟卻放了第二片的字匣，乃至於片子一開始他和她就根本弄不懂畫面上的蒙太奇情節到底在演啥？字幕上跑的對白和影像一點關係也沒有。他們兩人又都聽不懂原文，但仍面紅耳赤撐坐著把第一片看完。直到小姐來換片時才知道是弄錯了。那是一部改編昆德拉小說《生命中不能承受之輕》、卻將原著改成完全另一回事的電影，原著的譏誚、犬儒、炫學好辯全不見了，變成了一種典型東歐式的，陰鬱抒情的亂世愛情史詩。他記得那部電影的結尾，是觀眾早已在倒數約十分鐘時即從另一角色收到的信件得知：男主角托瑪斯和女主角特麗莎在一次鄉間搭卡車途中，車墜入山谷而雙雙殞命。但片尾卻是他們在死亡前的那趟車程，兩人手握著手，隨著車子的顛盪，深情地互視。窗外是融於一片綠光的駛過的林間樹木。慢速地，彷彿永恆。

黃昏清兵衛

《黃昏清兵衛》的歷史背景大約在日本江戶末期，幕府體制崩潰的前夕，其時町人抬頭，商人藉流通經濟之發達而崛起。武士聚居城下町，大都以米易錢，入不敷出且跟不上通貨膨脹，於是包括「旗本」、「御家人」這些居住江戶的下層武士，陷入財務窘困，出賣武具刀劍，甚至「御家人」資格，更低階的武士，則更爲借貸、家庭開支所困。

其時因貨幣經濟滲入，幕府與諸藩亦自顧不暇，財政困難，於是加徵農民田稅。所以低階武士混居其間的農村農民景觀，更是一片凋敝淒慘。「黃昏清兵衛」便是置身在這樣一片灰暗、蕭條、不幸的貧困時代的一位低階武士。他在地方藩家治下一個管米糧大豆的倉庫做一個小職員，月入僅五十石祿米。因前妻長期爲肺癆纏榻耗去之醫藥費，以及其後亡故葬禮所花費，整個殘破的家被龐大債務拖累。所以清兵衛，這個眞田廣之飾演，寂寞、不幸，卻靈魂澄靜的男人，每到下班時刻，便堅持婉拒同僚相招往酒館尋樂子，獨自奔回那有兩個失母小女兒和老年癡呆症老母的破敝家中，在昏暗的油燈光照下一家人靜默地裁切竹條織製小蟲籠，批給小販貼補家用。於是得到同僚們訕笑逗弄的綽號：「黃昏。」（每到黃昏，一定像灰姑娘聽聞午夜鐘響，匆匆趕回家）。在這樣荒年凋景的戲夢裡移動，人物的臉孔皆帶著山田洋次電影裡那種恍惚不眞切，炭筆速描線條的粗礪並柔美。農人們在河邊搓洗衣物，上游漂下一具一具饑荒餓死的少女或小孩的浮屍。武士的手指嫻熟於編織竹籠而疏於刀藝。喪妻的男人沉默地讓自己的身影定著在那個似乎時空靜止的老屋裡，讓兩個小女兒感到「不會寂寞」。且因爲沒有女人照顧起居，因不洗澡發出惡臭且衣服破綻裂口，在家老大人巡行他們那座倉庫時遭叱責而成爲羞辱笑柄。這一切讓人似曾相識地想起山田洋次那已成爲傳奇的，續拍了五十八集的電影：《寅次郎系列》（台灣三年前曾在民視每週六播出，名爲《男人眞命苦》）。那個只不過想起其稜突肥幫和豆粒小眼的臉孔便忍不住熱淚盈眶的渥美清。「我是誕生於東京葛飾柴又帝釋天的寅次郎。」永遠的流浪漢大皮箱和大木屐，一趟一趟無人知道其孤寂與傷痛的流浪旅程。永遠在每一集突發異想返回柴又故鄉的市集老街，滿懷熱情、奇想和對人情溫暖近乎白癡的天眞、堅持。他總是把每一件事情都搞砸，但在片尾羞憤離去時，卻給所有人帶來一種無法言喻的，被這個冰冷無情世界創傷的溫暖慰藉。他有色無膽，卻總巧妙迴身地讓每一集出現的不同美人們，在她們身世的暗影或不幸時刻得到溫柔的慈悲，或一生遭遇一次便像神蹟銘痕一樣的美麗祝福。還有他那個永遠寬容、永遠理解他的靜美的妹妹櫻子（這一陣總聽人說我們的侯佩岑是「療癒系美女」，我總在心底哼一聲想，療癒系？先去看看演寅次郎妹妹的倍賞千惠子，再來談什麼叫療癒系美女），以及那一對老好人叔叔和嬸嬸，隔壁的章魚老闆和老實的妹夫。山田洋次那像冬夜薄被裡的暖腳熱水壺一樣的左翼人道關懷，在柴又那條懷舊嗟嘆的夢中街景裡，撫慰了一整世代又一整世代日本人的情感。

從寅次郎到黃昏清兵衛。從每回闖了禍便坐在柴又附近土堤望著江戶川感傷，然後選擇離去的流浪漢；到沉默接受或大或小每一件降臨身上之不幸命運的落魄武士，山田洋次有沒有透過這部暮年之作，向流過了他這一生大部分時光的五十八部《寅次郎系列》（包括那已成為永恆靜止的蠟像館之電影場景，或是已過世的渥美清）致意，或某一個鳥瞰位置的自況心境？我覺得清兵衛身上帶著一種只可能是老人以生涯交換（雖然他是個年輕武士），對人世既悲歡交集又不被虛無或激情吞沒的體諒和詼諧。他們同樣是被一個龐大現代性場景壓垮的卑微小人物，寅次郎以流浪漢之姿，像「公牛闖進瓷器店」，以惡童、流浪漢傳奇（如葛拉斯《鐵皮鼓》裡的長不大男孩奧斯卡）挾民間嘉年華之嬉謔、乖誕和不馴之創造力，衝撞那個被現代東京資本主義城市驅趕至歷史垃圾桶的老江戶小市民街景。寅次郎在每一集重複的返鄉、大鬧一場，最後感傷離開，其實是現代人自由靈魂「永遠渴慕、永遠鄉愁」卻注定永遠失落，回不去的「靜美的往昔時光」。黃昏清兵衛則像是寅次郎的兄長，或那個身世之謎、從未露面的父親這樣交心地告訴他：是啊，我們雖然注定只是那個巨大機器壓扁的芻狗，一點反抗、改變機會都沒有的渣滓，但有一些東西是可以被封存保護不被侵奪：包括我們對人的善良的信任，包括我們的尊嚴和相信的價值，包括我們摯愛之人所居處其間的小小的世界，包括我們隱藏不為人知的華麗的刀藝⋯⋯

黃昏清兵衛的刀藝確實是這部電影童話起飛時刻的黃金翅翼：作為同事間的笑柄，作為五十石微薄月俸而不敢娶心愛女人的貧窮武士，作為那個大歷史光照永遠將之遺忘在黑暗角落的——這部時代劇的背景正是日本現代性時刻前夕，「大政奉還」、「王政復古」之前，勢衰的幕藩勢力和正要開啓歷史新頁的擁天皇勢力薩摩藩、長州藩間，譎詭慘烈的鬥爭和一觸即發的內戰。無從選擇的，黃昏清兵衛只是置身在「錯的陣營」裡的小小低階武士——一枚棋子，他被家老大人深夜密詔，接受了一個怪誕險峻之任務：在那個他不理解的、和他的眞實世界相距遙遠的上層世界正發生天崩地裂的巨變，舊主病逝（據史可能是被敵對陣營低階武士刺殺而亡的井伊直弼），新主迎立過程按例有大批舊臣被賜罪切腹。有一位可能是幕府帳下武藝最強的高階武士抗命拒絕自盡，並據守在自家宅屋裡，被家老大人派去擒拿的絕頂劍客也被他斬殺棄屍院外，無人能接近那屋子。於是高層派出身「小刀流」門下但久已荒廢刀術的清兵衛進屋執行誅殺令。

山田洋次藉著這場「閉室內的刀法對決」層層複瓣地處理他對「世界的眞實」究竟為何的多重領悟：華麗的刀藝成為一道純淨透明的存有界面，它穿透了不同階級的尊卑，讓各自持刀的高階武士和低階武士在暗室中以兩個男人的情感直面相見。對對方刀藝流派傳統的敬重，互相感慨作為喪妻者帶大女兒的艱辛，或他們無端被捲入上層鬥爭乃必須以性命對決之無意義。上面的大人們或許可以剝奪他們的自由意志（清兵衛在密詔過程其實試著表述自己的人生哲理並拒絕任務，卻被家老大人嚴厲斥罵並強迫受命）、性命，甚至尊嚴和前面所說的那個「小小的世界」；但是在這個華麗純淨的刀藝界面裡，他們深知對方一身技藝之罕異尊貴，並以端肅面對對決本身表達對對方之敬意。這場戲最幽默辛酸之處，即在黃昏清兵衛凝神提刀走進暗屋內時，發現等在裡面是一疲憊亡命的老人，並以自然人的身分懇求放他一馬。待清兵衛心軟亦「退駕」回一辛酸貧困男人，和老人交心地大吐這些年爲生活所困之苦水，拚命作手工副業仍無法補貼家用，所以連長刀都拿去典當了，你看我帶來的這把其實是充混場面的竹刀哪……誰知那時老人又進入一劍客身分之自覺，什麼！你竟想用一把竹刀來取我性命？你是在羞辱我嗎？快拔刀來我們一決高下……

童話的結局是黃昏清兵衛殺了老人，也因之（加薪？）可以娶心愛的女人。但電影的結尾是他的小女兒多年後回憶：父親只過了三年的幸福日子，後來他在被徵召至我方軍隊參加的戰役中，被天皇軍的炮火擊中而亡故。那便是山田洋次看見的「眞實」全景嗎？那個「小小的世界」，無論你怎麼疲於奔命，自甘澹泊，在亂世中仍難免被作爲寫壞的小說揉掉，「永遠的主流派」總可以大富大貴，認眞忠實之人反而終會不幸夭折？不，我以爲那個小女兒最後的一段話才是山田洋次的黃昏心境，她說：「父親的朋友總說：啊，黃昏清兵衛，那個不幸的男人。但我總以爲，父親在他生命最後那三年其實是無比的幸福。他娶了他心愛的女人，而那女人也眞心全意愛他。」

那像史匹柏《A.I.人工智慧》的結尾：幾千年過去了，一切在苦難和遺棄中追尋公平的人間之愛的執念終成徒然，但來自未來的更高等生物仍可以從已死滅的人類遺骸中的DNA複製純然獨立的「一天的記憶」。那個「一天」是漂泊在整個人類歷史之外的獨立存有。被像光碟讀片的那個個體並不知道包括她自己的整個人類早已滅絕。那樣的幸福片刻像一個宿醉、迷惑、懶散的午後。那或是山田洋次對「黃昏」更悠長綿延的時光體會吧？

冒犯

我駕著我的九七年份 Mitsubishi 舊車，要一個大弧彎，直直踩滿油門衝上這個似乎要被冬芒之浪淹沒的陡坡，有一座高聳但斑駁的水泥牌樓，像夢中眨眼，一個恍神便穿過陽光稀薄的時光之界面。其實一路走陽投公路上山，我抓著方向盤，搖頭晃腦始終甩不掉宿醉未醒又恍如夢中的飄浮感。我的身旁坐著容貌酷似魯迅的大陸重量級小說家；後座和妻子挨擠著的，是年輕時畏若神祇的小說家姊妹。有時我在山路大弧彎的甩車尾之際，會錯幻覺得一車的小說體骨晃搖地甩出一行行冗舌聱牙、妖幻魅麗的故事情節。

主要是，上一輩作家的澹泊交情：一開始大約是類似「兩岸作家交流」的對話，之後便是台北、山西兩邊數年一封的通信問候，或這邊寄去小孩的玩具或繪本，那邊寄來一整本人民共和國的集郵冊。十餘年後作家復來台北，卻恰好闖進島內將所有「異族」妖魔化的歇斯底里時分。兩邊的上一輩盡凋零，兩邊的小孩，既歡喜又憂心忡忡地說起，都偷偷摸摸瞞著大人寫著他們自家的小說嘍……

這樣確實有一些屬於時間的唏噓或塵粉之類的氣味。作爲駕車人，我難免伸長耳朵，偷聽那些其實平凡一如闊別多年之農民的問候與感傷。小說家這次來台北，唯一惦掛的私事便是上陽明山國軍公墓祭拜一位曾官拜國民黨中將的姑丈之墳（那是所以我會冒冷汗出現在那畫面中之原因——我總愛吹噓自己當年如何如何是陽明山的「在地仔」）。這裡面有一段繁複動人的故事。故事從那位姑姑開始。這位姑姑當年隨著姑丈到台灣，沒幾年姑丈便病逝了。姑姑獨力將孩子撫養長大，孩子也挺成材，好像在美國念了個和現在流行的所謂「激光技術」之高科技軍武有關的博士。所以後來姑姑也跟著遷居美國（那是我們這邊耳熟能詳的，白先勇小說裡的遺恨傳奇啊）。大約在八幾年，小說家輾轉收到這位素未謀面的姑姑從美國的來信。其時小說家的父母，乃至與姑姑同輩的所有親人，全在解放後或文革的慘酷遭遇中陸續死去，無一倖存（這裡小說家只淡淡交待過去，但似乎是他與他那一整代小說中的，人與人之間的侮辱、傷害與剝奪的黑暗場景）。於是這一對姑姪便在之後來回往返的通信中，奇幻地進行一場「往昔時光之補綴與拼圖」的魔術。姑姑在每一封信裡，皆夾進一些舊照片，後頭字跡紊亂地批註：「大學讀書時和你媽媽所照」，「這一張是我離開大陸最後一天所照；背後的菊花親手所植，走的那天我最後給它們澆水」，「在台北做校長時在門前所照」，「這一張是我走的路，上上下下十八年，前去上班。有點彎的地方是去學校，小橋流水的前方是去回家」……種種種種（小說家說：「那就是她想抓住一個親人訴說的，她這一生的全部故事啊。」）。這個姪兒呢，爲了一解姑姑鄉愁，則特地帶台相機，從山西跑回四川老家，將那在文革中已成為破敗廢墟，只剩一塊標示舊址之牌子的當年祖居，姑姑記憶中的雕窗遊廊全成了擠占了數十戶居民和公共廁所的大雜院……，一張照片一張照片地拍下：老宅殘貌的角落、碼頭、老鹽井架、祠堂、杜甫草堂、文革中砸毀的牌坊、火神廟……。一來一往，小說家打越洋電話到美國姑姑獨自一人的老人公寓，那一頭只聽見老婦停不下來的哭聲（他笑著說：「欸，那時候越洋電話挺貴，等於我一整個月的工資便聽她在那頭止不住的哭泣。」），老姪兒哄老姑姑：「我一定到美國去看妳。」姑姑又哭：「我怕我等不到那時候了。」那時的狀況如何可能到美國？小說家說：「我便對朋友說，若眞有一日能讓我們這對姑姪相見，那才叫『蒼天有眼』呢。」

「後來呢？」我們聽得如癡如醉。但那時我發現我們在一條深幽林徑中迷路了，我掉頭將車開回牌坊入口的一間破舊辦公室，一位軍官腔調的微胖中年人兀自坐在一張鐵皮辦公桌，他拿出一張鋼筆精描的「墳區分布圖」，詳細地告訴我們，這位中將的墓是很早的了，在最裡面的十八區，你們往上開，過了一個焚化爐之後三百公尺，有兩個貨櫃屋，一旁有條小徑下去，一排墳是一區，大約十區以後的牆基都塌了，可能比較難找……

把車按著指示開到那「兩個貨櫃屋」前的空地，奇怪是空無一人的冬季荒山裡，有數十隻毛色漂亮的野狗，或遠或近地偵伺著我們。貨櫃屋裡出來一位整理墳地的婦人，問了墳主姓名後，熱心地帶著我們「抄近路」在那些寫滿了亡者名字的墳塚間爬上爬下（簡直熟門熟路像那些炫耀地帶觀光客在羅馬城的紊亂巷弄裡穿梭的少年導遊）。我注意到這一處墓園的墓群和我從小隨母親掃外公之墓的形制和規格很不相同。它們全不是我記憶中常見的「土饅頭」圓拱一堆墳頭。它們皆是方正格局，周圍亦有衛拱，但墓槨在正中，用花崗岩或大理石封鎮成一長方形。整片墳陵亦不像本地民間芒草蔓生要用鐮刀開路，而是種著一排一排或茂密齊整或枯萎頹倒的柏樹。「這裡當初應該都是些高階軍官吧。」或是西式形制，或是所葬之鬼魂盡爲軍官（且墓碑銘文所刻之祖籍，盡全爲外省地名），使得這一大片我們在其間攀爬的墳丘，竟無一點我小時殘存記憶的森森鬼氣，反倒是，與死亡一膜之隔的，連呼吸都冰涼起來的畏肅感。

終於找到了小說家的將軍姑丈之墓，果然荒煙蔓草，黑花崗岩的長墓石上鋪了一層枯黃的松針葉。熱心帶路的婦人（果然如我擔心地）開始嚴厲地指責：「這全都壞了，恐怕是子女根本沒在顧了，你看基石都塌了，這裡全裂開了，那個下雨雨水都會灌進去……」我們裝作很上道地問她請她照顧一年要多少錢（嚇死人的天價），請她先上去，讓這位遠來的親人靜一靜，待會再上去和她談……

那時我們身後的群山，芒草像咒禁之術失效的魔靈們痛苦地翻湧。小說家像被眼前的荒涼景象痛擊，不服輸地拿一旁一枝斷頭塑膠掃帚，趴在墓石上，把那些松針一把一把地掃落，然後把買來的兩束黃玫瑰擱上，鞠了躬，努力抑斂感情地說：「我姑姑那時只說了一句話：一切都會變成過去。她說得眞對。」

回到車上，仍懸惦著那中斷的故事，忍不住追問：「然後呢？」小說家說，幾年後，他竟眞的受邀訪美，臨行前，他請一位書法家寫了四個字「蒼天有眼」。到美國，姑姪相見，痛哭流涕，姑姑說：「我以爲我眞的等不到這一天了。」但他很快發現姑姑得了老年癡呆症，許多往事——包括他問她：「我祖父叫什麼名字？」「我父親當年究竟出過什麼事，乃至日後在文革受辱而死？」——全不記得了。幾年後，小說家收到姑姑的孩子寄來一張冷冰冰的明信片，告知「某某夫人已於某年某日過世。特此通知。」姑姑後來便葬在姑父的墓穴旁。

回到家，翻讀小說家十年前的一部長篇小說《舊址》。我以爲我讀過了的，但讀來竟似初識。像《百年孤寂》結尾，那個家族最後一個子孫讀著記載著這家族全部哀愁、殘虐、孤寂的故事時，有一陣颶風將整個馬康多小鎭化爲粉末。小說家字字泣血，整個家族的艱難史詩，所有成員無法拂逆歷史風暴的荒謬死亡，包括作爲收尾的這個姑姑的故事，全歷歷寫在這部小說裡。

我不禁冷汗直流地想起，自己聆聽時屢屢追問「後來呢？」的那張，無知而冒犯的臉。

大象艾瑪

大兒子剛學會注音符號的組合拼音，於是每晚睡前，不再是妻唸故事給他們聽，換成是他捧著一本硬殼封面的童話繪本，一行一行按著注音讀給母親和弟弟聽。有時我在書房寫稿，聽見那些童話故事被用一板一眼的孩童嗓音讀出，竟覺得那飄蕩在空中的情節，像古老部落巫師祭儀的咒文，簡短、有力、濃縮、隱喻，卻足以讓人心領神會地描述那個眞實的世界。有一天我聽到他在唸一個「大象艾瑪的故事」：

……艾瑪和別的大象不一樣。艾瑪是一隻花格子大象。艾瑪的身上有黃色、橘色、紅色、粉紅色、紫色、藍色、綠色、黑色，和白色。艾瑪的身上沒有大象的顏色。

……有一天晚上，艾瑪想來想去，怎麼也睡不著，因爲想到和大家不一樣，他就覺得好煩。「誰聽說過世界上有彩色的大象呢？難怪他們都要笑我。」第二天早晨，艾瑪趁大家還沒有醒來以前，就悄悄地溜走了。

你如果以為這是一個「醜小鴨」故事的摹本（結局：醜小鴨發現一直讓自己自卑的「不同」，原來牠是更「高等」、更美麗的天鵝。所以：彩色大象發現自己其實是一台彩色電視？或是自己不是眞實的象，牠只是一隻拼布玩具象？），那就大錯特錯了。這個故事有一個超現實的，不可逆的設定：一隻彩色大象注定是一隻孤伶伶的，沒有牠的群體可以去「發現」並歸隊（像醜小鴨那樣），牠的不同並不是一個「誤會」（把幼天鵝當作小鴨），牠是一隻大象，但卻是一隻像三十六色雄獅水彩盒蓋的彩色大象。牠不是被誤認的異族，牠是族類裡的怪物（或不那麼粗暴地說：幻異之物），於是，這隻艾瑪，獨自走了很遠很遠，找到一棵結滿「大象顏色果子」的大樹，牠用鼻子（彩色的）捲住樹幹，讓那些灰果子掉落，並在地上打滾，把果子的灰色汁液抹蓋住牠身上的黃色、橘色、紅色、粉紅色、紫色、藍色、綠色、黑色和白色。「現在，艾瑪看起來和別的大象一樣了。」可是呢，當這隻灰大象躲回到其他大象的身邊時，發現所有的大象都非常沉悶、安靜（想想那童話繪本上的畫面：一整頁排列在一塊的灰大象）。牠忍不住哈哈大笑，於是所有的大象發現牠不就是彩色大象艾瑪嗎？大家全都笑得在地上打滾。這時天空下起大雨，把艾瑪身上的灰染料給沖掉，牠又變回彩色的模樣。於是大象們說，以後每年要慶祝這一天（艾瑪假裝成正常大象的這一天），把這一天定為艾瑪節。所有的大象在這一天要塗成彩色的，只有艾瑪要塗成大象的顏色。

說實話，有時我並不是很理解這些童話故事的眞正含義，不過這隻彩色大象讓我想起我們的阿扁總統。這些天的報紙以極大的篇幅報導阿扁連續兩天上電視開講，左右開弓，橫掃李、連、宋、蘇，翻臉、爆料（包括許文龍事件，或宋楚瑜在美國和陳雲林見面），其流彈四射，牽連之廣，使得報紙幾乎開滿視窗，就每一個開罵（或爆料）對手陣營之回應和批判，作專題特稿。版面標題甚至引綠營立委之語：「遍地烽火。」這整件事以我這樣外行老百姓看熱鬧的慘烈壯闊與戲劇性，已近乎黑澤明的經典史詩片：《亂》。這些年來同樣的專家話語仍在重複著，一些謀略或更細膩的選票切割：成功轉移黨內內訌、衝突——妥協交互使用模型、炒熱選情、避免提早成爲跛鴨、現任總統對卸任總統之伊底帕斯情結……等等。那許多這些年來這個島嶼令人生厭的，所有人的腎上腺素（憤怒、傷害、被羞辱後的冤恨、不信任對方、感受到自己是被與自己不同的人所憎惡、對對方視爲神聖不可侵犯之感情禁忌任意賤蔑、對對方之傷痕記憶無感性理解）像被以前鄉下採集種豬精液「牽豬哥」之幻戲手法——在一木架圓孔上塗抹母豬卵巢萃取液，那種豬明知是假的，仍無法控制趴在木架上扭腰挺臀交出精液——隨擠隨噴灑，然後在間歇時刻隱隱爲自己的顛倒狂亂茫然或羞赧，使得我們集體變成了一群陰鬱的，不太能清楚描述自己感情形貌，不太能清楚描述這個世界該是什麼樣或爲何是這個模樣之人？（那些政客們總在告訴他們的純情支持者，我這樣說這樣做，變成和自己顏色相反之人，是爲了我們更長遠的目標。）它不斷在權力者移形換位過程中，像電影工程隊隨搭隨拆那些行爲背後的話語場景。所有當下的仇恨、潑糞、灑狗血、用手指戳向對方的毀滅性詛咒；在下一個轉角可以收回變成鎂光燈快閃的笑臉、握手、和解、共生……

小學的自然課本好像有一個光學實驗：把一個圓盤上用彩色顏料塗成放射狀太陽芒紋，

然後將這個圓盤快速旋轉，混光的結果竟會變成一只白色的圓形。我覺得我們正進入一個目瞪口呆觀看著領導者一身變幻色彩，並在一種快速運動中旋混成強烈白光的劇場。沒有人從那樣的演出中得到一個清晰深刻的印象，反而是一團帶著古典感性的迷惑：「人如何可能在羞辱對方之後輕易道歉，在道歉之後再故技重施羞辱對方？」

那樣的一團白光後面，如果我們不再掉進那種種政治學新聞學或廣告學耽於細節、傳播效率或民調分析的話語，其實一個無比典型的人格類型清楚展演——不是彩色大象艾瑪，如果眞的是那就好了——而是格雷安．葛林一個長篇小說《布萊登棒棒糖》裡的角色：少年品基。一個尚未完全發育成熟成「眞正男人」的男孩，以其早熟、殘忍、靈活的心智天賦，接管了死去老大交給他的一個小幫派。其時那個小幫派已完全無力和另一個企業化經營的大幫派對抗（有一個經典的場面是品基終於進到對手那金碧輝煌、排場闊綽的「辦公室」，對手的老大瞥了他一眼：「叫你們老大派個眞正的大人來談。」品基驚怒又羞辱地說：「我就是老大。」），所有的賭場、妓院、白粉交易、商家保護費……全被對方洗去了地盤。於是品基爲了震懾恫嚇他那些（在他猜疑想像中將不忠於他）的手下，開始殺雞儆猴，一個一個以猝不及防的方式狙殺原本人數已不多的自己人。有一些被他殺掉的，反而是幫派裡最效忠他或對他有父子情感的老夥伴老哥們。寫到這裡，我難過地想：眞實世界裡少了童話故事解決謬境的機制：哈哈大笑及節慶喜劇。於是所有的變貌都是不可逆的。眞實的畫面是這樣的：彩色大象被大雨沖去灰色僞裝，站在一群灰色大象中間，大家冰冷、訝異、感情受到傷害地看著他。

喜劇演員之死

搬進城裡近兩個月，新家客廳始終沒擺上一台電視。我倒不是前一陣報上說的「拒看電視」運動實踐者，而是那樣的畫面：和妻子充滿神往地站在大賣場一面一面極薄的什麼電漿電視液晶電視大螢幕前，感受到那種科幻電影般栩栩如生的非洲草原動物、衝浪的藍色海洋或足球賽的綠色草坪……在我們面前柔和地搖晃著。但一邊互相低語：「聽說會再降價，也許再忍一陣，會更便宜。」如果那上面的標價再少掉一個零就好了。如今每個週日，便帶著孩子們開車回到鄉下舊家，放碟片給他們看（我們的舊電視留在那兒），我和妻子則各自在三樓和二樓，打掃搬家當天像逃難急匆匆僅把重要大件家具、書籍搬走，而棄留下來轟炸過後般，滿目瘡痍的房間。

那天傍晚，我們收拾得差不多了（門口堆了一袋袋塞滿資源回收物——壞棄的玩具殘骸、舊雜誌、冰箱裡的醬料瓶罐或發霉零食——的垃圾），孩子們觀看BBC的拍攝《與恐龍共舞》也近尾聲，我遂坐在那張久未沾人氣而發出沼澤爛泥味的沙發上，用遙控器將畫面由

「影片」切換至「電視」。

（那時我忘了將光碟機和音箱喇叭關掉，所以背景音是和螢幕上似乎發生了什麼重大事件、人心惶惶、新聞主播皺著眉頭說話完全無關的，恐龍的巨大咆哮聲。）

過了一會，我對妻子說：「啊。倪敏然在頭城上吊自殺了。」

這兩天的報紙（回到我那沒有一個螢幕彷彿另一個眞實的世界會從那裡面洶湧跑出的，城裡公寓），自然全連續劇般環繞著死者和另一位女演員的不倫之戀。讓人稍有一種奇幻之感的，是所有出來發言的、透露祕辛的、悲不能抑的、感懷當年的……竟全是這些年我轉開電視便目不暇給的，各種扮串形式，各種年齡輩分的喜劇演員。他們變裝成各式政治人物，顛倒嬉笑，似乎替這個這些年來幾度險險陷入仇恨、絕望、以宗教裁判官的嚴厲情感將不同意之對方送進火刑架的島嶼，扮演一組廚餘攪拌機的篩葉濾孔。透過他們——容我引用艾可在《玫瑰的名字》中僞造的亞里斯多德《詩學》下卷那篇不存在之〈論喜劇〉：「我們將顯示行動的荒謬是如何自最好至最壞的比喻中產生，由透過欺騙而引起驚訝，由不可能，由自然法則的違反，由不相干和不連貫的，由品格的卑下，由滑稽和粗俗動作的運用，由不和諧，由最無價值事物中的選擇。然後我們再顯示話語的荒謬又是如何由相同的話指不同的事物，及不同的話指相同的事物，而造成的誤解所產生，由饒舌和重複，由暱稱，由語言的遊戲，由發言的錯誤，以及粗野的話等等。」——這個社會變得更庸俗，但同樣更進入一個被「攪糞機」旋弄過的，社會的雜語系統。某部分來說，一如艾可那篇僞造《詩學》中所稱：喜劇，包括諷刺詩及丑角，它的無稽在激起歡樂之外，也能達到某種激情的淨化。一如悲劇可喚起悲憫和恐懼。如今這個畫面何其恐怖：一個喜劇演員自殺死了，其他的滑稽丑角全發狂衝至幕前，他們痛哭流涕（指控那個小丑面具後面的隱形殺手：憂鬱症），指著各自身上傷痕纍纍的，語言顛倒或將心靈之執迷帶入虛無歧途的，破掉的扇葉、需要彈缸的引擎、金屬疲乏的避震器……各種「職業傷害」。多可怕哪，像神明出巡的大型傀偶戲，僞扮成副總統的那一尊突然仆倒，死了，其他的大頭神，那些原該嘻嘻傻笑、搖頭晃腦、笨拙遊街的那些僞扮的張俊雄、星雲大師、阿扁、宋楚瑜、陳文茜、國台辦發言人……全失神忘卻他們的腔口和戲詞，哭哭啼啼地環繞在死去同伴的屍體周圍。層層覆蓋的陰影，讓整個社會半疑半猜地聽見那大面罩下面的哀鳴：「這是我啊……這個是我啊……」

那個「我」是什麼？讓整個社會以一種帶著遲疑、迷惘、隱隱有一種物傷其類的複雜情感，緊盯著火車站監視器，被人用DV拍下落寞在計程車中的側影，或是過吊橋時最後一位目擊者回憶當時的簡短攀談——他消失前最後的，「人形」的身影。那個「我」被這樣的想像碎片理解著：爲情所困、可能有債務纏身或向地下錢莊借錢、事業的困境、人生的幾度起伏、婚姻危機、更年期男人最後一次對浪漫綺想的冒險縱跳、憂鬱症……這一切的平凡、瑣碎、那貼近現實的死亡線索，和任一個閱報（或看著電視新聞）的人們自身處境何其相近相似。那震盪起的驚嚇恐怖，絕對不同於鄧麗君之死（一個美好純眞的年代一去不回了。於是「懷念老歌」成了她的對照記。成爲釘在某種記憶招魂術相簿上的蝴蝶標本。）或張國榮之死（一個繁華金粉的夢幻時光一去不回了，所以對他的憑弔常眞實幻影切換地進入他演過的電影情節和角色。我們後來記得的是那一個一個的「影中人」）。喜劇一如在嘩嘩流過的社會話語水流中刻舟求劍，許多年後，或沒有多少人會認眞以「黃金五寶」、「七先生」、「倪附總統」的角色竄奪去記憶倪敏然之死；但同一代的人，會記得：「啊，那一天……」他消失在火車站前，模糊蕭索的身影。那樣被同樣纏困我們的金錢、愛情、憂鬱症難題壓垮的，「眞實的」（即使那也只是我們的想像）一個人。

日昨看到報載（五月五日，《聯合報》六版）：

「昨天，全台十四自殺，十死」：「知名藝人倪敏然自殺死亡後，連日來媒體不停報導，昨天屏東、宜蘭、花蓮縣、高雄縣、新竹縣和台北縣市等地都有人自殺；前天台南縣也有人上吊死亡，死者家屬怪電視報導太多名人自殺消息，害得別人也不想活了。

「……屏東市王××（四十一歲）有憂鬱症，一直控制得很好，這兩天持續看倪敏然自殺事件的報導，『看個不停』，昨天清晨上吊自殺死亡。

「……台北市仇姓老翁（八十三歲），昨天清晨搭計程車要司機開到中山便橋，在便橋上徘徊想往下跳，員警趕緊拉住他。老翁說，覺得人生無趣，倪敏然自殺後，他有樣學樣。

「……前天台南縣李姓男子在工寮上吊死亡，死者鄰居告訴警方，李姓男子自殺前曾提到『電視台整天都在播上吊的消息，是不是上吊的人還不夠多？』」

我覺得很恐怖。年輕時讀昆德拉寫〈時間的鐘面〉，他說占星術道出某種更爲微妙的東西：你逃脫不了「生活的主題」！在你的生活中企圖建立一種「新生活」，與先前的生活毫無關係，像通常所說，從零開始，那是空想。十四歲時在街上被一個七歲小女孩攔住，問他：「先生，請問現在幾點鐘？」（那是第一次有人稱他「先生」）到中年的某一天，一個少婦問他：「你年輕時，莫非也是這樣想嗎？」（那是第一次有人對他用「你年輕時」這一過去式時態）那皆是生活鐘面上的刻度。這些年，我面臨父喪、珍貴的創作同輩相繼自殺、摯愛之人爲憂鬱症的魔咒所困……，那皆是之前未曾體驗過的「難以言喻的滋味」。我卻發現再從媒體上聽聞「一個名人自殺」，時間的鐘面完全沒有使我對此事變得豁達或釋然，反而更有一種黏附於肌膚，不寒而慄的痛苦。

搬進城裡的第三個禮拜，我才回鄉下把原先棄養在那的老狗妞妞（最初是拜託隔壁的越南看護阿姨每天餵食）抱來新居。牠的狀況非常差，背部整片毛（像照鈷六十病人連頭皮整片頭髮脫落）一掀就掉，四肢變得很瘦，肚子卻腫脹得極大。帶去動物醫院抽血化驗，醫生說牠恐怕「很難救」。肝發炎、膽囊炎、腎上腺素分泌不足、糖尿病、腎衰竭、卵巢囊腫、腹腔內可能有惡性腫瘤。醫生淡淡含蓄地責備我：「怎麼會把一條狗養成這樣？」

這段時光，每天早晨、黃昏，我皆像抱著一位癱瘓老婦抱著牠，上到頂樓陽台，看牠艱難力竭地蹲下撒尿。然後我想訓牠練習走路，便站在那公寓頂樓的另一端（隔著約二十公尺吧），喊牠：「妞妞，過來。」牠會哀愁地看我一眼，然後疲憊拖著那生命已逐漸流失的變形軀體，蹣跚地，一步一步走到我腳下。而我再跑至另一端，再用力地喊牠，而牠無論多不情願（或體內已無力氣了），仍是花極長的時間，把自己拖到我這邊。如此反覆。像一起在對抗著什麼。

千面人與我

旅次途中，在空曠深山的小木屋裡看到電視新聞——千面人被逮。鎂光燈像偶像劇處理浪漫高潮戲的海邊遊樂場煙火，噼哩啪啦環繞著那個戴安全帽被穿防彈背心警探們押解的瘦小傢伙，一團團爆著、亮著。一種遠距的，難究其憤怒細節與形貌的傷害——如村上春樹針對當年奧姆眞理教在東京地鐵車廂置放沙林毒氣，重訪事件受害人及下毒教眾之《地下鐵事件》，神經、呼吸道、肝功能或身體諸多功能遭到重創後遺症的受害者，在復元後重返職業崗位，卻因這無妄之災造成工作能力退化，終於被解雇（或提前退休）而遭社會甩離至邊緣。他們大部分人對這無任何理由卻毀掉自己一生的置毒者，卻無法清晰準確地聚焦其恨意——如今讓大家鬆了一口氣地「現形」、「被抓住了」。攝影機近距地進入「千面人」的賃租公寓（和你我或身邊認識之人所居公寓何其相識的場景），警探問他「是不是想跑路？爲什麼錢和護照擺在一起？」他一臉鎭定地回答，沒有啦我最近出國剛回來，那個錢是要繳信用卡費，警探問他「最近有沒有下中南部？」他則說有啊，台中、高雄、新竹……都有去。雙方似乎都意識到正面對著鏡頭，都帶著點舞台劇唸台詞的滑稽和僵硬。

「千面人」被這樣的話語描述著：反社會人格、信用卡刷爆者、低調住在公寓裡鮮少與鄰居互動、有一段時間在醫院開救護車（醫院同事對他的印象皆是：老實、沉默），被多組監視攝影機追蹤的隱形人（最後是他停放在每一犯罪現場附近的租車車牌洩了底），讓人眼花撩亂之換裝者（意識著那些正在攝錄著他的攝影機）……

我猜許多人在報紙上讀到這些特徵，心裡多少會隱隱晃動著一種恐懼：這說的不正是我嗎？

像一隻灰色蜥蜴藏身在人群裡。

有一件事，我們或極難想像，在許久以前那個年代，會有人能拿著有毒飲料去放在巷子底「柑仔店」的冷飲冰箱櫃嗎？

「千面人」以及他遠距傷害的陌生人，可能就是在我們以身體無意識記憶的畫面互動：走進冷光潔淨的便利超商（叮咚一聲。歡迎光臨），穿過那些垂掛著便利包維他命（「最近吃的比較油」、「最近精神不太好」、「最近較憂鬱」……）、那些超涼無糖口香糖、各式香菸和贈品的收銀台；那些保險套、驗孕筆、紅包奠儀包袋、女生的衛生棉、小孩的垃圾玩具、狗罐頭、殺蟲劑、蜜餞、洋芋片或其他零食；走過那些冷冰冰的影印機、傳眞機或自動提款機；那些陳列著豪華女體提著昂貴名牌包的膠封雜誌，或是預言中國將成爲世界老大的財經雜誌之書報架；那些火車飯包、肉粽、日式飯糰、微波義大利麵、排骨粳……的冷食櫃……

某部分來說，千面人穿過的，正是一座具體而微的，我們飄浮不知在其內或在其外的城市。

然後他走近那一排一排放著各式促銷打折飲料之冰櫃，把一瓶摻毒的，看似和原來畫面一模一樣的「提神劑」放進去。

這一切總是惘惘地勾起我遺忘的一些瑣事：譬如我們高中畢業典禮前的一段時光，整座學校皆會陷入一種嘉年華歡會的無政府狀態，平日裡作威作福的教官們那時都避開不出現在高三畢業生的教室樓層。一些提前放棄聯考的人渣們都會在一定節制的範圍內，把學校的公物拆毀當紀念品帶回家：消防栓、水龍頭、儀隊的木槍、排球網……我曾經跟幾個傢伙在傍晚翻爬潛進化學實驗室和工藝教室……。如此無意義的、動物性的、卻僥倖未形成重大傷害的「反社會」暴力。一直到很多年後，我們永和那個老房子的閣樓整修，我竟在搬理雜物時，發現我哥的桌上放著一塊上頭寫著「訓導主任」的A字形壓克力標示牌。

(「什麼？那時你竟溜進訓導處偷了這個牌子？」)

高中時期的我哥，安靜、沉穩、成績普通，沒什麼朋友，每天回家便把自己鎖在那個違建閣樓上。但相較於同時期的我遠讓我爸媽放心。不想他靜悄悄地在那時進行著遠比我和我那群小混混同伴更具創意的「反社會」行動。

關於信用卡刷爆這件事，倒讓我想起前一陣子發生在我身上的經驗：大約從兩年前開始，每隔數月或半年，我們皆會收到遠傳公司寄來的一張手機電話帳單，但那支電話號碼是我們完全沒使用且陌生的，那帳單上累計著從幾年幾月前即開始計算的每月月租費（數額極小，大約一百塊上下，所以我們並不以爲意），我想可能是電話公司弄錯了，於是讓妻打他們的客服專線，告訴他們我們並沒有申請並使用這支號碼，請他們查明並停止計費，在弄清楚前我們拒絕繳費。電話那頭的服務人員語氣非常溫和禮貌。是的，這位女士，我一定把資料查明再通知您。系統運轉的小小困擾交給系統中的專業單位處理就OK了。但之後便沒有下落，老實說我們也忘了此事（作爲這個「看不見」的巨大網絡的末端，你每日要爲小孩生病、老人、財務吃緊、可能惹老闆不快而要走路、自己的中年危機……種種爆炸瑣事塞滿，誰可能讓自己變形成一個和那龐大網絡捉對廝殺的怪獸巨人？）。但隔了數月又收到一張催繳單，且因「超過補繳期限」，金額被加倍懲罰。這次我們當一回事了，打電話去「客服專線」的口氣沒那麼禮貌了，但此時又換了另一位服務員，態度一樣不疾不徐，專業可靠。我把事情原委從頭重說一次，老實說時間的拉長使我不那麼確定自己曾不曾辦過這一支門號？也許是哪一次貪便宜買特惠活動手機被強迫贈送的？但我仍請他們注意，這支門號從他們帳面開始記錄時就一直無通話費，只是每月累計著基本費（像夜裡不斷偷偷抽長的犬齒？）。電話那頭仍是安撫、道歉加保證，駱先生我一定幫您查明，然後通知您……

這變成一個卡夫卡式的超現實噩夢：收到帳單、驚恐憤怒、打客服電話，又換一個和之前不同的陌生服務員，於是你衝著他（或她）溫柔有禮的聲音大聲咆哮，像對一個生命線或張老師接線生娓娓訴說你的冤屈，他（或她）向你保證會查清楚，然後遺忘，隔一陣子再接到帳單……

直到有一天，我們收到一張討債公司的存證信函（那時我們已搬離原住處，是回去打掃舊屋時在信箱撿到），內容非常不客氣：如果在×月×日之前不繳清，將由法院委託當地管區暨鎖匠，開門查封……云云。那時我們幾近崩潰，妻子打電話給那「服務專線」（又換了一個不同的服務員）語無倫次地說了幾句後，竟哭泣起來。

好吧，你無法將自己變成一座城市，於是第二天我乖乖地將那我從未使用過，連號碼亦不識的手機費三千多元轉帳進他們指定的戶頭。

這件事似乎和「千面人」沒什麼關連，不過，「千面人」曾開過救護車的那間「耕莘醫院」，我父親中風倒下前，每個月都會到那兒的「家庭醫學科」掛號。那時他已有阿茲海默症，但我們都不知道。他總是勁搞搞期待著，像找一個願意聽他說話的晚輩聊天，找一位高醫師，開些高血壓藥。但那些藥他從來都沒吃，一袋一袋藥包堆在客廳茶几上，直到他過世才被我們全部丟掉。我從不知道他在那些光影裡，已無法控制自己講話的內容，是如何吞食自己的羞辱，想在人群裡找一些溫度，取悅那些如此年輕無憂的小醫院醫師和護士。每次逢年過節，他都堅持要帶一些小禮品去送那些醫師護士，那時我們都覺得如此很怪異丟臉而努力勸阻他。

現在我想像著，那樣的父親，可能曾和猶隱身在無害的、孤獨之境的、開救護車的「千面人」，在那家醫院錯身而過。心裡便有一種難以言喻的複雜情感。

我心中尚未崩壞的部分

白石一文在他的小說《我心中尚未崩壞的部分》裡，有這麼一段奇怪、恐怖的遺棄經驗：

「我才兩歲，當時母親剛被父親拋棄，不知如何是好，畢竟母親才剛年過二十，還像個小孩似的。那時恰巧跟現在的季節一樣，和母親一起搭電車到博多，要到動物園玩……我記得有座猴子山，我靠著低矮的柵欄著迷地看著猴子們，母親對我說：『小直，媽媽去買冰淇淋，你在這裡乖乖等喔。』我想我連回答也沒回答，因爲看猴子看得正入迷。……後來動物園的人帶我到辦公室，詢問我的名字，然後廣播了好幾次，常常聽到的那種『有位穿著藍色上衣，年約兩歲的小男孩走失，請家人到辦公室來帶回』，我一邊聽著廣播一邊拚命拜託動物園的工作人員說我的名字是直人，請連名字一起說……

「警察在傍晚時出現了，氣氛漸漸怪異起來，我被送上警車，離開動物園，從車子後頭看著逐漸遠去的動物園門口，抽抽噎噎地哭了起來，心想離開動物園之後媽媽就再也找不到我了。不過警車還是在黑暗而不知名的路上奔馳，我已經搞不清楚任何事情了……

「怎麼到動物園的？搭電車來的？公車？車站呢？花了多久的時間？住在什麼樣的家裡啊？跟誰一起來的？母親叫什麼名字？爸爸的名字呢？第一天什麼也答不出來……隔天，除了女人之外還來了一個年輕男人，他開車帶我在博多市區繞，我一哭他們就說：『直人小弟不用擔心，媽媽一定會來接你的，像直人小弟這樣走失的小孩也是常有的，大家不是今天就是明天便會被媽媽接回去。』不過到了第四天就沒人這樣安慰我了，我也明白母親不會來接我回去，這不是母親的問題，而是我自己的問題……」

之後這男孩拚死想著母親每天帶他去的公園入口一塊名牌上的字——他還不會寫字，只依稀記得那個字的形狀——那公園叫做「光」。

這個男孩被兒福中心工作人員費盡周折終於帶回家裡，母親打開骯髒的公寓房門走了出來，表情像是看到幽靈一般頓然失色，對著一起站在那裡的兒福中心的職員低下頭來，低語道：

對不起。

白石一文這樣寫著：「我無法理解我該說的話為什麼由母親說了出口。那個瞬間，我第一次覺悟自己被母親遺棄。」「在那彷彿要燃燒殆盡地集中意識的七月某個夜晚，我自覺到自己內部的某些東西確實在改變、進化。從那時開始，只要我不受制於失眠和爛醉，我就無法忘卻事情。我也變得相信不論什麼都不該忘記……對我來說忘卻是威脅生命的危險行為。」

白石一文的小說裡的男主角總是這類的「傷害進化人」。他們的智商極高，敏感而冷靜，和周遭的世界保持一種疏離的警惕。他們極難崩潰露出難看的樣子，是個溫和的傾聽者。他們可以在城市裡同時和三個以上不同背景但姿色人品皆是極品的女人交往，而絕不被迫捲進她們偶爾失控的暴亂和歇斯底里。某部分來說，他們類似村上春樹故事裡那些內心閉鎖成一自我回饋意義「末日之街」的主角，或是宮崎駿《霍爾的移動城堡》裡那個心臟被掏走換成石頭的英俊魔法師。簡而言之，就是「愛失能之人」。一個人，從孩童時開始，讓自己的感性柔軟之心包圍上一層玻璃防護罩。進化。將自己進化成一座資本主義高度發達、自動化、結構森嚴、象徵性秩序嚴縫密接不會因故障而癱瘓的摩天大樓城市。進化的第一步，即將胸腔內的那顆心臟，變成塑膠之類的絕緣體。他會照著某些高階（例如SM）性愛技巧的手冊祕技讓那些豪華的女體在床笫欲仙欲死；也可以憑自己的智商和意志在大商社裡成為位階超齡的核心幹部。白石一文的小說背景，似乎隱喻著日本八〇年代泡沫經濟「把虛幻的生產效率的提高誤以為是真實的」、「戰後三十年高速發展的政經體制面對著時代發展之結構調整的嚴酷巨變」之類的恐怖夢魘。人將存在的整體切割成一「絕對不能犯錯」的微觀調控的自律與遭遇性世故。靈魂長出肌肉，不被孤寂與挫折擊倒，不讓非理性的他人身世變成木馬程式病毒潛入自己的系統中……但持續地「進化」下去，有一天那個詰問總會搜尋到你的入口密碼，你的阿奇里斯之腱……

如何相信他人的愛。

如何不在羞恥和精神衰弱中傷害自己。

一句老話。如何愛人？

無止境的加碼總會造成「制度性疲勞」，總會有那從腔體無限膨脹繁殖出新器官乃至無法負荷、運轉，而崩毀塌倒的一天。白石一文把這「進化神話」戳破的反省，寂靜地放在他小說主角獨自一人的腦中，他們像某種深海魚類，在冰冷孤獨，黑暗不見光的無重力世界，用自己腦殼上那自體長出的觸鬚微弱發光。

我總想著：一個受到傷害的孩子，是在哪個時刻開始，在心底決定「讓自己進化」？

這個想法，改變了我直視某些事物、畫面、場景的眼光。有一天早晨，我到大安森林公園「快走」，在我的身旁，盡是一些身軀不協調擺動，卻奮力慢跑著的老人，我混在他們之間在那環公園外緣的橘土跑道，像搭著機場的履帶自動步道前進，樹影光點中既安心又躁煩。我的身體無論怎麼加速，也擺脫不了這鐘面齒輪自動化運走的集體性景觀吧？我終於也得加入他們，為了對抗肉體的衰毀退化而這樣無意義地繞圈圈？待走到無樹蔭遮蔽的空曠草地，突然看見一個奇怪的景像：在那樣清晨全公園清一色全是老人的構圖裡，在周圍空蕩蕩的籃球場、溜冰場之間的兒童遊樂區，有一個長頭髮、大約十歲左右的男孩坐在鞦韆上搖晃著。

那不該是這個年紀的人類出場的時間。

沒有穿制服的中、小學生（他們大約要再一小時後會轟一下出現在城市的街道上）；沒有推著輪椅老人的菲傭、印尼傭（他們集中在黃昏時出現）；沒有一身光潔快步疾行的上班族；沒有騰蒸著汗臭在攀爬鐵架、繩網、吊杆或溜滑梯上追逐擁擠的，像白蟻幼蟲一般的大小孩童（他們大約在下午四點之後湧現）……

那個小男孩發生了什麼事？

因爲我仍繼續繞著外圈跑道疾走，遠距地，經過他，忍不住回頭盯著那似乎一次比一次更拋甩到半空中的小身影。

我記得岩井俊二的《花與愛麗絲》片尾，有一個與全劇情節無關的段落，那是愛麗絲去參加一個封面模特兒之甄試。那些掌握挑選權柄的攝影師、助理或企宣全是一些粗鄙愚蠢的虛僞傢伙。他們粗慢無禮地糟蹋那些可憐兮兮來應徵的女孩們（只爲了拍一張雜誌的封面照！）。他們胡亂提一些問題，在女孩們卑屈而認眞地開始回答時，即匆匆打斷：「好了，可以了，下一位。」

只有愛麗絲面對那種羞辱粗慢時說：「可以讓我好好跳嗎？」

本來和甄試封面模特兒這事無關，顯得滑稽的芭蕾舞（她的專長），突然在這女孩身上出現了神蹟的光。她還是用免洗紙杯套在腳上當舞鞋呢。

進化

這一陣子，兩個孩子都迷上了俗名「皮卡丘」的《神奇寶貝》卡通。從夏天以來，我們家附近那間錄影帶出租店一整櫃的《神奇寶貝》和《神奇寶貝超世代》DVD全被我們搬進搬出借遍了。兩兄弟湊在一起的時候總窸窸窣窣討論著那個系列卡通裡龐大繁複的幻想之物的名稱、物種、譜系：什麼妙蛙種子是草葉系加上有毒系，可達鴨是水系、巨鉗蟹也是水系、海星星也是水系（牠們是小霞擅長且喜歡的），什麼飛行系的波波進化後是比比鳥，比比鳥進化後是比鵰；小次郎的阿柏蛇進化後是阿柏怪；男生的尼多朗進化後是尼多力諾再進化是尼多王，女生的尼多朗進化後是尼多蘭再進化是尼多后；甚至連那個反派三人組「火箭隊」裡的喵喵都可進化成貓老大……

這個如夢中森林藏納了數以百計的飛禽、走獸、水怪、神話之物、植物花草、岩石精靈、可愛的、醜陋的……生靈世界，還有牠們各自進化後的模樣，各自至少四、五種的格鬥絕招（光主角皮卡丘的電氣系攻擊技法，就有電磁波、十萬伏特、打雷、電光一閃、高速移動、光牆……種種。另外有一隻在故事中後段以救世主之姿出現，替男主角小智扛起更猛暴殘酷成人級之對決打鬥的噴火龍，牠的祕技有：火花、憤怒、火焰漩渦、大字爆、煙幕、鬼臉、雙翼拍打、龍之怒……這些武技名稱光聽就充滿聲光、幻術與空間次元極度自由的旖旎華麗），說實話，比我們從前國中化學課頭痛不已背誦的「元素週期表」還要網絡紛雜、品項繁多。但我詫異不已地發現我那整個暑假背不全ㄅㄆㄇㄈ的次子，竟也跟著他大哥如數家珍地討論什麼蚊香蛙的連環巴掌，什麼菊草葉進化成月桂葉……。更恐怖的是，有一天，我居然聽見他無比清晰地背誦一段台詞。那是在每一集故事裡，作爲喜劇的壞蛋角色每每虛張聲勢地登場，結局皆是悲慘地被皮卡丘的十萬伏特電流炸飛到天空的「火箭隊」。每回出現時，都會唸一段優人上舞台的開場白：

既然你誠心誠意的發問，我就大發慈悲地告訴你，我們是穿梭銀河的火箭隊，可愛又迷人的反派角色：武藏。小次郎。爲了宇宙的和平，爲了貫徹愛與眞實的邪惡。白洞。白色的明天在等著我們。

眞是不知該喜該悲？妻憂心忡忡地問我，他們倆這次沉迷在那個以魔法、超能力對打的虛構世界裡，會不會對認知和人格發展產生不良影響。我笑著安慰她，我小時候讀的《西遊記》、《封神榜》，說穿了，不也就是這些把戲嗎？一趟艱辛漫長的冒險旅程，沿途加入襄助的各路神仙魔怪和他們各自的法寶仙術：什麼二郎神的嘯天犬，哪吒的風火輪和乾坤圈、鐵扇公主、如意金箍棒，什麼姜子牙的打神鞭、托塔天王、雷震子和土行孫……。那個孫悟空每回和山洞妖精叫陣時，不也總來上一段：

你孫爺爺是五百年前大鬧天宮的齊天大聖，如今奉如來佛祖旨意，護送唐僧往西天取經去也。

說來其實還算是遲到的狂熱呢。

有一次經過永康街一家轉蛋玩具專賣店，孩子們興奮拉著我們去轉「皮卡丘」，竟發現偌大一間店，門口十幾台投幣轉蛋機器，店裡琳瑯滿目陳列著各式各樣的卡通人偶，卻沒有一件與「神奇寶貝」相關的產品。老闆迷惑地說：「也不曉得怎麼回事？反正是流行的風潮過去了吧。常有父母帶著小孩來問，可是日本那邊就沒聽說再出這系列的商品。」反而是巷子裡的小文具店裡，充斥著台灣仿冒的皮卡丘書包、皮卡丘水壺、皮卡丘鉛筆盒、皮卡丘便當……妻上二手拍賣網站去標購整組三百隻的仿冒神奇寶貝塑料小玩偶，意外地讀到這樣一則資訊：

……一九九七年十二月十五日，東京電視台放映的第三十八集《神奇寶貝》就出了紕漏。該集內容描述主角們爲了追捕一隻電腦病毒型的敵人而進入電腦，而電腦世界內大量地使用透過光的閃光效果，該集的色彩又以紅綠白黑這四種人眼最爲敏感的顏色，再加上連續四秒內每秒近三十次的強烈閃光，導致許多觀眾產生「光過敏性癲癇症候群」的暈眩反應，造成日本全國五百人送醫……

所以那穿越眞實界面的強光烈焰，那讓眾人如癡如狂的風潮早在七、八年前就發生過了？

關於進化。

有一天，我大兒子阿白的朋友，一個叫含含的小女孩來我家玩。幾個孩子蹲在地上圍著那堆色彩鮮艷奇形怪狀的二手神奇寶貝小公仔討論著（有一天，他們的興頭消失了，熱潮退了，慢慢忘記這些橡膠怪物的名字，當背後的系譜飄浮遠去，這一大堆的神獸精怪就變成不知從哪個人噩夢裡甩出的醜怪物事）。我裝可愛對著含含說（用卡通裡的台詞）：「去吧！含含，趕快『進化』成某某某吧！」

那個某某某是含含的母親，那時正站在我和小女孩的對面。她是個美麗的女人，據說曾是北一女儀隊隊長。含含的父親是我高中同學，夫妻倆是台大企管博士班的學長學妹。兩人目前各自在不同間的國立大學任教。在我的朋友裡，算是稱頭而優質的一對父母。

爲了掩飾那即興的低能對白，我又說：

「去吧，阿白，快快『進化』成你爸爸吧！」

不料我的大兒子卻快哭了地說：

「我才不要進化成你咧。」

確實我心底也茫然地擔憂著孩子們若有一天「進化」成我這模樣那該如何是好。

恰巧最近看了一片日本導演是枝裕和的電影《無人知曉的夏日清晨》，本片據說是根據東京發生的眞人故事改編。大致情節是一位外貌清甜可愛的年輕母親，瞞著房東，把四個小孩藏在東京的一間窄小公寓裡，最大的兒子十二歲（飾演這大兒子的柳樂優彌因此片得到二〇〇四坎城影展最佳男主角），最小的女兒大約三歲不到。一開始公寓裡一家人窩擠的溫馨很像日本綜藝節目常見的單親小家庭。有一些輕微的疑惑：諸如大兒子那樣的年紀爲何數學程度仍停留在九九乘法？或是爲何這母親像在公寓裡養貓一樣嚴格地不准小孩們出門，甚至站出陽台怕被人發現（除了每日外出購物、熟知提款機、路線或城市機能的大兒子）。這一切疑惑在某一天母親將孩子們遺棄在那間小公寓裡，答案終於慢慢揭露。

像糊里糊塗懷孕，任意在城市角落生下一窩貓崽的母貓，輕易就離開了。女人留下錢和一張紙條：「阿明，弟弟妹妹就交給你，要好好照顧唷。」原來四個孩子分屬不同的父親，也沒有報戶口。男孩每日按固定動線，儉省地出外購買這四個棄兒日用所需，慢慢地，母親留下的錢只剩下銅板；催繳水電、瓦斯的帳單被他們當塗鴉的紙；一整盒蠟筆剩下指甲般的彩色小塊；有一天終於停水斷電；沒有奇蹟，像素描者逐漸在四周畫上暗影斜線，他們的小密室發臭且凌亂，他們的衣服也逐漸襤褸破爛，他們終於變成在公園洗澡，挖公用電話和販賣機零錢的拾荒小孩……有一天，最小的妹妹爬高從椅子摔下，不懂得進入（使用）就在他們身邊的城市醫療系統，他們眼睜睜任她死去……

我在想：什麼是「進化」呢？第一次失戀，無數次屈辱，恐懼，害怕被逐出人群，站在某一個不可能達成的輝煌場景前立志，學習合宜的語言，察言觀色，不輕易被挫折擊倒，尊嚴地活著……這些，那被遺棄的男孩都具備啊。

火影忍者

年節裡在家看了朋友老C強力推薦的日本卡通《火影忍者》，一開始是到附近錄影帶店租整落的DVD，後來瘋魔著迷一發不可收拾，跑去抱回整套漫畫，熬了幾個通宵把一集一集想像力推至極限，又翻牆躍出邊界任意馳騁的華麗忍術場面看完。所以我在那幾天例行的家族聚會，除夕團圓飯、初一回母親家、初二回妻子娘家、初三和幾家各有小孩的朋友聚會……總是瘀黑眼眶哈欠連連，像個魂不守舍的頹廢吸毒鬼，恍神笑著無法加入大人們的討論。反而是若有親戚友人小孩談論起《火影忍者》裡的「漩渦鳴人」（後來才知這部漫畫是當今日本最紅的人氣王），則會兩眼發光激動不已地和他們討論：「佐助的千鳥和鳴人的螺旋丸對掌是誰比較強？」

「鳴人體內被禁錮的九尾妖狐和我愛羅體內的一尾守鶴，哪一隻神獸的查克拉最強？」「爲什麼卡卡西老師的寫輪眼只有一隻，而佐助和他的哥哥宇智波鼬卻有一雙寫輪眼？」「幾代火影大人裡誰的忍術最強？答案：第三代火忍。他因爲是幾代火忍中活得最長的，又是傳說中的忍術天才，據說會一千種以上的忍術。在『毀滅木葉』行動中，大蛇丸以『穢土轉生』召喚出第一代與第二代火影的殭屍和他對打，第一代火忍以不可思議的『木遁·樹界降臨』加上第二代火忍用『水遁·大瀑布之術』這種強大忍術聯手攻擊他，他雖然像隻老猴子狼狽地東逃西竄，最後卻能召喚出猿魔（孫悟空），以如意金箍棒加上終極忍術『屍鬼封盡』讓大蛇丸受創鎩羽……」

討論NBA或各式轎跑休旅車或各款名牌包的大人們，目瞪口呆聽著那些讓他們的世界或知識顯得貧乏扁薄的漫天飛花奇技：「鳳仙花之火」、「砂縛柩」、「三日月之舞」、「多重影分身之術」、「斬空波」、「如雨露千針」、「表蓮華」……他們哈哈笑著說：

「這傢伙真是童心未泯，還把小孩子的玩意那麼當真。」

事實上，我和孩子們熱切討論那些查克拉、苦無（忍具）、幻術系忍術與體術之差異，金木水火土諸忍國的虛構國族史、偽宗教、偽國際形勢（包括大國間的爾虞我詐、論似G8高峰會的木葉忍者大會、準戰爭狀態時的類CIA之暗部反滲透組織），……內心充滿了寂寞。我的漫畫時光似乎從上大學後便中斷了。老C看著我一頭熱栽進《火影忍者》的世界，只是笑我「下忍」（即初段忍者之意）：我對於這幾十年來日本漫畫工業的龐大勃興近乎無知，他們對於各種科幻、未來神話、人類體術之競賽、暴力系、巨大國家機器體系編造身世之機器人、生化人、星球戰史、核戰廢墟景觀、尼采式超人哲學辯證與救贖傳奇……早已層層積累，繁衍成一類似蜂巢又似天文台天體的幻燈的「腦部礦區」，一個讓人眼花撩亂卻又以偽知識樑柱縱橫交架的魔幻劇院，不，應說是一整座類似百老匯，由諸多虛擬漫畫劇院集結而成的魔幻之都，或曰奇幻星球。

《火影忍者》只是這「錯繁交織的網路」其中的一個區塊。如前所述，第三代火影猿飛，與背叛他的弟子大蛇丸，在城市上空被其餘上忍用結界封住的神魔之境裡對決，那場面的無限與自由，其洪荒哀愁、瑰麗慘烈，我以爲未有一部動輒上千億的好萊塢科幻片曾幻造出那樣的時空。大蛇丸的角色背景，挪引了日本神話素盞嗚尊這個人物形象，他是天照大神的弟弟。品行敗壞，在神域幹盡壞事。後遭天譴後醉斬一條大蛇，從蛇身中取出一把傳說中的「草薙の劍」，是傳說中的三種神器之一。《火影忍者》中的大蛇丸是典型浮士德以靈魂向惡魔交換忍術技藝之極致，他的忍術邪惡而臻乎魔神。他以挑選的君麻呂及佐助的少年身軀爲容器，練成了長生不老的祕術，並以「穢土轉生」召喚第一代第二代火忍的屍身與他的老師第三代火忍猿飛對決。在那個城市上方的結界裡，忍術召喚之天崩地裂、樹木如妖精竄張、水淹火燒……其任意翻弄眼瞳或景觀畫框的想像力爆炸，簡直像跨世紀的雪梨歌劇院上空煙火秀，甚至，如廣島核爆或九一一雙子星大樓崩毀的末世恐怖奇觀。第三代火忍無計可施之虞，使出與死神契約之術，與對方同歸於盡的「屍鬼封盡」：死神從他肉身裡伸出手來，將大蛇丸之靈魂拉出，封印於自己體內，再一道墜入冥界。這種漫天神佛舞戈，超越時間、死生祕術的力氣，實在讓人想起印度史詩《摩訶婆羅多》或中國《封神榜》的「神的殲滅戰爭」。

《火影忍者》的魔幻、末日恐懼，與卷軸畫般鋪天蓋地的華麗少年忍者群之青春舞蹈，其背景即是這樣的史詩式的「犧牲」：第四代火忍爲了拯救木葉忍者村，犧牲了自己性命，亦將擁有恐怖神力的不祥之物「九尾妖狐」封印於漩渦鳴人的體內（這亦是這整個傳奇故事主人翁鳴人的身世）；第三代火忍犧牲自己，以如此慘烈之地獄忍術拖大蛇丸入死亡之界。雖然最後力氣放盡，只封了大蛇丸的雙手，但那場景實現了一個史詩的核心：神的愛是什麼？當魔的力量鋪天蓋地無法可擋，一個犧牲者，簡單說，神必須以自身之壞滅來封印魔。那是什麼？基督？地藏王菩薩？杜斯妥也夫斯基之《白癡》？或周星馳《西遊記》裡由笑謔驟轉悲愴，五百年前之唐僧。神的愛，在發達資本主義的抒情場景裡，之所以不是人的愛，即在於力量排場的無止境巨大，且在一瞬摧動至極限。死生、時間、善惡、仇恨皆如落瓣無比之輕（那確又讓人想起核爆或九一一的「地獄之火」）。這是我們這一代或下一代的神話。這樣的說故事排場竟已被超現實的忍者傳奇完美地吸納、翻弄、耍玩。靈獸神話、力量的痛苦、原欲的考驗、禁錮與自由的道德辯證、身世的債務負擔、解身世之謎、修行的寓言……這樣的大敘事，在我們這一輩人不論在電影院、第四台頻道、報紙媒體、政治人物、演藝明星所構築之現代性故事（或對世界的想像）皆已貧瘠缺乏想像力而永遠永遠失落了，卻沒想到在日本漫畫的祕境裡正洶湧地發生。

可憐的人

那個計程車司機哭起來的時候，我回頭看看擠在後座的C、S和H，他們全靜默而窘迫地對我眨眼，似乎在說：是你起的頭，現在該你來收拾吧。

我記得之前在pub裡的最後一個話題，是C講到年輕時一群鬼混的朋友裡，有一個傢伙自己頂了一間小酒館，於是所有狐群狗黨妖魔鬼怪（包括她）全在打烊前後擁進那可以賴酒錢且遇見熟人的溫暖處所。他們總在天亮時喝得醉醺醺離開。

C說：有一天，她也是喝掛了，但那次她那時的男友並沒有來接她，於是她和一群穿著閃閃亮片黑皮衣頭髮染得霓虹幻彩臉色卻如吸血鬼一般慘白的女孩們，穿過那條髒兮兮的小巷，走到大馬路攔計程車。那時她實在忍不住，就蹲在人行磚旁的水溝邊嘔吐起來。所有的女孩們各自攔車離去，只有她一人蹲在路旁，嘴角垂掛著長長的黏液。就在那時，她抬起頭來，天哪，發現自己的前後左右，全是穿著運動服在晨跑的老先生老太太，甩著手的邊跑邊拿雨傘打自己背的、倒著跑的、打赤膊跑的、把收音機繫在腰際跑的……所有生命體都在晨曦中像一座草木歡快生長的森林，只有她還停留在昨晚。

「所以我說……那個黑夜和白天的交換時刻特別詭異，好像一個渡口，我該在黑夜結束前匆匆離開，卻沒搭上最後一艘渡船，被留在那裡。於是像《神隱少女》裡的小千，突然就在大批換場的演員陣中，變成一個透明、落單的鬼魂。」

於是S也說起許多年前，有一次他隨一位在pub結識的黑女人到她的住處過夜。那當然是銷魂又暴亂的一晚，他在天亮時筋疲力盡地離開。重點是：S說，那黑女人的公寓是在東門市場那一帶，當他穿過那些面無表情反拎著慘叫雞隻翅翼，那些在肉案上將蓋了紅戳的豬頭的鼻子掄刀斬下，那些刞著閃亮魚鱗、在白煙中用長柄勺攪著鹹粥或把瓜果青蔬像死嬰一般莊嚴排放的阿婆們……，他的腦海裡總像暗房裡濕淋淋夾晾著的一張一張底片：黑女人那充滿爆發力的身體的各部位近距離特寫。

S說，重點是，他在那種肉體和心靈同樣虛無的狀態下，步行疾走，從金山南路轉信義路，像要把腦漿從皮鞋底的破洞沿途漏光那樣孤獨地走著。後來他走到新生南路右轉，（和C的故事一樣）發現自己身陷在早晨趕赴校園的小學生中學生人潮裡，那些穿著制服低頭往前衝的小獸。那時，一個詭異滑稽的事情發生了：從那間中學校園的擴音喇叭傳出雜音很多的國歌，一剎那間所有移動的人形都像石像之咒靜止不動（S說：當然一旁馬路上的車仍在開著）。S也乖乖站在那群像玩一個集體大遊戲（假裝成是一個大鐘錶內臟被卡住的小齒輪？或是一二三木頭人？）的年輕孩子之中，他突然眼眶發熱，接著哭泣起來……

S說，那時他的心裡歡鳴著：在這些身體裡面，只有我的是剛被徹底掏空的；只有我是從昨夜的床上清醒活到現在這個早晨的；只有我在這個魔術結束後，得孤伶伶地回去自己的住處……

後來我們便離開那間pub，走到大街上攔車。我們攔到一輛破車，我因爲胖，所以坐在駕駛座旁那個位子。車在夜間街道行駛，我腦海裡仍回溯著之前C和S分別說的那兩個故事，忍不住回頭說：

「之前我住鄉下的時候，失眠夜最恐懼的一件事，就是大約到了四點多左右，後面山上或對面樹林裡會有一種鳥，像喝醉酒吵架那樣呼哩嘩啦地亂叫一通，我每次聽到那鳥開始叫了，心裡就非常沮喪：慘了，天就要亮了，而我還沒有睡著……」

這時，那個始終將臉隱沒在駕駛座黯影裡的計程車司機突然開口說話：「你有幾個孩子？」

我有一種難以言喻的哀傷。我們這群深夜猶在城市遊蕩，渾身酒氣的孤魂野鬼，只有我，在一瞬間就被辨識出是家有妻小之人。我說：「兩個。」

「男生女生？」

「兩個都男的。」我說：「累死了。」

他說：「我有三個，大的念小五，小的才兩歲。」

「啊，你好命，不過……這個階段最辛苦吧？」

「哦，不會，這一切到今天爲止，我就解脫了。」

那時我較仔細地看清他的側臉，他像電影裡某種留小鬍子，好脾氣的墨西哥人。眼神恍惚帶著一種人生跌至谷底者的溫柔。他開車開得不太專心，錯過了該轉彎的路口，C從後座指正他，他則猛把車轉進一條迴轉道的小巷裡，他說：「我大兒子給我老爸養，他不准我去見他。我老婆昨天帶著兩個小的跑了。」

怎麼回事？

他說，我爲著我老婆，所有的親戚都借過錢了，當然後來是所有人接到我電話就摔電話，沒有人敢讓我上門，我們每個月有領低收入戶補助，我兩個小的還有領殘障補助，也全被我老婆拿去丟海裡。我每天開車，從早上跑到晚上，賺個一千兩千塊，回去也被她騙光……

她是迷上什麼呢？賭啊，還有什麼，全部賭光光。她整個家族都在賭。我剛結婚那幾年，和我哥一起弄了個工廠（我老爸投資），我沒別的嗜好，每天就待在工廠裡，偶爾跟師傅去喝兩杯，那種路邊攤也不用幾百塊就喝得很爽。那時候，我們那工廠一個月營收可以到三十萬喔。我很拚，那時心裡想：她這樣跟我過日子，我常不在家，偶爾她回娘家賭賭小牌也比較不無聊。誰知道，他們那一家人，全是賭棍賭精賭鬼……他們可以從禮拜一賭到禮拜天。

她是賭什麼？

什麼都賭啊，你不知道她那一家人……。前幾天我跑去她家找她，我想看我小兒子和我女兒，我女兒跟她們那一家人住在一起，才五歲哦，什麼謊都會說，幫著她媽騙我，沒一句是眞話。我想念他們，我是去看我小孩，結果我小舅子還打我，好，我帶一個派出所的警察去，我不是帶人去抓賭喔，我是保護我個人的人身安全喔，結果我小舅子連那警察都打……

你爲什麼不跟她離婚？

她不肯啊，她很詐啊，離婚就沒有津貼啦。而且離婚，小孩會被法院判給她啊。後來我那個工廠周轉不下去——錢都被她拿去娘家賭啦。我有一陣子自己很消沉，就跑去吸毒，我是想我把錢吸毒吸光她就不會賭了。你知道嗎，她賭博，警察不知道，問題是，我吸毒被警察抓過……

我不確定後座C、S和H有沒有如我陷入一種輕微的狐疑和緊張。吸毒？他開車的節奏有一種忘記自己在開計程車的茫然，忽快忽慢。他陳述的內容也前後顚倒比較像一個人在自言自語。他是不是剛吸過毒？他會跟每一個搭上車的客人都這樣像壞掉的唱盤滔滔不絕地傾訴自己的不幸嗎？

「現在我什麼都沒了……我有小孩，一個也見不到他們；原來有個房子，也被我老婆拿去抵押了；我每天自己一個這樣開車，晚上就睡在車上，我爸還罵我窩囊廢……」

說著，那個不幸的人，便在我們幾個鼻息噴出酒精的車廂裡，嗚嗚咽咽地哭泣起來……

張愛玲複製人

在網路上讀到一篇署名「斐爾」的人寫的文章，〈突然記起你的臉〉：「……幾年前曾在網路上讀過〈號外：複製張愛玲成功〉的新聞。文中宣稱已有科學家從戴文采在垃圾桶拾獲的沾血牙齒，配合遺落的少許毛髮，從中析離出張的完整DNA樣本，並和北京某影城展開合作計畫，預把培育後的幼年張愛玲處於當年上海十里洋場布景，與擔任監護角色的演員同住。但為張重造生命的當局表示，鑑於張的童年因父母失和而性情孤僻，因此打算鋪設一座玫瑰色的家庭，好讓她身心健康成長……」

這當然是一個波赫士式的瞎扯，但或許是我的視覺不習慣在網路上的光幕上讀文章，一時之間竟險信以為眞。這位作者繼續對這個「複製張愛玲」提出代表張迷大眾的「擔憂」：「……她獨有的不幸經驗，譬如：患傷寒被父親囚禁於家，不給她看病；投奔生母，母親卻說後悔照料，寧看她死，也不要看張在生活中碰壁；愛上胡蘭成，他卻無能為張做到『月圓花好，靜世安穩』的承諾……種種挫折使張在落難美利堅的二十年內帶著僅有的家當——行軍床，陸續流離汽車旅館，時時擔心『嗜咬性的蚤子』。……我懷疑竭盡心力再造的張愛玲能完成在她上個生命未達成的書寫高度……」

以訛傳訛，以僞證僞。同一個波赫士曾在一篇小說中僞造了一部不存在的百科全書，替一句由一位不存在的異教創始人曾說過的話「鏡子和交媾都是可憎的，因爲它們使人類的數量增加」考據：「對一個諾斯替教派的人而言，我們看到的宇宙只是一個幻象或狡辯。鏡子和父性是可憎的，因爲它們複製宇宙並將之傳播出去。」用語意與邏輯較縝密的僞造去反證一個較短、較曖昧，且較引人神祕遐想之僞造。關於複製、擴散、僞造、父親與鏡子，這一陣子媒體上沸沸揚揚爭吵的幾件新聞，其間倒有一神祕聯結與之有關。

一是辜家的DNA比對出爐，士林地檢署赴台北榮總、和信醫院，取得辜振甫生前膽囊、膀胱等檢體，送交法務部法醫研究所比對；證實鄧香妹之女張怡華與辜老DNA並不相符。

二是「金庸臨老改金庸」。

三當然是殉職戰車連長孫吉祥和其未婚妻所引發的「死後取精」、「人工生殖」事件。

第一點其實沒啥好說的，私生女或僞骨肉，豪門隱私或小市民對這些豪門想當然耳，「遠距錯誤」的猜想。這件事會跑上報紙頭條，背後的神話學條件，其實和女作家跑去翻張愛玲的垃圾桶，「理所當然」該翻出一些貼身私物：帶血的牙齒、沾了黃耳垢的棉花棒、可推理殘骸菜色的便當……，而其擴散（張不是亦用「流言」作書名嚒）的喜劇極致，便是可用這些剝落的羽毛鱗片，複製出一個張愛玲。把這件事也算上來，只是爲了作第三件事的引子：「以死後取精反證DNA比對」。一些死亡的邊界。對（某部分）遺體進行科技手段（甚至具有強烈的科幻意象），而死者永不可能說話。由這遺體（不論是精子，或膽囊、膀胱之切片）被科技「解碼」後的理性證據——引爆、延伸活人世界的多重話語對峙：判定是遺族或純詐騙（雖然從報紙上照片看來眞他媽的像）；或是後者，一個弱女子對著一整套龐大充滿漏洞的法律、醫學或所謂社會倫理之話語（其核心，其刻舟之衡度即「人工生殖法草案」），翻掘出來的爭議，面向牽涉廣，層面之新奇陌生，可能是始料未及。

先插話談談金庸改金庸這事。我的一位長輩說得好：「那就像天主教的教皇，有一天突然靈光一閃，昭告天下，以前我相信的那些都是錯的。《聖經》上有好些個地方不合邏輯，聖母瑪麗亞不可能是那樣受孕的，耶穌不可能那樣死在十字架上，……我應該來改改，加點細節……那麼，這個地球上怕有四分之一的人都要精神錯亂了。」我想起我少年時那些可憐的人渣友伴，他們一次又一次地在成長過程中暗戀、苦戀、失戀、嫉妒、失魂落魄、被戴綠帽、遭人誣陷、懷才不遇……他們都是用那些金庸（舊版故事裡）的蕭峰、虛竹、張無忌、謝遜、令狐沖、楊過……自我戲劇化，附會地幫自己過渡那些生命中不能承受之痛苦。如今製造他們的父親要把這些已「活」在幾世代人記憶中的角色，揉掉，重新換成另一個陌生傢伙，這豈不令人悲憤？我無法想像我那些同伴們，聽到「降龍二十八掌」、「王語嫣對青春不老癡迷而段譽另娶四老婆」、「韋小寶的老婆從減爲四人又變成七個不少」、「黃藥師愛上女徒弟」……會是如何茫然迷惘。據說還出現了大龍女……天啊，天啊……

鏡子與父親。

回到「死後取精」這事，也許恰好站在一個完全相反的情感，我初看到媒體大炒這則新聞，心裡難免浮現一狐疑想法：我們不是讀《牡丹亭》讀到湯顯祖這一段題詞：「天下女子有情，寧有如杜麗娘者乎！夢其人即病，病即彌連，至手畫形容，傳於世而後死。死三年矣，復能溟莫中求得其所夢者而生。如麗娘者，乃可謂之有情人耳。情不知所起，一往而深。生者可以死，死而不可復生者，皆非情之至也。」而驚心動魄而淚漣漣？遠的不說，年輕一輩的愛情經典，從《第六感生死戀》、《情書》、《我的野蠻女友》、《冷山》、《未婚妻的漫長等待》……，生死之隔，雙手無法穿撥的界面，整個社會大驚小怪的騷動，不就是心裡底層戚戚所感那未亡人恍如電影中人物執拗而蔑視死亡時間定義的強大愛意嗎？大江健三郎在小說《換取的孩子》裡，不也藉自殺身亡摯友伊丹十三的情婦之口，說出：「把他重新生回來！」這樣悲愴的話？而此刻，似乎每一個人都可以指指戳戳，站在「社會群體」這一方，訓誨那個無能力言說自己的女人。「生養一個小孩牽涉的倫理很多」啦，「如何證明死者願意」啦，「有什麼資格替那未來的孩子決定一出生便沒有父親」，「爲何不守寡就好」，「他們又沒婚姻關係」……

一切只因那個父親不在（那個複製宇宙的鏡子不在了）。

錯中錯

上週日，妻突然對我說：「喂，你恐怕要注意那個《驚異派對》的演出時間，不要跟人家說要去看，搞了半天戲全演完了，無端又得罪人。」主要是這樣的因延誤時間而得罪人的無辜悲劇，這兩年發生在我身上不知凡幾。苦哈哈的搞劇場朋友打電話來問日期送票，恬不知恥地要了免費票，卻又心不在焉錯過了演出時間。常是過了很久才惦掛這個朋友怎麼從此不再聯絡。《驚異派對》是紀蔚然先生（他是我念藝術學院的老師，更且是我碩士學位口試的考官）原創編劇——此君近日在新創刊的文學雜誌《印刻生活文學誌》上連續幾篇專欄，其冷雋博學，笑話包袱一個接一個抖出的幽默文字令人驚豔。六、七年前他編了一齣黑色喜劇《夜夜夜麻》據說是藉著「麻將桌上的追憶逝水年華」，辛辣嘲謔了一群（我們如今稱爲「四年級生」）初入中年的知識分子或布爾喬亞，他們在麻將桌上漫不經心地打屁、哈啦，順口溜政治、八卦或黃色笑話的各式相關語，卻不知不覺光影侵奪間他們各自洩漏牌色般抑藏的恐懼、疲憊、理想失落、犬儒或感性能力不再。當年此劇曾引起劇場圈不小的回響。《驚異派對》號稱《夜夜夜麻》的「五年級版」續集：換言之「終於輪到我們這一輩啦」。我們這一世代的屁笑話、這一世代的虛無與勢利、這一世代在中年時刻慘不忍睹的尊容、這一世代的權力飢渴或性乏味……況且我的同學阿斗也是演員之一，此戲自然不捧場不行。

但是當我找出這齣劇的演出日期表時，不覺慘呼出聲。原來幾個演出時段恰好過期，最後一場正就是那個禮拜日的下午兩點半。那時已過中午。像我永劫回歸的不幸宿命：我總是弄錯時間，總是像狗咬尾巴團團亂轉，總是把本來很簡單的事弄得艱辛而複雜……

於是我飛車將妻兒送回娘家，再匆匆跳上計程車直奔「新舞臺」（那對我亦是一陌生地名，提醒我多久沒走進這城市的劇院看戲了。彷彿南柯一夢，這座城市的夢中戲台，就整批演員穿著戲服，從城西搬到城東去了。且我竟是在這樣幻異怪誕的情境下，闖進這些電視新聞播報不停而我始終認爲事不關己的一〇一大樓朝聖人群裡）。計程車塞在華納威秀前馬路的車陣中，我跳下車，穿過一群冷風中在幾輛展售新車引擎蓋上撩弄身段、短裙薄衫的可憐少女，像《愛麗絲夢遊仙境》那隻趕時間的兔子，鑽進這一片「巨人的彩色積木玩具」其中一幢建築。

那時戲已將開演，我走到一張放置著一封封來賓贈票的長桌前，囁嚅地向一位甜美的女孩解釋：我是紀蔚然老師交待來看戲的，他說可以預先向你們要票，是的，我忘了先打電話向你們預定，不過不知道現在在現場還可不可以要招待票？如果不行的話當然我可以自己去買票……

她看著我的眼神就像我是那些跑去人家婚禮矇混親友白吃喜宴的流浪漢，她說：「你的意思是要自己買票還是要贈票？」我又支吾地解釋了一遍。然後女孩說：「紀蔚然先生並沒有在這裡留票。不過我認得你，我可以給你一張票。」於是她從那鋪著紅綢的長桌上拿起一個信封，抽出一張票遞給我。

接下來的狀況就像在夢遊，我將票交給穿得像客機駕駛的收票員，跟著人群搭電扶梯上樓，坐定位——那時我發現我的座位在第一排的正中（超級貴賓席）——其實一些細節倘若我稍作留心應能發現其中謬誕：在我的身邊坐著的，盡是一些華服盛裝、穿戴珠寶的外省老太太，她們非常興奮地喊喳耳語，這令我有一種懷念而溫暖的情感。她們全是遙遠年代、我還是孩子的辰光，我父親偶爾（他總是戒慎恐懼地警告我要得體）帶我闖進而目睹的，時光劇場裡的上流貴族社會。突然我驚覺自己置身其中多麼突兀。我側臉後瞥發現在我的後兩排正襟危坐的不正是郝柏村嗎？那時心裡不覺淡淡狐疑：「這不是一齣探討五年級世代焦慮或道德虛無的戲嗎？」另一個念頭則是：「這個紀老師原來現在混得這麼好？捧場的來賓完全不是窮酸藝文人士？」

接著，燈黯幕啓，我只差一點沒大喊：「這眞是操他媽的『驚異派對』！」舞台上，服色明艷站著四個古裝的官人。就在我伸手可觸的前方，木板隔著一群隱藏在較低處的樂師（我之前竟未發現他們），西皮二黃絲竹鐃鈸地演奏起來。沒錯，我把口袋中揉皺的《驚異派對》的演出日期重看一遍，最後一場是下個禮拜天。我正坐在「上海紅樓越劇團」的演出現場，那天的戲碼是《碧玉簪》。

因爲恐懼遲到反而提前一整禮拜闖進劇院的另一齣劇碼裡，且眼前魔幻展現的，從預期的現代都會冰冷的孤寂場景（且似乎是一個純男性的聚會），突然栽進一個富麗典雅，清一色女演員（老生、小生皆爲女子反串）的古裝才子佳人世界。特別是演小旦的方亞芬唱清板時，所有奏樂都停止，只剩下胡板敲著節奏。這個女角臉貌端麗、身段風流、嗓腔低迴婉轉、細軟溫柔，台步、水袖、眼神皆讓台下的這些老太太老先生們嗟嘆同情，顛倒迷離（連我也變成這些煽情而投入的觀眾之一）。後來我查資料才知道，越劇被置放在河南梆子、梨園戲、柳子戲、秦腔、崑劇這些地方戲裡，算是年輕的劇種，它的角色扮演，小生沿襲崑曲，小旦則取法川劇。民國十二年以前，全是男演員扮串，之後則逐漸發展成清一色女演員的「女子文戲」。所以劇本包括這齣《碧玉簪》，大部分是旖旎淒美、賺人熱淚的愛情戲：譬如《紅樓夢》、《西廂記》、《白蛇傳》、《寶蓮燈》、《金枝玉葉》、《梁祝》、《孔雀東南飛》……

戲台上搬演的恰巧是個「弄錯」的故事：幕初啓時令我暈眩瞠目的華麗古人，正是兩個父親在商議親事，作尙書的那個要把女兒嫁給官位較低的那個的兒子。被議婚的那個小生自然一派溫文儒雅，另一個則擠眉弄眼一臉心事，原來他是尙書的外甥那位千金的表哥，原指望尙書將表妹許配給自己。於是他找來個愛調唆生事的媒婆，設下奸計，趁大喜之日洞房女眷混雜，偷了那小姐的一枝碧玉簪，塞進一封僞造的小姐寫給表哥的情書裡，扔在門檻邊。好嘍，於是這齣戲如鍾阿城所說「愛情或藝術是腦下視丘的快感中樞與痛苦中樞」的虐待

（或受虐）狂歡時刻，便從那位原本溫文儒雅的新郎拾到這包僞造姦情信物開始。敷粉的俊臉似乎也變得陰暗，疑心生暗鬼，接下來的兩個小時，我便這樣目瞪口呆看著華麗如畫片上人兒的古裝男女，以「轉音若絲、啓口輕圓」，婉轉曲折的水磨唱腔，慢速表演著「嫉妒、猜疑與施虐」。我身邊身後的老太太們，一邊搖頭晃腦跟著那優美嗓音的唱作打拍，一邊卻又爲戲台上那楚楚可憐、不明就裡卻遭丈夫冷落、嫌憎甚至粗暴羞辱的麗人兒氣不平，她們分明對這戲碼熟爛不已，卻不時交頭接耳嘀咕：「這男的也太絕了。」另一個就說：「才十八歲，太年輕了不懂事。」我很困惑她們如何得知劇中人的年齡。演婆婆的老旦帶點丑角的趣味，對兒子又寵又氣又沒轍，倒是處處護著媳婦，時不時在閨房風暴的門檻裡外插科打諢，那份勁頭感染了老太太們，她們便讚：「好！這個婆婆演得好。」年輕丈夫對妻子的折磨愈演愈烈，沒個分解處，最後是遭屈的女主角吐血在手絹上，我一旁的老太太簡直是咬牙切齒：「這下倒好，看人家在京城做尙書的父親趕回來，他怎麼交待！」

那時我幾乎覺得自己和這群老人是同悲同喜的一體（那種感覺怎麼亂像舉著螢光棒擠在萬人演唱會的年輕身體中嘶聲亂喊），除了戲進行中途時不時有老人因憋不住尿離座去上廁所。關於美好的戀人因遭人設計而一步步被猜疑嫉妒的黑暗吞噬，《碧玉簪》的情節和此類型之經典——莎翁的《奧塞羅》相比，確是天眞得可以（《奧塞羅》的結局是那位被猜忌囓咬的丈夫，竟在伊阿戈的煽動下，用被子將自己心愛的妻子活活悶死。等揭穿眞相後，他痛苦地將自己刺死在妻子的屍身上）。但是當我在戲終謝幕時，有點鶴立雞群地擠在這群忘情激動的老太太中間，一起仰首用力鼓掌朝台上一字站開的、穿著各式扮相的女演員們大喊安可，突然恍惚迷惑：在某些以嚴謹技藝或美感教養封凍住的時空裡，連人心的陰暗、狂激蕩慾或歇斯底里，都可以，可能表演得如此明亮而貴氣。

那一刻我確實忘了，本來是要來看「我這個世代」的，虛無、暴力，或自我傷害的故事。

來自中國北方的妓女

某一個宿醉卻又失眠的夜晚，在家裡沙發上看了第四台頻道重播的，陳果的《榴槤飄飄》。也許是花了一整白天的肝臟運轉仍無法將我體內裝了一晚上的混酒酒精排出體外，盯著那二十幾吋的螢幕看，時不時腦袋像颱風時停在堤防閘門旁的整排汽車，大水漫淹時，一輛一輛金屬的、科技理性的、昂貴的現代工藝，慢慢地飄浮起來……。有幾度我彷彿弄錯了以爲自己跑進那電影故事的畫面中去了。

《榴槤飄飄》是一部宿醉的晚上看了，讓你還想開冰箱找冰角再調杯酒來喝的動人電影。我不知道。似乎回到十多年前，我懵懂由「懂電影」的朋友帶著，貧窮卻又裝腔作勢地從山上跑下來進城，在「影廬」或「太陽系」的MTV黑暗小間裡，僥倖地看了《流浪者之歌》或《霧中風景》這樣的片子，走到大街上，覺得整個世界的光線都不同了，從懷裡掏出菸來，叼著也不點，那樣疾走了一整條街的騎樓，才停下把菸點了。眼睛覷瞇呼嗞吐煙覺得自己「懂了」（當然那個「懂了」只是一時腦充血罷了）。

《榴槤飄飄》究竟觸動了我什麼？我仔細想想，那或是我第一次在電影的流動畫面，第一次在視覺上，看到有人將華人的故事處理得那麼「吉卜賽」。是的，不僅僅是「離散」或「異鄉人」的故事（譬如《愛在他鄉的季節》或《甜蜜蜜》），而是「吉卜賽」：遷徙者的後裔，旅途對他們而言已不再是驚異的冒險，他們比上一代更世故（或更認命任何的移動皆不可能改變他們是吉卜賽的不幸身世），更擅長收拾細軟，更兩眼澄澈地看著移民局官員、警察、黑社會、皮條客和嫖客、公路上的卡車司機……這些在流浪生涯中可能扮演壓迫他們強暴他們的共生族類。他們無法進入漂流城市在地人的夢境裡，亦無暇（他們必須嗒然慌張地學習混跡在陌生城市邊緣——那怕只是打工或賣淫——的語言、人際、禮儀）透過「重描故鄉」來認識自己。所以那無論在敘事或影像上皆極難處理——既沒有原鄉神話，也沒有城市漫遊——一個誠實的創作者極容易將之記錄成「一場旅途」（陳果的近作《人民公廁》便更強調他的類紀錄片風格，以及多個不同「亞洲人」的各自不同的旅途經驗。但那卻失去了《榴槤飄飄》自然主義的，「遷徙絕非冒險或意義的找尋，而是被動的生存盲動」的懾人力量）。

《榴槤飄飄》的故事大致分成兩段：前段是透過一個十一、二歲的深圳少女，她和妹妹、母親，隨已先在香港打工幾年的父親（這位父親只有一條腿），拿三個月的旅遊簽證非法居留香港，但其實他們一家人躲著窩藏的「香港」，並不是觀光客眼中、風景明信片或電影中的香港。而是（可能是在羅湖一帶）城市的贅疣般的、醜陋骯髒落後的後街景觀。她們母女三人，便是整天蹲在這餐廳後邊防火巷裡，無止無盡地洗餐盤。電影便透過這個小女孩的眼——

以一種視覺互換而建立我與他者身世想像的技巧——看著另一位約二十歲上下的年輕妓女，每日由一位擔任「馬伕」的廹廹少年跟著，進進出出地穿過她們這條後巷。

後來你才知道這部電影完全是這位單眼皮身材瘦削臉貌有幾分吳倩蓮味道的小妓女的故事。小女孩只是「故事引路人」之類的角色，但是一開始你弄錯了，小女孩愁困異鄉後巷的大洗碗塑膠水槽前，滿手污水與清潔劑泡泡，看著和她有些相似的漂亮大姊姊，穿著性感暴露年輕身軀的薄衫走過，觀眾感染那仰頭觀看背後的欣羨和顫慄（時間繼續延長，有一天小女孩或就要變成這妓女的模樣）。這個年輕妓女，像任何一部電影裡的妓女形象，她既不是異鄉人，也不是在地人。她的身體如此年輕，乃至於那個少年像外送披薩一般帶著她，穿巷入弄地在不同嫖客等候的小旅館送，那快速被消費被拗折搓弄的身體完全無法記下那座城市任何一點點關於時光變遷或滄桑之類的陰影。導演用近乎紀錄片的明亮自然光，快節奏地跟拍她穿梭街道或巷弄，走上那些小旅館的階梯，向櫃檯服務生領浴巾並詢問客人房號。然後便是一間一間小房間裡，幫不同的客人洗澡。很有意思的是，在後巷洗碗盤的小女孩無法闖進這城市的夢境裡，但這個年輕妓女，在這闇黑的一小格一小格畫框裡，應該是和城市夢境最核心的什麼在打交道吧？導演卻那麼不具色情意味地，記錄她像小女孩洗餐盤一樣，盡職且專心地搓洗著一具一具不同嫖客的身體。避開了那之後的性交畫面，反而興味盎然地表演了那麼多的男子，在開嫖之前妓女走進旅館房間的短暫尷尬時辰，會哈啦打屁些什麼。（「妳哪來的？」「妳多大年紀？」「妳蠻漂亮的嘛。」「待會就看妳的（讀『滴』）表現嘍。」）有一幕非常動人，是這個年輕妓女（她叫小燕）和另一群從各省匯聚至此，長相參差但人手一機的妓女姊妹們，百無聊賴地坐在一處看似臨時棚搭的應召站。背景是幾個年輕小夥子老練無情感地接電話（接單出貨），然後是小燕專心地，一片片剝著自己手指上脫裂的皮膚。一旁一個年紀較大的就訓誨她，說妳不要做之前洗一次澡，做完之後又洗一次澡。妳做之前洗一次，做完了，就出來，等做下一個客人的時候再洗。妳做一個客人洗兩次澡，那如果一天做二十個客人不是洗四十次澡？皮膚哪受得了？這段勸告她反覆再三，對她們來說，職業傷害的避免竅門竟在「不要過量地洗澡」。

另一個讓人難免心頭一震的「魔術時刻」，仍是那個小女孩，邊洗碗邊偷看巷底那個漂亮又疲憊的姊姊，在一堆雜物邊舉手抬腿轉腰（那時我心想，欸確實幹這一行也真需要運動運動保養她這身吃飯傢伙）。但突然地，這下班妓女踢著腿踢著腿，竟把一隻腳抬起壓在耳側，還作了幾個小旋踢。

這個一閃即逝的小迷惑在這部片子的下半部被解開。原來這小燕也是和那小女孩一樣的非法居留者，她的老家在東北牡丹江市，三個月期限到了，即被遣送回籍。故鄉的人都只知道說這小燕往南邊去打工，混得挺好，她的父母也是一對老實頭，還替小燕辦了幾桌風風光光的酒席，席間且有一位親戚把一個靦腆的女孩交託給小燕，請她帶去南方發展。諸如此類。活生生的，歷歷如繪的故鄉。大雪皚皚的另一座城市。街道。冰上的摩托車。辦離婚的丈夫。從前劇校的一群死黨（所以她是扎實練過死功夫的）。打聽地段的小攤位。鐵軌上的火車。「生活在他方」。沒有人知道這個女孩消失的三個月，是跑到千里外的（因爲太遠所以像一場夢）另一座城市，零亂快速一個男體一個男體地「打工」（按件收費）。唯一留下的後遺症是她手上和腳上的皸裂脫皮。

我原本寫《榴槤飄飄》裡這個妓女，是有感而發想談談《遠離賭城》裡，那個和尼可拉斯．凱吉對戲的小妓女，有幾個靈光一現，讓人眼眶濡溼的對話和橋段。不想寫寫便至篇幅盡頭。說來我習小說之初，原以爲自己日後會變成一（像吉行淳之介或韓子雲）流連醉死在妓院街的惡漢作家呢。

僕傭

韓非子〈內儲說下〉裡有這麼個故事：

……燕人李季好遠出，其妻私有通於士，季突至，士在內中，妻患之，其室婦曰：「令公子裸而解髮直出門，吾屬佯不見也。」於是公子從其計，疾走出門，季曰：「是何人也？」家室皆曰：「無有。」季曰：「吾見鬼乎？」婦人曰：「然。」「爲之奈何？」曰：「取五牲之矢浴之。」季曰：「諾。」乃浴以矢。一曰浴以蘭湯。

簡單幾筆素描，即活靈活現浮出一個荒誕笑謔的畫面：大宅門裡的夫人正和小白臉通姦，男主人突然回來了，大可想像那種雞飛狗跳、奔相走告的混亂場面，「老爺回來了，老爺回來了，」衣衫不整的夫人和情郎嚇得六神無主。家裡見過世面的老嬤嬤在危急之中獻了一計：偷人的情郎乾脆脫光衣服，裸著小肚子和黑忽忽的陰囊叢毛，披頭散髮，穿過大廳，小跑步從老爺面前經過，直接跑出門外。這位史上第一綠帽老爺被眼前一晃即逝的超現實人體弄得疑怪不已。問下人們：剛剛是什麼人（東西）從我面前跑過去？全部的下人們皆一臉無辜：「什麼？什麼都沒有哇！」這時，已斂裝整容的夫人施施然從裡頭走出，擔憂之情溢於言表：「老爺，你不會是撞邪了吧？」

於是這個笨蛋老爺便像《志村大爆笑》裡搭配演出讓夫人和下人們聯合起來惡整的志村健，一臉儼然地任著他們替他「去邪」：祕方是收集一桶集豬屎羊屎牛糞雞鴨大便的「五牲矢」，讓他泡澡。

這是一則僕傭們聯手戲侮老爺的經典笑話。「僕傭喜劇」中，作爲對現實世界不可逆的權力嘲弄，通常老爺都是一五穀不分、不諳世事、卻又裝腔作勢的「僵直人偶」。而機伶狡詐、能屈能伸（順著主人的脾性搭話、拍馬屁），甚至亦正亦邪（玩弄主人於股掌之上，調唆攛掇，甚至利用主人的花心，主人夫婦間的矛盾，與主母上床）。莎翁劇裡的伊阿戈是這種類型人物的黑暗極致。另一個經典人物是狄德羅小說《宿命論者雅克和他的主人》裡，那個通曉天文地理，一肚子故事的隨從雅克。在這個故事裡，雅克的主人變成了戲台下聽故事聽得如癡如醉的觀眾之化身，他好脾氣又容易哄，在主僕二人的旅途中，不斷央求著雅克天南地北胡吹著他曾經歷過、見識過的豔異故事。

我這一輩子，囿於經驗，極難領會那種豪門大宅裡，僕傭作爲世襲貴族所有物的心靈曲徑——如今還有誰能像魯迅、張愛玲、白先勇或琦君，在追憶童年時光的淡彩畫裡，能光暈中浮現一個「長嬤嬤」那樣的枕邊鬼怪故事啓蒙人；或家屋暗影裡抑歛感情不談自己身世的沉默女傭或老僕；或像《紅樓夢》裡喝醉酒在花園裡撒瘋揭醜的「老家人」焦大，哭喚著落敗大家族幾輩以前的祖先鬼魂：「現在這些主子們，扒灰的扒灰，偷小叔的偷小叔！」——僕傭，既是大家族各房各戶黑暗核心的守密者，時光印痕的收藏者，他們像沒有影子的人（或者他們就是那些主子們的影子），他們忙碌、專業、靜默地在大宅院的三D空間裡穿梭著，替主子們點菸、整理菸具、挽髮、梳妝、更衣、替馬鞍皮靴家具上油、剪枝插花，讓主子精準地安放在那不得有一絲紊亂失格的屏風畫框裡。他們像一群豢養著肥大蚜蟲的螞蟻。是他們，而不是主人，在維持著那個貴族時光裡，看似悠閒其實充滿輕微躁鬱的美麗畫片的運轉播放。

「完美的僕人是沒有自己的生活的。」

最近看了一部舊片，大導演勞勃·阿特曼（Robert Altman）的《迷霧莊園》。故事的背景大約是一九三〇年代，一群英國豪門在一座「葛斯佛莊園」內舉辦狩獵宴會。作爲宴會主人的公爵和他年輕貌美但剽悍厲害的妻子，在那座璀璨水晶吊燈、珠玉琳瑯、衣香鬢影、牆上掛滿歷代勳爵祖先氣派油畫肖像、高級傢俱之材質及厚甸甸之波斯地毯分別將室內之折光與回音吸收……的豪宅內，招待他們「上流中的上流」賓客：有雖然過氣卻保持著貴族身段和驕傲排場的老伯爵夫人、有公爵的弟弟和弟妹（和公爵夫人是姊妹，且和公爵有一腿），有倫敦當紅的電影小生、渴求公爵投資的企業家或外表稱頭其實寒酸想在此豪門宴中撈點好處的第二代紈袴貴族，再就是打扮得花枝招展、但出身不明的社交名媛（這倒是在如今的台北上流party仍存在的職業）……還有一對氣質談吐明顯和這群大不列顛沒落貴族們格格不入，但可能正在歷史的岔路口亮相的「新貴」：一個好萊塢製片，和一個僞扮成他僕傭的好萊塢演員……這樣如繁花簇放、蛛網交織的人際關係、利害衝突、各自暗懷鬼胎的豪奢場面，導演調度各組人物在那種杯觥交錯、明亮卻又暗影重疊的虛僞交談、酬酢，談笑風生下冰冷嚴謹的英國式勢利，眞是令人嘆爲觀止！稍寒磣的未帶僕傭前來的賓客，明顯在被主人家僕傭接待中受到輕慢和歧視；或是衣裝上不到頂級的「小姐」，則在女人間的周旋中，會像拔光羽毛的雞一般聽到那些孔雀們由齒縫發出的吟吟訕笑。所有人都專注而賣力地社交，但所有人都心不在焉、筋疲力盡。如果作爲主人的仕女們在樓上迷宮般的某一間房間和男人淫亂雜交時，被不慎闖進的僕人撞見，那僕人要像自己是一具無意識移動的「大宅院裡傢俱或道具」的一部分，視而不見，聽而不聞……

這是樓上的世界。「主人」們耗竭心神以焚燒出一朵朵妖豔繁花的幻影世界。他們的僕役們則在樓下的世界裡，翻印著主人們的階級差異和勢利嘴臉。他們沒有自己的名字，完全用樓上主人的名號互稱。他們做著卑賤、瑣碎、支撐起各自主人在這夜宴、狩獵種種排場的雜務，卻挺著胸膛、收著下巴，嚴守著僕傭的驕傲和專業。

還有一項，就是：八卦。他（她）們在地下室廚房裡交換著主人們的風流韻事、經濟危機或陳年舊帳。電影裡有一個天眞甜美的小女傭（作爲帶領觀眾進入這個複雜又僞善、充滿醜惡欲望卻又嚴厲壓抑的「大觀園」之視覺導覽），她和她的主子（就是那個過氣的老伯爵夫人）之間，私下相處時刻既親愛但又地位懸殊的主僕情誼：老伯爵夫人在小女傭替她梳妝打扮時像個驕縱的小姐，挑剔又難搞；但同時兩人進行的悄悄話又極為動人，她會追問小女傭在樓下僕傭世界，聽到了哪些碎嘴八卦，以遙控了解這場豪宴背後張力之全貌，並諳熟人世、冷嘲熱諷對著小女傭解釋、品評其間人情世故、消息眞僞之奧妙處。

當然這齣戲的中後段出現了一場類仿古典推理的凶殺案：公爵被人用尖刀刺死在自己書房。人人都有動機，人人都是嫌犯。但這似乎不是這位導演的重點（也不是我這篇文章想談的）。從前我以爲石黑一雄的《長日將盡》算把這種英式豪門僕傭的內心世界或低抑衝突表現到極致了，看了此片，才知曲徑轉角，另有一無窮天地。

流當車

據說某些憂鬱症病人上網漫遊時，有時會在那些秀出琳瑯照片的購物網站迷失心神，像小紅帽迷路於森林，像遭巫蠱幻術腦中一片空白，像被人拍花只覺唇乾舌燥……醒來時虛實不分，其實已在靈魂出竅狀態上網填寫了信用卡號並勾選交易鍵送出，待收到那些奢華無用之物及嚇死人的卡費帳單時，已悔之不及。

我最近倒有一極類似經驗。

某日在新聞網頁亂逛，大約正處在一空乏沮喪之低潮，竟由著一旁一閃一滅的點選廣告，像愛麗絲的午睡夢遊栽跌進那樹洞裡的曲折秘徑，一路穿梭，竟進入了一個「流當車拍賣網頁」。上頭羅列著一輛簇新夢幻之車和它們便宜到不真實的價位：二〇〇三年BMW X5跑車版九十八萬、二〇〇五年全新頂級3.0G CAMRY四十五萬、二〇〇四年BMW X3 2.0頂級一百零八萬、賓士E 200K二〇〇四年機械增壓九十八萬八、二〇〇五年SAVIRIN三十八萬五、二〇〇〇年標緻206手排賽車版十八萬五……

我揉揉眼睛，是弄錯了嗎？網路無奇不有，處處陷阱……這全是原車價的三分之一哪，但利令智昏，幾乎進入一種時間暫停的嗑藥恍神狀態，我竟已在登錄那拍賣網站所提供的「會員資料」（必須登錄爲會員才有資格上拍賣頁喊價），那是我這網路白癡不曾有的經驗：月收入、已婚否、身分證字號、幾個小孩、你最想去的國家……實體世界的「我」的切割與標籤條，隨著輸入的指鍵進入那個虛擬國度裡。

我幾乎要下單了（一輛二〇〇五年，只要三十萬的 Escape 3.0 運動版休旅新車），「太便宜了！」卻因點選進入該「流當車」車商內頁而看到一些奇怪的Q&A：

一、「流當車」已經換牌了，你一定會有一個疑慮，車子換牌是否合法，車子遇到臨檢或違規時，會不會被扣車，車子換牌完全沒有法律上的責任嗎？（不信的話你可以請教律師）……

二、會遇到哪些情形和注意事項：車子遇到臨檢時，警察會請你把行照拿出來，若牌貼得漂亮（廠牌、顏色一樣）可直接拿出子車的行照或說未帶（過關恭喜），若不行再把權利車的行照拿給警察（兩部車的強制險一定要保否則會被開單）。警察若說你的行照和你的牌照不一樣，你就跟他說：這台車有欠銀行錢，所以我是掛家中另一台車子的牌照，警察會以道路交通管理處罰條例：第十二條第五項牌照借供他車使用或使用他車牌照行駛者，處汽車所有人新臺幣三千六百元罰鍰。也就是說，換牌唯一的代價是，遇到臨檢時會被罰款三千六百元。

……

這已經有點古怪了是不?甚至還有像「很多警察自己也開權利車」、「如果車被銀行拖走，你只要跟拖車的人私下交易一點點的金額，拖車的人也會放你走的」、「若是銀行看到車硬要拖，你人在車內不要下車，拖車無權硬拖，硬拖有妨害人身自由之嫌」這些古怪又像青少年間口傳「沙士灌進女生私處可以避孕」這種無法證實眞僞的撇步，我難免起疑，用搜尋引擎好好查了「流當車」究竟是啥?

大約的情況是：「車主貸款購車，事後周轉不靈，向銀行貸款的錢繳不出來，又將車輛拿到當鋪典當，又因未繳利息給當鋪，經過了三個月零五天，若還是沒有向當鋪贖回車輛，當鋪就有權將此車輛以賣的交易方式，『讓渡』給其他想購買的車主，此車輛就稱爲流當貸款車。」關於「流當車」的購買程序（那些「流當車」網站一直強調「讓渡」是完全合法的）：

一、先買一台價値二、三萬元，和你買的「流當車」同廠牌、同色的中古車，充作「子車」。

二、再將這「子車」的車牌換在你買的「流當車」（又稱「母車」）上，俗稱「貼牌」，解決車子被銀行拖走的風險。

三、「流當車」及「子車」均需保強制汽車第三責任險，若事故做筆錄時以「流當車」之行照及保卡出示，貼牌罰三千六，若以子車做筆錄則有偽造文書之嫌……不諳此道的人讀至此，一定也和我一般眼花撩亂了吧？卡爾維諾有一本書叫《不存在的騎士》，另一本書叫《分成兩半的子爵》，我怎麼覺得亂像在講台灣的「流當車」車主和兩輛同款同色卻不同牌的「子母車」？

這倒是讓我想起許多年前看過的一部電影《天才雷普利》裡，那個麥特．戴蒙飾演的**Tom Ripley**，這部電影改編自上世紀初美國女作家派翠西亞．海絲蜜的小說，原著中有一橋段是湯姆奉一位造船富豪高額賞金之託，請他至歐洲勸那個頹廢玩世的兒子回美國，在出發的郵輪上，湯姆問船上的侍者，圖書室可有亨利．詹姆士的《奉使記》。事實上，這是一個向《奉使記》致意之作：同樣是一個出身平凡的年輕人，意外得到富翁的「尋子令」，千里迢迢至異國尋找那個叛逆浮浪兒（那是個沒有網際網路的年代）。而逐步闖進那位活在魔幻傳奇富家子的世界裡，最後皆是被尋找的那個本尊意外死去，奉使出尋的傢伙被那自己奮鬥一生也無法掙得的昂貴華奢世界所惑，他封鎖富家子死亡的消息，模仿他的簽名（以向銀行兌換支票或登記住進豪華大旅館），他模仿他的口音、腔調和髮型，穿他留下的高級衣裝和皮鞋……乃至於光影奪移，變成「他」，揣摩他的心境脾氣打字發信給他的富豪父母、上流社會的女友及哥們。不知怎麼，我對電影裡麥特．戴蒙飾演的湯姆．雷普利印象深刻難忘。某些他在兩個身分間換串移動時刻，那停頓的，玩味自己當下「究竟是自己，還是偽扮的那個不羈的紈袴公子」時的迷惑表情。電影似乎比原著更陰鬱，在空曠大海中的小遊艇上，以木槳將富家子迪克擊斃的暴力場面，也加入了同性愛的入魔及遭屈辱後的失控，比原著無來由的攻擊像殺人動機僅因貪婪，來得人性。

主要是，像這類犯罪小說的孤獨主人翁常像困獸，爲了讓那具屍體隱蔽於暗處，不得不殺掉第二個、第三個……其實無辜或無關卻誤闖凶殺祕境的人時，總悲憤地大喊：「難道要我把所有人殺光，才得以平安嗎？」僞扮成另一個人，意味著你殺了他不算，還得變成他才能讓他眞正消失。麥特．戴蒙在電影裡，常必須心力交瘁地分串湯姆（當面對他和迪克曾經共同認識的故人時）和迪克（當他「變成」迪克，在上流社會周旋，和紡織大王的女兒調情，前去觀賞迪克憎惡不可能去的歌劇……我覺得他心底必然有一耿耿孤憤：如果他不只是影子，他實在比眞的迪克更稱職於這個富豪之子的身分），那使我警悟：如我年輕時，由閱讀某一本電光雷擊之小說時，那種從靈魂裡像蛇蛻皮般進入、理解，甚至想像性扮演另一個與我天差地別之人格時的巨大痛苦。那像買了一台「流當車」一樣（你必須再買一台其實該進入廢棄車場的同顏色、同廠牌的廢車，把它僞扮成另一個它），或像雷普利在怒海孤舟上擊殺了迪克而決定變成他一樣，「僞扮者」一旦上路，那鋪天蓋地的追索和查緝便跟隨而來。你當然可以靠一些隨機反應在那天羅地網之外從容活著（像那「流當車」網站說的：大不了罰三千六），但你已進入一陰影國度，一個扮串世界，直到有一天你的流當車和其他光天化日下合法正常的車子一樣，在歲月的耗蝕終點報廢。

極限的光焰

原先計畫在蘇澳隨便找個小旅館過夜，第二天一早再上蘇花公路，那時已近半夜零時，但只見港區周邊商家民居一片漆黑（除了一間 7-11 便利超商燈火通明），兩個孩子在後座熟睡著，遂和妻子使個眼色：「怎麼樣？直接殺去花蓮吧？」方向盤一打，陡升坡直沒入恰如人界與幽冥界邊境的闇黑懸崖公路。天空，黑雲如魔瓶禁住、隨波漂至岸邊被粗心之人拔塞釋放的邪靈巨人，在山影背面翻湧騰升。一輪詭異的檸檬形月亮，像皮影戲布幕後薰黃油燈，側邊是可以將所有黑暗呑食進去的黑夜之海洋。那似乎是在結婚生子之後便陌生了的蠻荒恐怖場景。

惡山惡水，空荒之境。除了偶爾慢駛在前面引擎咆哮吃力爬坡的十輪砂石車，無路燈的黑暗路面前，被自己的車頭燈打光照出漫天旋舞的落葉枯枝，和被風雨扯搖，整座山都中邪了一般在恐懼搖頭晃腦、手舞足蹈的樹影。

旅次中我逐日讀著柯慈的《屈辱》（又是一本因爲對作者太過熟悉而下意識以爲自己讀

過、其實全然陌生之書），我總在不同夜晚的不同旅店裡，待妻子哄睡了孩子們，在和他們同置一間的閉室，就著那用床頭櫃控制電源的書桌燈，一次讀一個段落，那像搓洗撲克牌般將小說裡陰鬱痛苦的情節，塞進白日裡殘留進視覺、身體記憶的，車子在陽光燦亮的濱海公路疾行的連續畫面裡。那種將一切景物燒溶成一種金黃色軟稠乳酪狀的強曝日光。超車。時速一百二十。偶爾筆直的公路。浮光掠影晃過的小鎮。夏日強光曝曬下像無人的午後，穿著碎花洋裝的原住民臉廓少女，高低腳騎著一台比她高的腳踏車。刺痛眼睛的，像藍寶石一般的大海。奇幻的屬於我那個年代的對自己置身這個島嶼的異國情調想像（那個年代我曾讀過一本丁松青神父寫的《蘭嶼之歌》，圖文皆讓人模糊連接至墨西哥或祕魯的某個荒棄濱海漁村），CD碟放著的是安地斯山脈的陶笛〈飛鷹之歌〉。海邊一片墓園，每個墓塚上皆插著一枝晶晶發亮的白色十字架……

一些混雜了不同時光印痕（流行一點說，是不同統治者意志）的地名：豐濱、石梯坪、芭崎、北回歸線、八仙洞、成功……

小說裡有一段男主角在「浪漫主義詩人」課堂上對著無知學生討論華滋華斯詩作時說的一段話：

……華滋華斯寫的是感官的有限性。……當感官達到其能力的極限，光就開始熄滅。但在熄滅的那一刹那，又像燭光一樣，發出最後的閃亮，讓我們瞥見那不可見的事物。……

不過，華滋華斯似乎在尋求平衡：能夠激醒或活化深埋在記憶之土中的意念的，不是那隱藏在雲中的純粹意念，也不是咄咄逼人而後令人失望的、如實陳裸的視覺意象，而是那儘量任其流變的感官意象。

小說的男主角是一個年近暮年的大學教授，他有兩次失敗的婚姻，有一個女兒。在灰黯而無味的教學生涯之外，「他生存在一種惶惶然的亂交中。他跟同事們的妻子有染；他在海灘酒吧或義大利俱樂部撿拾觀光客；他跟妓女上床」，柯慈這麼寫他：「在某種程度上，可說是一個追求女色的人。以他的身高、骨架，橄欖般的皮膚和光滑的頭髮，他一向可以信賴自己有某種程度的磁力。……有一天，這一切都結束了。在毫無預警的情況下，他的能量消失了。那原先會回應他的眼神，於今從他身上滑過，透過，不留。一夕之間，他變成了幽靈。如果他想要某個女人，他得學著追求；往往是，以某種方式購買。」

一開始，是挫敗感和無法進入華滋華斯式的「光焰最後的閃亮」，他引誘課堂上一位面貌姣好但對文學並無熱情或天賦的女孩。一開始有點混亂，分不清是兩人在權力、性或利益索求間的狐步誰比較殘忍現實。後來在某些裂縫處出了問題，「純粹的意念」——感官經驗——像有裂口的瓶裝瓦斯，跑進了現實生活。女孩、女孩的父母、女孩的男友，採大學內的行政訴訟和學生報，將此事落實為校園醜聞。指控。「反強暴婦女聯盟」。大學同事組成之調查委員會。聽證會。

這個男人選擇放棄替自己辯解，或程序內一切保護自己的戰術，離開了華滋華斯，離開了他不願任人窺祕的腦袋裡那無法以社會話語詮釋的「流變的感官意象」，他承認對方所有指控的罪。他被革除了教職。

這是屈辱的開始。

但柯慈的複雜在於他講的其實並非是「屈辱」，而是一種，人在反覆與人群（不論在多大的體系或多小的單元關係裡，不論在怎樣的權力位置，封閉的學院、婚姻怨偶、師生不倫、嫖客和妓女之間的靜默依存）擦撞而累積的心靈瘀傷，一種尋求神祕經驗的大挫敗後，徹底的孤獨與漂流。這種漂流，並非少年的徬徨之憂；亦非中年人的犬儒或厭世；而是一個老人眞正誠實地面對自己欲望：那欲望並不像川端的老人躲在《睡美人》的夜闇旅店如屍骸劇場讓一具一具熟睡的少女胴體妖幻地將美感繁花簇放；那是一種時光的眷懷和反芻。欲望必須付出的代價。像傷痕纍纍的老獅子舔著自己的裂趾瘸腿。小說的後半，是柯慈式的「復活」儀式：男主角離開了學院，投奔寄宿他在鄉下討生活的女兒家，卻遇上了女兒遭村落居民的輪暴（只是基於一種在地人占地盤的排外情感），而且女兒竟懷了強暴她諸人不知其中哪一個的孩子，且執意將孩子生下……

當然這些是旅次最後幾天的夜裡，加速翻頁讀到的。

旅行中讀這樣的小說確容易使人心生錯幻顚倒之慨（尤其是旅途大部分的白日時光，是邊開著車讓沿途景色向耳後掠去，或喝叱著兩個蠕蟲般在後座不知眼前美景之可貴的男孩）。

我們短暫的生命可以幸運承接多少經驗呢？我們選擇成為這樣的人，而對另一種不同的人生則變成空白的屏幕，無從理解。有時在旅途中闖入一似曾相識之時空，自然從記憶隱蔽處召喚一絲一縷模糊不成形的往事。「啊，這間小學（豐濱國小），爸爸媽媽十年前，在生你們之前來過。」「這個荒圮漁村（成功漁港）就是D君童年往事裡那個直升機掉落在小學操場的場景。」有時在旅店的泳池畔，沒戴眼鏡，光影模糊地看著一群十二、四歲的少女，穿著泳裝，完全不知自己青春的美好奢侈，嘩嘩水光四射地將紡錘形的幼鹿般的身體躍入池中。那時柯慈小說中的，那種無涯無盡的闇黑之境，會從我眼瞳後面的流體中，將景色全顛倒成曝光照片。

我記得十五年前吧，在我大學畢業那年夏天，我開車載著F君和P君一路沿蘇花、濱海線開下台東，因為當時只有我一人會開車，所以對那趟旅行的印象，亦是無止盡的，以方向盤為投焦點的，在強光下蜿蜒的海岸公路。那時我們皆是對未來無知故無所畏懼的孟浪年輕人，一路上破碎且難免炫奇地聊著各自的「身世」。甚至我們會辯證著一些從小說中讀來的，似是而非的宗教觀。有一度我將車岔入公路旁小徑，停在馬武窟溪出海口的礫石灘上，F君見了那陽光下閃閃發光的河水，不管那其上漂浮著枯木、狗屄和垃圾，歡欣地脫光衣服，像海豹那樣跳進湍流中泅泳著……

我記得回程的時候，有一個女孩搭我們的便車，她一直試圖搭訕想突破那種沉默的尷尬，但F君和P君或不具備和異性哈啦打屁之經驗，一路上我們三個男的，便任著那種無法挽回的、粗魯的沉默延續著，而公路右側的海洋之景變成像默片似地空轉播放著。一直到了花蓮境內的河南寺，女孩才道謝下車。

中年危機

有次和一群同齡友人在週末夜酒吧裡胡扯亂聊，一個事業有成（以我們這個年齡、職業領域來看）的朋友講起他這一兩年來某種神祕，纏擾且痛苦的內心困境，他說得期期艾艾、隱晦不明。在聆聽的時候我基於禮貌或好強（裝作我的心智成熟到能瞭你說的那朦朧曖昧的一切），不敢提問打斷話題，但我始終無法弄清楚他隱而未說的，那纏祟困擾造成內心徬徨、疑惑的危機究竟是什麼？是性的方面出現問題嗎？是布爾喬亞式對自己戮力以赴榨乾一切心智與精力的事業版圖產生了根本的懷疑嗎？是一個年齡上像慢跑跑道的折返點或體能臨界的分野，我們這一輩人總是活在上一代的價值框格裡，如今終於到了一個「從童年、青少年期從頭想起，自己這樣活著到底是爲了什麼」的階段嗎？

我的朋友說了一個對我而言更陌生（我從來不曾想像有一天這個詞會加諸在自己身上），但隱約從很早以前就感到惘惘之威脅的詞（諸如「癌症」、「更年期」、「主婚人」、「大小便失禁」……這些距年輕時的自己頗遙遠，但每回聽見便涼颼颼地預感有一天一定逃不掉一定會發生在自己頭上的模糊事物），他說：

「……你知道嗎？事實我已經發生了『中年危機』了……」

中年危機？那是什麼？我露出理解的微笑，心裡卻狐疑而迷惘（像我少年鬼混時，一臉傻笑聽著早熟同伴吹噓起嫖妓之隱晦細節時的表現），不言而喻，一個神祕的詞便你瞭我瞭……甚至拿這件事開玩笑時所有人皆心領神會哈哈大笑……

那究竟是什麼？我記得許多年前似乎讀過一篇村上春樹的小說還是訪談記之類的東西，提及他在我忘記是三十歲或四十歲的某一天，獨自一人坐在棒球場的外野看臺看球，突然間心底有個聲音告訴自己：「日子不能再這樣過下去了。」於是回家後他便開始寫小說。也許是我弄混了，印象裡那篇文章有一段話提及那「驟然臨降的時刻」：「那像是在游泳池中反覆來回用同樣的姿勢、技術游著，突然有一刻，你停在池畔，腦中一片空白，忘記自己該用什麼方式再潛入池水中，但清楚地知道：『那一刻』的自己，絕對和之前那個連續運動著的那個自己，是完全不同的兩個人……」

這就是所謂的「中年危機」嗎？一個神祕的鐘面。指針在某一格刻度發出只有自己靈魂能聽見的內部機械短暫故障的巨大聲響。對慣習軌道之外的陌生生活的強烈渴望，一種恐懼感：「窮餘生之力，你再也無法變成另一種人了。」那個神祕時刻，也許出現在持續如常的性愛活動中（不論你是個婚姻忠實者，或偶爾搞點小外遇的拘謹傢伙，或是個從年輕時即身體力行的性愛自由論者），也許出現在電影院看好萊塢強檔片或接送小孩上幼稚園的途中，在

7-11裡看著店員用紅外線掃描器嗶地輸入你的水電費手機費或違規紅單種種帳單，或是在pub裡和同齡之人嗑牙打屁弄得煙霧瀰漫滿嘴酒氣……不論你選擇了怎樣一種人生方式、姿態或信仰，你抽固定牌子的菸喝同一種牌子的啤酒或從不菸酒你上網或不上網你到星巴克是用現金或儲值卡你買不買樂透或你看不看F-1賽車或高球公開賽……總之，時間已經到了。

去日苦多。來日可數。

上Google搜尋網站輸入「中年危機」四個字，發現跑出來的文章大抵是一些身心科或精神科醫師寫的，關於這個名詞（被置放進類疾病之病徵式探討）層層裹覆的不外乎是某一年齡階段之區劃，一些社會性的狀態：經濟的負擔，內在身體的自然衰老，家庭人際關係瓶頸，上下兩代的照顧養育問題，事業（或職場）上自我價值評估的焦慮與挫敗感……。我且看到一篇占星文章，煞有其事地說：「中年危機這段時期，恰恰是流年的海王星九十度刑剋到自己本命的海王星；還有流年的天王星一百八十度刑剋本命的天王星……」

這實在是太玄了。

多篇文章（這其中我覺得有一位趙文聖醫師寫的最好）皆提到心理學家艾力克森的「人生七階段論」，艾氏將人生四十至六十五歲的階段「功課」描述爲「生產、養育、引導下一代，以及創造力。」那位趙醫師寫道：「這其中最重要的中年期人生目標即是『創造與利他』，如果無法做到，便會成爲自私自利，離群索居，與他人缺乏親密關係……」

如何對抗身體極內裡，恍如潮汐愈近愈響的聲音：你已做不到你年輕時所想像的極限了……你將成爲一個無用之人……

利他。對我這個常必須專注於內向技藝的職業（或至少對於我這個人）而言，是被排列隔阻隱蔽在許多更貼膚刻骨的品德之外（譬如說：耐煩、忍受寂寞、盯住瘋癲的形狀、對各種罪的寬容、獨特性……）。但此時此刻，我讀到「利他」二字，竟無比孺慕激動地眼角溼潤起來……

旅次途中，在旅館看了一部第四台頻道播放的好萊塢電影（片名我忘了留意），故事大約是講一個尼可拉斯．凱吉飾演的職業騙棍（以替單幫客洗錢再中途切手掉包的高明技法黑吃黑），從外表看他完全是個人模人樣、有教養的高薪專業人士（他的年紀恰正是我現在的年紀）。有一天突然冒出來一個他從未見過的，十五、六歲的「女兒」（她是個可人兒，自稱她的母親是他十多年前搞大了肚子後遺棄的一個女人）。這部片子的樂趣即在於一個到了中年危機的高段騙徒，如何在一種糅混了羅麗塔迷思與父愛的複雜情感下，以自己從未認識自己的面貌（不專業，情緒紊亂，溫柔且歡樂），一步步傳授那個女孩詐騙的上乘心法，臻乎藝術之境。當然後來（沒有太大意外），他是被包括這個僞造出來的「女兒」，僞造的心理醫師，以及他最信任的同夥所設的大局給一次洗乾……

這是一個關於「父親的騙術」的故事。我卻覺得比我曾看過的許多描述「中年危機」的電影更深刻地打動我此刻的心境。

變身遊戲

「惡龍」張錫銘落網，報上說他逃亡期間，喜歡上網打線上遊戲，實力是二十個人組成的戰鬥團中最差的一員，但仍抱持著獨來獨往、孤軍奮戰的作風，與現實生活的行徑雷同。「專案小組指出，張錫銘在網路遊戲中以『土霸王』或『獨來獨往者』自稱，扮演著諸侯的角色，但張遇上對手較弱時，都會單打獨鬥的攻城掠地，從不尋求援助。」甚至有傳聞說，警方攻堅那晚，曾預先以網路偵測人員裡的遊戲高手上線和張在虛擬世界中對打，意圖將他「拖住」。但因張的實力實在太差，三兩下便被打掛，最後負氣離線。幸好隨後的攻堅行動並未讓張再度漏網。

在張錫銘被捕之前，據說中南部的一些老人家開始影影幢幢將他描繪成廖添丁之類的義賊角色。即使他中彈被擒，媒體對他的特寫仍帶著點不自覺的好萊塢黑幫電影運鏡的味道：張錫銘，愛穿黑服，抽黑色都彭菸，喝VSOP，長鎗不離身。怎麼看我們記者寫的鎗戰特稿，腦海中都會浮現布萊德．彼特或基努．李維在霰彈鎗把牆磚打爆或震撼彈爆炸的焰光濃煙中飛身並還擊的視覺暫停。

當然有一些極眞實而將此事之影劇恍神架隔開的物質性描寫，譬如他的手下「阿呆」林泰亨：「右臉頰高速穿透傷，有一個半公分的傷口，左臉頰多處碎裂，左上頷竇外露，顎骨部分碎裂，舌頭部分組織喪失，舌動脈斷裂大出血，失血超過一千五百毫升。」不過張錫銘愛打網路線上遊戲，且那世界中變身成一個身手並不麻利、孤獨、任性、自尊心強過實戰利益的遜腳，這件事變成了這個新聞裡的「刺點」，倒是惘惘地將我們這個小島的虛與實、傳奇與社會事件，人們底層對一「劇情」多面向的世故想像……全數綁在一網絡交錯的大敘事裡。

我在朋友群裡，是早被判定的網路白癡。我總是目瞪口呆地聽著朋友們玄妙魔幻地炫耀著他們在網路上的變身或角色扮串。我年近四十的詩人朋友F在網路買了一輛中古改裝車，從此加入那些三十歲不到金髮紅髮少年郎的軋車聚落，他在電腦螢幕上沙沙沙快速鍵字和他們討論各種改裝祕笈或哪個路段有高速公路警察隊的駐點照相；我那流浪漢哥哥上網到德國訂購二戰德軍的徽章、軍大衣或其他軍品，郵寄回台再上國內的同好網站去兜售；我在一個朋友的私密部落格裡被他們固執地以女性稱謂命名。

這或許是個老舊的疑惑：主要是，眞實的「我」，如何變身成許多隻他人所不知的鼴鼠，鑽入那地穴底下縱橫阡陌的虛擬世界？乃至於那個作爲處理（或統合）所有分身傳回扮戲經驗之「資料中心」終於無法確定何爲實體何爲虛妄；何爲連續時間之流中的「我」，何爲漂浮片段之即興採錄？眞實的「我」所需承擔之人際關係或道德責任，在網路鼴鼠世界中或可暫皆拋卻，進入一相對輕盈之身分（可任意殺人、雜交、變換年齡、性別，免去實體城市人際接觸中的僵直、沉默、靦腆、顧忌）。那些竄跑出去擴張編結著「我」的意識版圖的分身鼴鼠們——用一種好萊塢式外太空科幻片的邏輯來想像——會不會從它們任意鑽進去的陌生世界裡，帶回來一些「我」其實無能防禦之「病毒」？一些其實並不那麼輕盈的，每一「另外的人生」所需償付的傷害或惑亂？

葛拉斯的小說《蟹行》裡有一個悲劇性的少年角色，那是小說主人翁「我」的兒子康拉德。他自小因爲父母離異、由祖母撫養，缺乏同齡友伴，形成了一種陰鬱、孤獨、自閉的人格，且由於進入蔓延全球的網上聊天世界，而發展成典型的「網路新人種」：他在網路世界裡博學雄辯、呼朋引伴、對某種封閉純粹的價值有近乎宗教的狂熱（在那個虛擬世界裡，他是替許多歷史公案提出新證據而翻案的國家社會主義信徒；但在眞實世界裡，他成了在酒館裡無法討好親近那些光頭黨人或新納粹分子的孱弱男孩）。這個康拉德，作爲一個缺乏歷史龐大繁錯全景縱深，而像昆德拉所說的「永劫回歸」——某一種歷史的草圖、一種狂澹妄念導致的人類實驗工程，一場上百萬人被屠殺的戰爭、大革命或種族清洗，卻因遺忘、歷史的庸俗化或政客之操弄而使非理性行爲之再度出現成爲一種人類無法對抗之重複循環——男孩和其他的「網路新人種」在聊天室裡夸夸爭辯，他們旁徵博引、證據、數據確鑿，間或夾雜以少年人情緒化互罵的字眼：從「遺傳的負擔」、「贖罪的戒律」到「猶太無賴」、「奧茲維茲的騙子」……什麼都有。（葛拉斯寫道：「在數位化的螢幕上，泛起泡沫的仇恨，仇恨的漩渦。」）這群網路新人種的論戰，圍繞著兩樁二戰時期恍如霧中風景般的歷史懸案：一是一位猶太醫學院學生對一位納粹黨幹部古斯特洛夫的謀殺事件；一是以那位古斯特洛夫命名的一艘德國難民船遭俄國潛艇擊沉，造成至少六千名以上軍人、婦孺、傷患溺斃之「人類歷史上最大一次海難」。究竟誰是該爲之立紀念碑的英雄或烈士？是那位納粹幹部？或那位猶太學生？或這樁潛艇擊沉敵國船艦的事件究竟算是戰爭時期的一次「反法西斯」的攻擊行動？還是一次屠殺？是災難還是犯罪？

小說的高潮便是這樣的爭吵（或仇恨）由網路的虛擬世界蔓延到眞實世界來。敘事者「我」的兒子康拉德，有一天把他在網路聊天室上的對手，「亦敵亦友」的一位自稱是猶太人大衛的高中生約出來，他招待他參觀了自己出生及童年的城鎮，兩人客氣而禮貌地共遊，並且在一家義大利冷飲店每人吃了一大份冰淇淋。這本是兩個以殘缺不全方式和世界連接的孤寂少年交換情誼的機會，但後來，康拉德帶著大衛到那如今已不存在的納粹幹部古斯特洛夫的紀念碑之基座參觀。大衛說：「作爲猶太人，我想不出其他的做法。」說完便朝著長滿苔蘚的基座吐了三口唾沫。而康拉德從口袋掏出槍來，朝著那網路上的論戰仇敵眞實世界的幼獸同類連開了四槍。

更恐怖的是，事後在法庭上，法官告訴他們，被康拉德射殺的那位電腦朋友，那位受害者的父母沒有任何猶太血統，他是一個純種的「亞利安血統」的德國人。康拉德的祖母在法庭上用方言嚎叫著：

眞是一個騙局！我的小康拉德怎麼會曉得，這個大衛是個冒牌的猶太人。一個欺騙自己又欺騙別人的傢伙，只要有機會，他就裝得像眞正的猶太人，總是在說我們的恥辱……

葛拉斯在他自己的小說裡這樣回答：「誰也不知道，他過去想什麼，他今後想什麼。每個人的腦殼都是密封著的，並不是只有他一個人是這樣。這是禁區。對於咬文嚼字的人是無人地帶。掀開天靈蓋也是沒有用。誰也不會說出自己想什麼。誰要是想這麼做，肯定從第一句話開始就是欺騙。」

羅亭們

最近身邊的友人們掀起一陣讀章詒和《最後的貴族》熱潮，碰面或電話中總被問及：「讀了沒？」「眞是好看對不對？」或因被書名誘導（此書在大陸刪節版原名《往事並不如煙》，後才改中文繁體字完整版，更名《最後的貴族》），嘖嘖讚嘆引述的段落，總是〈康同璧母女印象〉那章：羅儀鳳託章詒和買豆腐孔，拿出六個十分漂亮的外國巧克力鐵盒，拿出一張便箋，上面排列著各式各樣，形形色色的豆腐乳名稱：「王致和豆腐乳、廣東腐乳、紹興腐乳、玫瑰腐乳、蝦子腐乳……」或是文革時，康家母女冒著風險，安排了兩大右派章伯鈞與章乃器在家私晤，羅儀鳳張羅出來的陣仗：「……單是飲料就有咖啡、印度紅茶、福建大紅袍、杭州龍井。另備乾菊花、方糖、煉乳。一套金邊乳白色細瓷杯碟，是專門用來喝咖啡的；幾隻玻璃杯爲喝龍井而備；吃紅茶或品大紅袍，白是一套宜興茶具。還有兩個青花蓋碗擺在一邊。佐茶的餅乾、蛋糕、南糖，是特地從東單一家有名的食品店買的。羅儀鳳還不知從哪裡弄來兩根進口雪茄，擱在一隻小木匣裡……」或是在那個恐怖又瘋狂的年代，一群女賓，穿著灰撲撲的革命服，每人手提大口袋，內裝旗袍、高跟鞋、鏡梳、粉霜、口紅、胭脂、眉筆，走到康家大門四顧無人，立即換裝、化妝，丈夫在一旁站崗放哨，變成往昔時光的華麗衣裝，走進康家客廳替老太太祝壽……

似乎這書說的是「沒落的貴族」，但我總以爲在那龐大壁畫般的劫後餘生錄裡，有一組人物群像，似曾相識卻又如許陌生，仔細想想那樣的人物性格、命運、氛圍之印象，竟全由舊俄黃金時期，那些小說大建築遮天蔽地包圍住的世界景觀得來：知識分子懷著革命憧憬與高貴情感投入農奴的解放運動，卻在那片荒瘠土地上，發現自己無論如何穿著打扮成農民的模樣，他們說話的腔調、複雜的思維習慣，在在引起農民的疑忌。他們在這場革命的旋風中成爲無足輕重的二流子——他們總因那像用強酸腐蝕不去的刺青一般的「貴族教養」和對藝術、文學、科學新知或人權理論（通常來自西方）之著迷，而遭到結盟的激進革命分子（在杜思妥也夫斯基的小說中稱之爲「附魔者」）棄如敝屣。於是不論在舊社會或新社會，皆成爲進退失據，無處容身的「零餘者」。

這樣的「知識分子—零餘者」，作爲一面容晦暗，被自己的華麗言辭和思辨邏輯，簡言之，「書生氣」囚禁於孤島的角色，繪入革命史詩大油畫裡，初時似乎像以鏡像摹仿產生之時光折射而輪廓浮現：大陸「新時期文學」小說（亦可視爲中國現代文學的「黃金時期」），知青文學，乃至於尋根派。從阿城的三王、《遍地風流》，李銳的《厚土》，韓少功《爸爸爸》、《馬橋詞典》，賈平凹《商州初錄》。……乃至王安憶《小城之戀》，王小波《黃金時代》……

這一群豐饒與野性，人原有之社會線索被碎斷，被貶抑、放逐成文明或生存意義的孤獨人，拋擲進那匍伏於土地上，千百年恆常不變的古老秩序（就阿城言，是「母系社會」「自爲的庶民世界」；就李銳言，是上溯沈從文、汪曾祺，悠然抒情遠景的莊稼救贖）……這樣的農民視覺；或是公社幹部加上毛語錄缺乏想像力，垂直而下中「權力／群體的善／泯滅自我」；或是殘虐、悲傷、卸除掉都市複式遮蔽社交空間的性啓蒙（不論是王小波的、莫言的，或王安憶作品中皆可見這種無以表述自己，在一整團群體中摸索小動物般孱弱感性的「憂傷年代」）；變奏的故事給人朦朧不幸的要素不外乎：猛烈的、無知的青年的集體暴力；因爲飢餓和尊嚴的徹底損害而進入農民感性主體——對自然土地的畏敬感恩；形式的闕如造成性的苦悶或青春的荒擲；阿城的故事中另有一「深度著迷」——對古老的、時間層積的工匠技藝和審美深度在集體瘋狂的運動中被毀棄蹧蹋之吁嘆；浪費、青春的浪費、優美事物的浪費、創造力的浪費……一場巨大的，數億人渾渾噩噩的大玩笑。

但整的來說，這一群「說故事者」在被拋扔進他們日後故事汩汩湧出之陌生地（後來皆成爲他們小說中的原鄉），皆非以一「知識分子」姿態——勉強說是「知青」——整個世界在他們懵懂理解之前就被毛的巨大意志拆毀成一片空蕩蕩的荒原），他們沒有「前傳」，那個啓蒙是從零時開始。所謂「貴族教養」更是奢侈荒誕近乎天方夜譚。換言之，他們絕非（俄羅斯意義的）「零餘者」。

這是我讀章詒和《最後的貴族》，不知爲何所調動的感情記憶，竟幽巷僻徑地來自李渝的

《溫州街的故事》、白先勇《台北人》，張愛玲或高陽對紅學之瘋魔癡迷乃至曹雪芹身世之謎的推理——那個鏡像世界濃縮隱喻了一個時光終結的國度，班雅明的「古董商店」：繁文褥節；對不重要細節的奢侈與講究（張愛玲的「鞋底的繡花」）；迂迴深邃的世故和教養；對宮廷式權力邏輯之深諳；衣裝、飲饌、賞玩器物、賄賂程序的繁複造作——那個「前傳」似乎像寫實主義的一個珍罕贈品：在抄家滅族、生死離散的悲慘眞實裡，記憶主體反覆進出、重播那個曾經歷過的湮沒時光，一個夢境或蠟像館，餘生只爲了在追想中將之描摹出來。

但那皆不是「零餘者」——這裡我們或跌入一種對不同類例，原先或互爲寇讎之典型人物的混種，或是時光劇場中的境遇顚倒而興起之迷惘（譬如台灣的左派？）——如同我們熟知的這個名詞的代表人物：屠格涅夫的「羅亭」。他充滿心靈與精神的天賦，滔滔雄辯，但「幻想與反省大大超越了觀察和了解現實的能力」。以至於無論如何痛苦追求，卻浮沙蜃影無法在任何一件事上實現。包括愛情、改良農業、開運河、辦教育……最後所有皆成爲空談。「零餘者」，「自覺著自己的無用，和在他們所生活的俄國社會中找不到自己的地位」。但是，如同屠格涅夫在小說中，借託一個人物爲羅亭說的一段話（他痛斥那些鄙夷羅亭、攻擊哲學、悒鬱冷淡的貴族比羅亭壞一百倍）：「他有熱情，這是我們的時代最可寶貴的性質。我們大家都變成難堪的有理智，冷淡，而懶惰了；我們是睡著的，冷的，誰能夠喊醒我們溫暖我們的是該感謝的！這是千鈞一髮的時代。……俄國人從來不會受到哲學的剖微析縷的議論和無意義的空談的影響的；他們的常識太豐富了……羅亭的不幸是他不了解俄羅斯，這不是他的錯誤，是他的命運……」

《最後的貴族》裡那個「被侵害和驚嚇，銷毀了所有屬於私人的文字記錄，隨之也抹去了對往事的眞切記憶」的世界，我們彷彿看到一群終於進入新中國現實社會與共和國時間鐘面的羅亭們，天眞地——作爲一九四九年後的民主黨派，他們妄以爲可以透過民盟與《光明日報》，實現毛澤東「百花齊放、百家爭鳴」、「長期共存，互相監督」的講話方針，卻不料恰正中了老毛「引蛇出洞」的計謀，他們在反右運動中遭到整肅、批鬥、與社會隔離、監視的待遇，而那僅僅是一九五七年以後一系列愈形慘烈瘋狂的政治運動之開端——成爲國家機器精密操作「規訓與懲罰」下，被驅趕放逐於社會之外的「零餘者」了。他們是中國當時最好的一批知識分子：章伯鈞（中共交通部部長、全國政協副主席、農工中央主席、民盟中央第一副主席、《光明日報》社長），羅隆基、儲安平，乃至眞正可稱爲「最後貴族」的張伯駒、康有爲的女兒康同璧……。一開始，章伯鈞還會忿忿地對女兒發牢騷：「在西方，右派與左派的區別僅僅是政見之不同罷了。議論國家大事的時候，左派、右派、中間派各自發表看法，陳述主張，申明立場。因爲各派所持立場、主張、看法不同，他們之間勢必要有激烈的辯論、爭執以及相互攻擊。這一切，都是很正常的政治現象，並受法律保障。西方國家的官方政策，往往也要經過這些辯論、爭執和攻擊或矯正。現在，老毛把右派定性爲反黨、反人民、反社會主義，還劃了個資產階級成分……」慢慢地，章詒和筆下的世界，愈哀慟而悲慘，先是與社會隔離，「慢慢地，父母開始咀嚼出那帽子的沉重和帽子底下沉重的人生。首先便是與中國歷史同樣源遠流長的世態炎涼。」熟人路上作不識；昔日知交、情人在批鬥會上揭發、挖瘡疤、劃清界線；乃至於文革時紅衛兵抄家、入獄、淒苦而死（這又接上阿城、李銳、韓少功他們小說裡的世界了）……。從原先她的母親還會傷心說：「解放前看的《紅樓夢》和解放後讀的馬克思，都算白費了。連「熟識的人才專做絕情事」的起碼常識，都沒能學到手。」到最後，只能是噤聲求活，收拾摯愛之人的骨灰，在一片空茫蠻荒世界裡，孤獨地活著。

神的買賣

暴雨臨襲的午後，我駕車在那奇異地同時變得明亮並灰暗的城市街道上亂逛，腦中的衛星定位系統像突然短路，無法調出哪一條街區的哪一家（吸菸區較空曠無人的）咖啡屋，離周邊停車場較近，可免去中間這段路的大雨淋澆（我忘了帶傘）之類的記憶檔案。星期一下午妻子有課，按例是我去幼稚園接孩子，這之間有一段時間空檔，通常我會在附近咖啡屋混上一兩個小時。收音機裡的廣播主持人正和一位連線的資深體育記者討論「喬丹快閃」事件：據說檢方不排除喬丹，或是對於 NIKE 涉嫌欺詐的法律層面，或是 NIKE 台灣公司的高層面對失控擴大的球迷怨念竟匪夷所思地反應僵固，還有法務部長的兒子也是喬丹球迷這次也花了數千元買喬丹商品事件後亦深受傷害云云……

我記得有一次聽大陸前輩小說家阿城在演講中提到，他一位詩人朋友木心一次被人問道「可否簡單說三個故事描述你對紐約人的印象」，他真的說了三個小故事，其中一個我覺得特別傳神且幽默：即是他有一次在紐約地鐵月台，目睹一位美國老太太的票卡失手飄落月台下兩三米深的軌道處，老太太趨近月台邊緣下望，那突兀危險的動作引起人群的圍觀，但見那老太太從舊包包裡拿出一條口香糖放進嘴裡咀嚼，同時像變魔術一般地從毛衣袖子一個綻線缺口拉出一條線頭，然後抽抽抽，愈抽愈長，咬斷，成了一條鉤線，她把口香糖黏膠接在線頭一端，站在月台邊慢慢把線垂降下去，輕巧地，顫危危地，一次次提拉去黏那張票卡，那時好像列車就快進站了，愈圍愈多的人群裡浮出壓抑擔憂的嘆息，就在千鈞一瞬，老太太將線收上來，那張票卡正黏在線頭的口香糖上呢。整個地鐵月台爆出如雷的掌聲和歡呼聲……

據說問話的人聽了這故事，感慨會心地說：「是啊，這就是外國人眼中的紐約人哪……」裡頭有一些背景的關於大城市市民的疏離或幽默，有快速可以形成的 Show 和觀眾，有對生存的創意或世故的敬意……

我想：如果也有個故事，東施效顰地在極短的篇幅裡可以將「台北人」的面貌鮮活呈現，那或就是這次的「喬丹快閃」事件了。大帝降臨前的集體等待和焦慮；媒體的捕風捉影；飛行神話的影像剪接在相形之下顯得灰暗曖昧的五二〇總統就職演說前夕（內容會是什麼？）之新聞頭題反覆播放；行程下榻飯店展示「祂」將置身其中的加長床鋪、套房內景、浴室蓮蓬頭甚至繡有英文名字縮寫之浴袍、「祂」將用餐的牛排；一些自身即爲本地偶像之藝人或球星面對鏡頭恍惚狂熱地宣稱「祂就是我的神！」乃至於那些如 Umberto Eco 屢屢嘲弄中世紀諾替斯教徒人人宣稱手中珍藏耶穌裹屍布聖嬰臍帶當初釘十字架之血釘若皆爲眞則可裝備一軍團從小到老之耶穌骨骸……的鏡頭前歷數第一代到第十九代喬丹鞋。如同布希亞說的：「被安置好的擬像模型，是要去極力賦予它們眞實的、平庸的，以及活過的常態性感受。要把眞實再創新爲虛構，正因爲它已經從我們的生活中消失了。那是眞實的、活過的，常態性感受的迷幻化（hallucination），但卻是被再構造的。有時候，會造出某種光怪魍魎的細節，再造成一種動物或植物性的保存物，以透明的精確性得以重見天日。但是，它沒有實質，早就被去眞實化了。它是超度現實的化身。」或者更簡單的一句話：「當地圖淹沒了所有的領土，某些事物——例如現實法則——就此消失不見。」

於是，神不在場的時候，祂被那些重複播放的二十年前灌籃大賽從罰球線起跳飛翔的經典鏡頭；重搜資料多少次在最後一秒出手扭轉球賽（或歷史），祂創造了NBA乃至全美多少億美金的市場幅員；乃至大鳥博德那句加冕禮讚：「祂是上帝派下來教地球人怎麼打籃球的。」……成爲一豐盈飽滿的「電影中的在場」——電影剽竊自身，再翻拍自身，重演它的經典之作，重塑它的原初神話。祂成爲科幻小說，在一個極度眞實卻又和我們置身之世界完全逆反的強光刺眼世界輕盈彈跳。祂不需要戴氧氣筒或推進器，祂在一慢速時光裡孤自快速穿梭人群（有時我們弄混了剪接鏡頭和NIKE那些優美如詩歌的廣告）。等待祂降臨的時刻，媒體、NIKE和球迷們技術支援地繁殖膨脹著一種暗示性的「情感入場券」：他們挑逗著一種忠誠度的蠱惑，一種迷眩癲狂的躁鬱空缺。

當神出場的時刻，那些等候的攝影機鎂光鐙（想將神的形象拓印下來），那些如默劇預演上百次此時才眞正從靈魂腔體深處爆裂而出的親暱狂呼（如果如徐四金的《香水》結尾，人群圍撲上他們狂愛「神」，唯一的高潮其實是將祂撕碎分食）——但是，一如後來我們重複倒帶記憶的，神穿閃過我們眼前的時間實在太短了，入境大廳幾分鐘、走入飯店八秒、球迷會三分鐘，第二天出境大廳又幾分鐘。這是怎麼回事？一開始大家訕訕傻笑，又不確定神是不是眞的在曝光之瞬間出現過了？好像只能從網膜的視覺暫留細細況味祂從眼前一閃而逝的印象。

反應不過來，但悶了幾天開始炸鍋了。憤怒、咒罵、狗仔逮到該死的「特權分子」竟寡占貼身伴遊神在夜店度過的漫長時光、市民主義與消費者意識覺醒、消基會消保會介入、媒體也回過神來盯著NIKE道歉不道歉、拒買運動、最後的尾聲是檢方「不排除以涉嫌詐欺傳喚喬丹作證」……那個我們熟悉的、日以繼夜上演的、詐騙集團的社會新聞；政治詐術的羅生門與詭辯；檢調機關重演現場的煞有其事；專家語彙塡補，同時耗盡事件「發生」之實感；「我們只是要個道歉都這麼難嗎？」的移民社會建醮辦桌式贖罪儀式的現代化變貌……那個多疑、情感創傷、世故而虛無的人間語境又回來了。

說眞話，我對這個簡直縮影了「台灣和她的世界想像」的完整故事感到想哭。「神被蒸發了。」美好如詩的廣告片時光結束，我們又唉聲嘆氣繼續收看《社會追緝令》或《戰警急先鋒》這些現場突擊揭發黑幕的節目。今天早報的頭條標題是國防部將預支六一四八億軍購特別預算向美國購買愛國者飛彈、潛艦、反潛機（據說全是一些快除役的老舊型號）；晚報則有一條新聞：美國助理國務卿凱利在國會作證時表示：不歡迎台灣出兵伊拉克。」也許我們可以像拒買 NIKE 球鞋一樣拒買那些比別人貴一倍以上的老潛艦，然後逼美國軍火大盤商在台灣分公司的負責人在鎂光燈爆閃中鞠躬道歉……？

後來我終於把車停到信義計畫區裡的新光三越地下停車場（雖然我始終無法弄清那被地底通道串連的A8、A9、A11哪一棟究竟是哪一棟），然後坐在地下一樓角落一處挑空天井的咖啡座吸菸。我大約吸了第五根菸才讓眼前流動的景物靜緩下來。這樣的場景這些年來何其熟悉。妻被憂鬱症困擾的那段時光，我常像遛放小貓小狗的主人，任她孤自在那排列了各擁傳奇身世的名牌物件的玻璃迷宮裡嗅聞晃蕩，而我則在這些百貨大樓角落的休憩空間和那些瞎拚貴婦們比鄰而坐。突然想起許多年前，我開車載著猶青春無憂的妻和另幾個女孩到日月潭遊玩，在剛轉進風景區的路口被一位狼狽杵立雨中的婦人招手攔下，讓她搭了一程便車。到她下車的一家茶葉行前，她熱情邀我們進去泡茶坐坐。那時我們不過是一群靦腆無知的學生，圍坐在茶盤前捧著小杯聽婦人天南地北亂扯。之後她進屋內捧出一對巨大的鹿角，無比珍奇地告訴我們這是他們原住民到海拔極高的山巔獵到的鹿王。她要我們撫摸那對枝爪僨張、華麗又野性的鹿茸，每人許一個願，說那是山神的變身，非常靈驗。我至今仍記得觸摸那妖異物事時濡濕柔軟的感覺。當時我們一群人剛考過研究所，當然全許願能順利上榜。不留意間她又捧著那對神物進去，再出來時，她用一只鐵托盤盛著一堆切成片的鹿茸，說這樣一共兩萬八。我們又驚又怒，抗議說我們又沒有要買，她冷酷簡短地說：「根據原住民的傳統，許過了願卻不收藏那已承諾的神靈祝福的鹿角，會遭到加倍的詛咒。」我們身上並沒那麼多錢，她說沒關係你可以回台北再郵政劃撥過來。

離開那間茶行後所有人幹聲連連，另幾個女生夢醒般尋回她們的精刮世故。後來是我和年輕時的妻分攤了那筆勒索費，並對分了那包藥材。後來倒是所有人都順利考上，且很多年後，我和妻子在當時無從想像的狀況下結爲親人（也許那對大鹿角冥冥中眞的給了這群人祝福吧？）。

那是我第一次，在一場商業詐欺的過程中，買下了神的一部分身體。

巴比代爾

日昨看了一部妻子租回來的光碟片：《大智若魚》（*Big Fish*），看到片尾，那個對他的唬爛王父親分不清憎恨、受傷、疑神疑鬼之情感的兒子，終於在父親臨終時刻，加入父親的龐大唬爛河流。他的父親在身患癌症、去日無多之際，仍不改神祕兮兮的唬爛氣質，對他說：「放心，這不是我的死法。」回到他從小聽過一千遍的枕邊故事，他父親童年曾與同伴打賭，夜闖他們那個小鎮一位巫婆的恐怖老屋，據說只要曾凝視巫婆那只玻璃珠假眼，就會在其中看見自己未來的死狀。他父親宣稱「看過了」自己最後是怎麼死的。但是在那個寂靜之夜，父子獨處於維生儀器滴滴輕響的最後的病房，那個彌留的父親突然撐開眼，問他的兒子：「告訴我，我最後是怎麼死去的？」既迫切又溫柔。那個從小到大為父親那些率性編造、離奇曲折，與眞實世界偏離航道的唬爛故事弄得躁怒不已的兒子，這時不知所措地說：「我不知道，……您從來沒告訴過我。」

那是他父親尚未編造出來的結局。或許是唬爛者在尙未看盡生命最後一刻而不願草率收束其連動關係的最後一枚情節骨牌。最後的一個故事決定了之前所有的唬爛精采不精采。他父親將那個僭越了死亡奧祕的說故事飛翔翅膀交給了兒子。兒子說：「我不知道……您得先給我個場景。」父親說：「就從這間病房開始吧。」

於是，兒子開始了「父親最後是怎麼死的」之敘事。他說，「我們兩個待在這間冰冷黑暗的病房，您突然就好了，要我帶您離開這個鬼地方，於是我抱著您坐在輪椅上，躲開了醫生和其他人的追捕……」兒子的大敘事展開，完全承繼了父親的說故事風格：誇張、奇幻、好萊塢電影鏡頭式的無厘頭災難和總是遇難呈祥——醫院走廊的追逐，街道上的飛車追撞和其他車的爆炸飛起場面，最危險的時刻他父親從前那些唬爛故事裡的虛有人物都會出現助一臂之力——最後他們終於來到一條河流的岸邊，「所有的人都在那邊，」兒子說：「那個巨人、馬戲團團長、雙頭中國女人、豐都鎮的少女和詩人、巫婆、銀行搶匪……全在河邊歡送您……」那個猶在病床上聽故事的父親感慨地說：「我的這一生。」但在兒子敘事畫面裡的父親卻變得無比輕盈，由兒子抱著，歡樂地經過那群他用一生唬爛虛構出來的滑稽突梯的人們，向他們告別，走進河流裡。最後經過兒子的母親他老去的妻子身旁時，他從嘴裡吐出一枚訂婚金戒指還給她——那是電影開始時他第一個唬爛故事中，河裡的那條狡猾神祕的大魚吞進肚中沒入水底的金戒指——然後，兒子發現懷中抱著的父親，變成那條纏祟了他一生的，父親故事裡那條難以言喻，滑溜而從無人能釣到的大魚，他把牠放回河中。

「原來我是這麼死的。」那個唬爛父親躺在病床上嘆了口氣，然後便安詳地死去。

不知爲何，我看到這裡，淚流滿面不能自已。我想也許是我在惦想死去恰百日的父親罷？又或許是譬如某些軍人看了《搶救雷恩大兵》某些廚師看了《芭比的饗宴》某些流氓看了《童年往事》某些理髮師看了《白色情迷》某些總統看了《空軍一號》……，他們總會職業病地淚流不止像靈魂最深處的什麼幽僻死角被人通過了一般。僅因爲那個行業在選擇之初所不能想像的，「一生的景觀」，所有不爲人知（特別是他們的兒女）的委屈、工傷、悉數焚燒的青春，以及和那工作獨處時刻所固執信仰的一些小小的價值。後來我發現我對這種「以彌天大謊，以像藤鬚蔓走的即興故事長成整座童話森林，覆蔽住那個灰色、無趣、殘忍的眞實世界」之情節特別容易情感潰堤。簡言之就是「關於唬爛的故事」恰是我的死穴。如果有一部電影叫《我這樣唬爛了一生》或《唬爛國再見唬爛國》，我可能光聽片名就淚腺失禁了。像許多年前看一部義大利喜劇導演羅貝多．貝尼尼拍的《美麗人生》。講一個猶太人老爸，怎樣靠他不可思議的扭造眞實才華，把整個陰慘恐怖、天天有人被送進毒氣室、每天皆活生生上演著人的尊嚴如何被貶抑、羞辱的集中營，對他的小孩描述成一座許多人在參加一場競賽的大遊樂場。因爲優勝者的獎品太吸引人了：「一輛眞正的戰車。所以他們身邊的這些傢伙，全爾虞我詐，配合著奇怪的遊戲規則（例如作出不快樂的樣子，對那些穿軍服故意對他們大聲吼叫的傢伙絕不能生氣，每天要裝作非常疲倦的樣子），以得到最後的獎品……

有一個名詞，叫「巴比代爾」（Pábitelé），是捷克傳奇小說家赫拉巴爾（這兩年間出版社陸續翻譯了他兩本經典小說：《過於喧囂的孤獨》和《我曾侍候過英國國王》，在台灣這些年社會的意識核心不知從何時起開始出現一種如巨大蒸氣壓力機，將所有的人情溫暖，細緻的教養、所有知識分子的基本信仰全壓扁打包成地底廢紙廠的一整團廢紙磚……，所有對非我族類的毫不遮攔的粗暴和傲慢……一種有效率的、金屬銳角印象的，人和人之間從前如水果禮盒墊襯之一粒粒小氣囊泡泡塑膜的小身世小差異盡數被壓扁擠破……赫拉巴爾這兩本小說眞是宛然若眼前之浮世繪），爲概括他作品中某類特殊人物形象而創造之詞。巴比代爾。詞典中並無這個詞。大陸版譯者引赫氏夫子自道：「Pábitelé 是這樣一種人，他們通過『靈感的鑽石孔眼』觀看世界，他們看到的汪洋大海般的美麗幻景使他們興奮萬狀，讚嘆不已，於是滔滔不絕地說了起來，在沒有人聽他們說時，他們便說給自己聽。他們講的那些事情既來自現實，又充滿了誇張、戲謔、怪誕和幻想。」就某部分來說，巴比代爾們唬爛所描述的那個發光照眼的世界愈豐饒華麗，作爲反差的眞實世界勢必愈貧乏、枯竭、讓人難以忍受之痛苦。我從年輕時至今認識過至少一個加強排的巴比代爾，那時我不懂他們的可憐可笑，總被他們竟眞的相信我會相信那些荒唐離奇的唬爛內容而氣得哈哈大笑。當然因受限於我們這一代的冒險經驗，可資誇張渲染的不外乎一些豔異離奇之淫亂故事；或有一些像《欲望街車》裡白蘭琪那樣的強迫說謊症女孩，總愛把故事弄得狗血四濺，她們不斷被不同的男人毆打、偷錢、酗酒後辱罵的情節……這我稱之爲「反巴比代爾者」。年輕時我以爲那即是故事，我聽得一愣二愣、瞠目結舌。或者就像那個「因爲孤獨」，自己剪去頭髮，請男友在肚皮畫上納粹標記，僞造「反猶太襲擊案」的女孩。回到 *Big Fish*，原先我想說的是「唬爛是一種美德」，後來我卻大聊「巴比代爾」，那些其實靦腆又保守，可憐巴巴有討好人傾向，在故事的湖畔偷偷地、偷偷地，把這個偌大世界發生在自己身上小小的那一點，踩進水裡的傢伙們。年輕時我不以爲意，我的身邊全擠滿了這樣的角色，簡直像我用「會不會唬爛」當作蹭嗅朋友的狗鼻子。這兩年這樣的朋友卻都消失不見。也許，也許必須到你眞正置身在一個，硬心腸卻將所有感性、純潔語彙壟斷於自身的強大話語國度裡，巴比代爾那像植物細莖窸窣冒出的歡樂的、謙抑的、滑稽的故事形式，才會讓人惦想起來。

過新年

這個新年冷得叫人發狂。那個冷，已不是喜好身體書寫者以骨骼、以胃袋、以腳趾甚至心瓣膜內滯留之血液和喀喀作響的便利超商袋裝冰塊大批傾倒之意象可堪描述；那已是一遠景的，將一切瑣碎事物皆吞沒的巨大寒冷——年前年後那已近乎灑狗血起乩的公投爛仗；各路算命仙師群聚對來年景氣翻升的浮想聯翩；不可思議的打開電視無論轉哪一台皆是許純美與柯賜海的天王天后相見歡（那個陣仗讓我無端想起少年時有一個新年，我獨自跑進永和的福和戲院看一部古龍武俠片《劍神一笑》，主要情節是演一位我忘記名字的「劍仙」，他的華麗劍法致命一招叫「天外飛仙」，顧名思義，就是把劍氣發揮成雷射鎗之境界。而在武林好事之徒的鼓譟慫恿下，向「劍神」西門吹雪下帖挑戰。事隔多年，我竟奇怪地記得這部無意義電影的結局，從來冷酷著一張臉的西門吹雪，以他的奇幻招式「半劍飄東、半劍飄西、飄東飄西難見影」，以斷掉的劍刃插進「劍仙」的咽喉，然後對著 Ending 的鏡頭露出一停格的詭異微笑。那個笑臉讓少年的我忍俊不住在冷清的二輪戲院裡哈哈大笑，其難以言喻的滑稽倒裝，集豪華吊鋼絲、耍帥、殘虐、眾人言之鑿鑿對兩個祕幻怪異人物之意淫乃至撮合大對決場面的複雜觀影經驗，不想許多年後又在眞實生活中的新聞直播上撞見。）——但這一切似乎仍無法塡塞那巨大如鯨的，這個年節的冰冷。可怖的是，這樣的在「一片白茫茫眞乾淨」的雪原之前如磷火跳閃的滑稽復悲涼感，竟如影隨形出現在我亂按選台器的每一個畫面：姑且不管我們那地區的第四台系統業者莫名將ESPN台砍掉，剩下的唯一一個體育頻道被放逐邊疆，原本的核心頻道調過來一批我熟之不能再熟的爛港片老朋友。整個年節只見特異功能或破壞王的周星馳、吳孟達，穿著破爛西裝抓著大水晶吊燈翩翩降落（又是吊鋼絲）的劉德華，或是向妓女學床第之術的慈禧邱淑貞，像反覆輪迴醒不過來的夢境；轉到公視，是讓人吐血的劉若英一臉女下放知青神情地大演張愛玲偶像劇。怎麼回事？是我瘋了嗎？或者如卡爾維諾在〈從陡坡上斜倚下來〉中所說：「……我逐漸相信這世界想要告訴我一些什麼，要給我訊息、徵兆、警告。……我想到世界末日正在來臨，或者說，已經進行很久了。……好多天以來，我所看見的一切，對我而言似乎都充滿了意義：這些訊息很難和別人溝通，很難詮釋或用文字翻譯，唯其如此，在我看來才顯得關係重大。那是和我以及這世界有關的告示或預兆：對我來說，不僅我的生存的外在事件，也包括我的內在，我的內心深處所發生的事……」

在我心底緩緩浮現一隻噴著白煙，無比冰冷將一切碎金流紅，雜亂但帶著人間溫度的年節街景全吞噬下去的巨鯨意象之際，卻在報上看到一則新聞：成大生物系師生爲歷來國內最大的抹香鯨進行長達三天的解剖工程，整個過程開放參觀。有一些安親班老師帶著幼童到場進行戶外教學，不少學童摀著鼻子說好臭。有一個學童說「好像他阿公殺豬」。現場並有殯葬業的撿骨師，「很認眞的在旁觀察剖鯨取骨過程」。主持其事的王建平教授說，抹香鯨可生產龍涎香；成大對巨齒及油脂會製成標本收藏；至於龍涎香的製作，則是無能爲力，不過如果有人願意取用，成大會考慮致贈。（《中國時報》一月二十九日，夏念慈台南報導）

所有的事物皆互成隱喻，混淆在一起了。強烈寒流造成雲嘉南養殖魚塭大批虱目魚、白蝦苗、文蛤……凍死；東南亞爆發可能造成比去年 SARS 更嚴重疫情的禽流感。養鴨場把成千上萬一臉迷惘的鴨子趕上乾冰車處死。

在這麼冰冷的，災難訊息包裹得像哥雅的畫作一般陰鷙而恐怖的新年裡，我待著的這座島上，眾人以一種巫毒教般糅合自虐及催眠的嘉年華會方式嬉鬧逗樂著。或許是過去的那一年實在太多苦難了。太多親愛的人死去；太多目不暇給卻沉澱進感性深層的新形態的科幻戰爭、瘟疫、隔離、醜聞、細膩操作的仇恨……人們等不及或根本虛無於等候一些緩慢的，在這些快速疊印的事物表象下的基本價值。所有的人帶著朦朧的受傷情感，挨擠在一台向下俯衝的雲霄飛車裡，尖叫狂笑，像 Umberto Eco《玫瑰的名字》小說中，埃森修士的導師威廉，在修道院殺人案的推理途中，曾解譯出一段死者的文稿（那段文字隱藏了這整個凶殺案背後的哲學動機）：

利用卑賤的人，醜陋而卑下，由他們的缺陷得到滿足……絕不能讓他們死……不在權高位尊的人家中，而是來自農莊，在豐足的食物和美酒之後……矮胖的身材，不成形的臉。

他們強暴處女，和娼妓上床，不愧不懼。

一個不同的眞理，一個不同的眞理映像……

神聖的無花果。

無恥的石頭滾過平原……當著眾人眼前。

欺騙是必要的，藉欺騙使人驚訝，說反話，說這件事卻指著那件事。

蟬將會自地底爲他們歌唱。

大年初二，我如例陪妻子帶孩子回娘家。今年妻的大哥和嫂子到澳洲讀書，小妹在年前出嫁，往年這一天會來家裡團聚的澎湖親戚又各自有事，所以岳父家顯得有些清冷。我亦像往常在晚飯前的那兩、三個小時，獨自背著書包，說我去附近咖啡屋趕個稿子，晚飯好了再叫我回來。在濕冷空盪的年節街道上踅繞了許久，除了麥當勞，沒有任何一家咖啡屋開張。這原是早知道的狀況，甚至我模糊想起：這樣的空城街景，積水的柏油路面上潑染著閃黃燈的光色，我好像去年就在相同的心情下獨自拿著傘走過一遍，甚至也在那樣的空落心情下寫了一篇和我當下所擬想的，一模一樣的文章。昆德拉說：「只發生過一次的事，就跟沒有發生過一樣。」生活的大部分時刻，只是我們所想像或記憶的「那個生活」之草圖或預演罷了。但我仍是偏執地繞回岳父家，發動停在樓下的車子，像尋找走失的貓狗那樣，緩緩在台北街道上滑駛。那時整個人冷得在駕駛座上打顫，這樣的內心獨白時刻卻只聽見自己不斷哀嗚：「他媽的，眞是冷，好冷。」

終於在羅斯福路和和平東路口找到一家溫暖燈光的Starbucks，裡頭咖啡壓縮機的白煙、瓷杯碰撞的清脆聲響、工讀生喊客人咖啡好了的吆喝……窩擠一室的，竟是一桌一桌的老外，偶爾獨自一個靠窗坐著戴耳機看書的本地大學生，反倒像是異國咖啡館裡的亞洲旅客。我點了一杯咖啡，坐在他一旁的高腳椅上，拿出書來，翻了四、五頁心皆定不下來，一抬頭，櫥窗外一個濃妝的女人撐著傘站在冰冷的街上盯著我看。有一瞬刻我想她是不是某個我認識的故人。但略頓一下確定她的焦距集中在我前面的窗玻璃而非我的臉上。那面窗是裡外皆可望見的透明玻璃，我費了好大勁才壓下推門出去站在她身旁試試那樣可看見什麼的好奇，過了許久才肯定：「她是瘋的！這是個瘋的人！」

殺貓者

在報上看到一則非常怪異的新聞（《中國時報》94.12.7林克倫／台北報導）：

……據上海《大學周刊》報導，「小秋天」是隻白底黑紋，頭小屁股大的米克斯貓咪。今年九月，活潑好動喜愛繞著冰箱打轉的「小秋天」因網友難以飼養，在復旦BBS站上被一位署名YunhZLL的網友所領養……

一個月後，這個原飼主在動物版上發出一封請網友幫忙尋找貓咪的信件，「我的小秋天在哪？」

……有多名網友發帖聲稱曾將撿到的流浪貓咪送給這位YunhZLL網友領養，統計下來，這名網友竟領養了約三十隻貓咪，平均九天一隻，且送養同學想瞧瞧貓咪情況時，

YunhZLL網友皆稱「貓咪被家人強制放生了！」

……有網友查出YunhZLL是復旦研究所三年級學生，更有網友找到其宿舍，還相約前往寢室想一探貓蹤。然而，當YunhZLL打開寢室大門的一剎那卻震驚了現場網友。一隻右眼珠不見、傷口淌著鮮血的白色米克斯貓咪軟弱無力地躺在貓籠內，籠底還擺著一個接血的托盤，一位網友立即用手機拍下此慘狀並將照片貼到網上，旋即震驚諸網友。「愛德華剪貓手」的貼子在各知名網站快速流傳，且標題一個比一個聳動血腥。

YunhZLL的說詞前後反覆，先是說之前的那三十隻貓都送回郊區家中飼養，但網友揭穿他家裡根本沒有寵物；他又說那隻白貓帶回時已受傷，隨即有網友指證其說謊。

……最後，YunhZLL坦承由於當日心情煩躁，而貓咪卻在一旁不斷叫喚，故順手拿了一把剪刀想引開貓咪目光注意以抓住貓，未料在比畫時不愼劃傷貓咪眼睛。

「我當時領養可能也不僅僅是因爲牠們可愛吧！還是……還是爲了讓牠們供自己發洩用……」這是本月二日出現在動物版上的《YunhZLL的自白書》內容開頭，該文敘述其養貓、打貓的發洩過程。……

此事對我造成之迷惘在於：

一、無意義之暴力：無冤仇、無威脅，甚至未必造成視覺或心理上醜陋厭惡情緒之對象。只因爲對方是一絕對之弱者，毫無反抗、控訴、報復能力之弱者。施暴者將暴力加諸受虐者身上時，若無能感受對方之痛苦，往往無從體會施暴之外任何多一點反饋到自己身上的情感。沒有戲劇性的施暴。一如美國推理小說家卜洛克在他一本小說中，描述一位喜歡將妓女拐上廂型車，以鋼琴絃將她們乳房切下的變態殺人狂的內心：「一上了我的車，她們就不是她們了，就只是一堆肉塊。」譬如去年有一對台灣雇主夫妻，假結婚娶了一位越南新娘，兩人聯手對其施虐（我記得他們把她綁起，用橡皮筋射眼皮）、凌遲，待其身心嚴重受創再將之遺棄。這是最低級的人類心靈形式。它容易激怒大眾，乃在於這樣無意義的暴力進行過程，將施暴者和受害者皆「非人」化了。這種無意義的暴力，其實充斥壅塞在我們四周許多人記憶的暗室裡，它通常曾發生於社會化之前的「惡童」或「青少年法西斯」時期。我國中時曾念一個全校最好班（那時還有能力分班這件事），我記得班上有一個女生叫王瑞迪，其實如今想來她長得並非多醜，只是瘦瘦小小頭髮像黃毛鴨那樣塌扁，她母親不知爲何給她戴了一副像江青那樣的黑框菱形小眼鏡，主要是她又是班上成績最差的一個。那時由班上一個功課最好的小個子男生發動，似乎她座位附近一整片區域的男生全將她當作揶揄羞辱的對象。他們將她名字裡的「迪」諧音成台語的「豬」，每天無意識地嘲笑她、攻擊她。我印象中有好幾次在上課途中，這個王瑞迪不顧老師的驚怒，便趴在桌上大聲地抽泣。我記得還有一個男生告訴我：「好噁心，她抽屜裡有一條像抹布那樣的大手帕，上面全是她擤的鼻涕……」

一個十二、三歲的女孩，恐怕無能反抗也無法理解那群狼圍噬只爲集體取樂子的暴力吧？其實她也沒有比我們任何一個人醜，或是髒，只是「被盯上了」。有一次我恰好座位被換到她後面，非常驚奇地發現：坐在她旁邊的那個班上第一名的聰明男生，整堂課壓低聲音用各種攻擊性的話語在羞辱她，那時這個世界上並沒有發明「饒舌歌」這玩意，但我回想起來，那傢伙變換各種形式的碎碎唸穢話，眞是包羅萬象鋪天蓋地。那後面驅動的憎恨能量應當十分巨大吧？簡直像用一把接者一把隱形的剃刀在割著那小老鼠般畏縮的女孩……

這樣無意義的暴力對象其實還存在於成人世界各角落：辦公室裡不討人喜歡的胖妞或遭孤立的老小姐；警察開單時陪著笑臉的攤販或駕駛（我有時想走過去訓斥那些條子，你是哪個分隊叫什麼名字？你憑什麼在人家這麼輕微而無意義的違規上，那麼粗暴地羞辱對方？）；餐廳裡一臉雞巴相的服務生（「你這是什麼態度？叫你們經理來！」不對等的暴力隱藏在文明的秩序後面：一次不滿意的三百元消費，但雙方皆默契不點破要付出的代價是一份月薪兩萬塊工作的解雇可能）……

第二，是掌握對方的感性腔調而誘騙之，或曰「二度剝削」，或如昆德拉說的「媚俗」。這部分更噁心。台灣人在這個「話語——亢奮——像傻B那樣被掏空」的經驗可謂既世故卻又悲傷地醃浸在其中。簡直像照著「性感帶興奮點圖說手冊」DIY手淫，機械性不帶感情地照著那手冊上簡化指示地搓弄，結果驚訝地屢試不爽每次對方皆乖乖地高潮。不要說那些胡言亂語搧動仇恨的政客（你不得不爲那些畫面裡數十萬人眞心誠意熱淚漫流的臉而驚動）；那些閉著眼睛開口閉口「妳這是執念」、「佛法說無常」、「我們是歡喜供獻，是極大功德」的講經人；那些介紹各種養生減肥排毒產品的老鼠會上線；那些他媽感性得不得了的KTV裡大量供人點唱的假到不行美到不行的蒙太奇「離別」、「分手」、「遺棄」、「回憶往事」、「踽踽獨行」橋段；那些被爆料後必然掉淚或伏案慟哭的記者會……

我們的社會，已經失去了對這種「假的眞情」之濫用的反制邏輯或道德潔癖，於是集體醚晃著一種喜劇感，一種嗒然、訕訕的說不出來的羞恥和虛無。「攏是假吔啦！」但一轉身，大街小巷各領域各處所皆是這樣等著從你柔情軟弱之孔竅伸進你腔體裡的一隻髒手，它塗了潤滑油，弄得你欲仙欲死乖乖繳械……

我們太可以想像：那個殺貓狂人是如何入戲模仿那些貓咪網站上，把貓咪視爲骨肉的可愛弱智話語。他可以學得比她們更像一個愛貓人。或者他可以稍微展現一些理性氣氛（譬如輕微責備她們：不可以這樣寵貓，愛牠就不可以害牠）。像一個色情狂熟讀更多的神學論辯，穿上神父袍躲在告解小間裡聽那些婦女們傾訴她們內心的色情幻想……

青春

我年輕時或會被同伴間這樣的傳言驚嚇著：某某生日那天，一群傢伙在宿舍將他衣物剝去，只剩一條內褲，五花大綁在一張椅子上，嘴巴用寬口徑膠布封住，然後眾人扛著這不知是神轎童乩或神豬，歡歡勢勢地抬至學校大門口警衛亭前，扔下，一哄而散。

我記得我聽這些惡搞行徑，內心總非常驚怖：媽的！那是什麼東西？無意義無邏輯的集體惡謔。如果有一天莫名降臨在我身上（如果他們這樣對我），我會不會翻臉？會不會氣極或羞辱至極而失控，讓那年輕小獸間無名天真的玩笑，變調成陰暗的復仇遊戲？

在我成長的過程，總是遇見一些說話沒頭沒腦，與現實過度剝離，乃至你很容易給他們加上一「唬爛伯」標籤的傢伙。恰好我們那個年代的大學生校外賃租宿舍，極易遇見一些朋友的朋友，室友的朋友，或馬子的姊妹淘的男友……這些別校的，衝州撞府，在全省不同學校之宿舍借宿、圍爐吃火鍋、打麻將、嗑牙打屁的流動人口。這些人如今在我的記憶中大抵臉孔模糊，不過我偶爾會記下一、二則他們說過的，無意義之屁事。

譬如賴某，他是我高中同學，大學時某一次竟意外在不相關的朋友的朋友的宿舍遇見（應該說是「重逢」）。我高中時和此君不熟，他輪廓極深，有點像當時中華隊「籃球博士」之稱的鄭志龍。那時幾巡酒過後，他像那種要競選村里幹事之類的人物，從懷中拿出一銀質剔花菸盒，打菸給宿舍裡圍爐而坐的諸人。他告訴我們他現在在作「鴨」。我們問那是什麼？他說就是牛郎啦。我記得當時座中男生盡是一些腦中漿糊的廢柴，沒有人露出大驚小怪的模樣；也沒有人懂得問一些譬如「如何延長持續時間聽說是打針或吃藥」或「如果顧客是極醜的老太婆你要怎麼辦」這些比較實體感或專業的問題。我只記得他告訴我們他之所以去做「鴨」，是因爲他被他讀的學校退學了，如果我沒記錯，他好像是當時實踐家專家政科裡惟一招收的男生。有一門課（大約是裁縫或服裝設計之間的某種專業課程）他蹺了一整學期，期末成績是交一套手工縫製的西裝（還是套裝？）。這位老兄也臨時抱佛腳向女同學借了筆記研究了幾天，但最後交上去的作業擺明了是想自我毀滅：他老老實實按筆記上的基礎針法縫了一條雙面抹布。

我想這就是我回憶裡的，當時一片懵懂如今卻又難以言喻的，所謂的青春吧？糊里糊塗地和這個世界爲敵，卻又任著這與你胳膊脊骨歧逆的世界，把你像一枚雞蛋裡的卵黃包覆著，滋養你，給你經驗和啓蒙。

我又想起某一次萍水相逢的X君，他大學是念東海畜牧的。我記得那回我正說起一個我極仇恨的，曾給過我莫大屈辱之人，我說我有一陣腦中想的盡是如何殺了他，如何把他放血，骨頭支解，肉和內臟剁碎……然後丟進馬桶沖掉。誰想這傢伙竟機械主義地精密向我解說，他們系上實驗室有一台大機器，叫「肉・骨分離機」。他說他們把一整隻豬丟進去，最後出來是一灘像爛泥或嘔吐物的物事，連骨頭都被絞碎成殘渣和血水。他說這該怎麼做呢？就是，啓動機器後，先丟一隻豬進去，這樣有一天查起來，機器上的血液反應有實驗室程序證明。再把那仇家的屍體丟進去。最後再丟一隻豬進去。如此，血水或屍塊是不是都被混淆了，除非你從別的線索被人盯上，否則就「處置屍體」這一項來說，幾乎可說是到達「人間蒸發」的境界。

阿城曾說中國當今文學寫青春寫好的就只王蒙的〈動物兇猛〉，「光名字就怵人。」我想那種汗騰騰的殺氣、委曲、詩意盎然卻又精蟲灌腦的景觀或時光，也許是我這年紀無比懷念卻逐漸在追憶中失卻細節的發光神物。那幅如老虎之紋、斑馬、獵豹如夢如幻之運動，有太多是年輕人聚在一起如癡如醉的唬爛。譬如我曾聽一傢伙說起他少年時曾和一群迌迌仔在一片恍如鬼城的國宅建築群裡鬼混，他們任意踢開那些空屋的門，在裡頭生火煮炊，吸毒，打地鋪睡覺，甚至，眾人把附近社區公園落單的高中女孩「罩布袋」拖回他們的巢穴輪暴。他說得如此超現實，讓我至今迷惑：但那受難的女孩之後到哪去了？是被那群少年殺了掩埋？或是加入他們成爲他們的「姊阿」？或是離開那場噩夢之後亦變成穿套裝上班的，那個大人世界的一部分？

另有一次，我和一群少年同伴一塊在其中一個叫「阿源」的家中，他們家是在國防醫學院和永福橋快速引道河堤旁一整片鐵皮頂違建裡的其中一戶。我記得他父親是一個在我們那年紀看應當是祖父，那樣臉貌身形非常非常衰老的老人。他的弟弟也是洄洄仔。但那時我並無法意識這是一家生活在社會貧窮線之下的，生活餬口十分艱難的人家。他的母親幫人家帶一個叫「阿寶」的唐氏症孩子。據說那孩子其實形同被遺棄，父母從未露面，生活費有時拖遲至半年再一起匯來。我們在他們家自己用不知哪裡偷盜的三夾板釘起的閣樓內抽菸看「雷不怕」小本，完全沒有感受一絲一毫這家人對未來的不安或哀傷。有時阿源會叫阿寶去幫我們買啤酒檳榔，我們也笑嘻嘻地「阿寶」「阿寶」跟著喊，事實上我們完全不知那孩子的年紀，也許他其實比我們當時都要大呢？阿源一邊噴著煙，一邊用我們那種血氣方剛偽扮成熟之同伴極罕見的溫柔情感（所以其餘諸人皆極尷尬不知如何是好）說：有一天若是他父母掛了，就算他結婚娶了老婆，他也會把阿寶帶在身邊。

那是多久以前的事呢？我記得那個下午，阿源領著我們一票人在那違建的院落裡，把他家養的一隻肥大灰兔塞進一只籃球的尼龍繩網袋裡，然後把牠吊掛在一株柚子樹的分岔枝上。我們站在一旁噴雲吐霧看著那隻被網繩勒束，沉甸甸垂著的生物，竟發出像嬰孩嚎哭的尖銳哀鳴，恐懼使得牠的身軀以一種不可思議的爆發力讓那一袋東西懸空劇烈打旋。那之前我從未想過兔子這種動物會叫。我們便那樣帶著困惑但逞強的微笑，站在那棵樹下。

翻車魚的好日子

那個海灘極狹長，這一帶海岸線恰好處於崇德灣北面蘇花公路懸崖陡降入海岸平原的一段平緩帶，左右視野俱未被山巒遮斷，像寬銀幕的投影電影，眼前景色被一種向兩側無限延展乃有麵糰在師傅手中拉扯愈長而愈來愈扁之錯覺。這左右極綿延而景框上下變扁的視覺感，讓人想起一個關於嘲笑波蘭人笨的網路笑話：

> 有兩個波蘭人駕飛機，後座的教練看見下方有個機場跑道，便命令前座的駕駛進行降落。降落時機身因爲緊急迫降的剎車而劇烈震動，幾乎解體，最後飛機總算在跑道停下來。教練擦一擦額頭上的汗，說：「吁，好短的跑道，不過你執行的很好。」而前面的駕駛，把頭伸出駕駛艙外，大驚失色地說：「教練，這個跑道的左右怎麼那麼寬啊？」

眼前的太平洋，在這樣的冬日，才過下午四點便呈現一種泛青的濃灰色，風浪極大，搖晃中變幻著凹凸稜切面，浪花也比夏日時碎灑。海灘上布滿了各色圓潤可愛的小卵石：有暗紅色佈滿舌苔般的玫瑰石，斑馬紋近乎透明的扁石，還有一種藻綠石髓暗藏其中極清淡浮現山水畫般構圖的漂亮圓石頭，還有黑得透亮的瑪腦石……孩子們在那片石灘上撿石，海風獵獵，他們奢侈地將石頭一顆顆丟向發出轟轟背景聲的大海。

有兩個二十來歲的年輕男孩，中間夾著一個穿著極辣但在這樣的海邊難免讓人擔心她著涼的女孩，三人坐在一顆大岩石上喝啤酒。兩個傢伙大約退伍不久，爭著向女孩炫爍他們在軍中的經歷。他們的故事確實古怪驚悚，但話語常被拍上岸的碎浪聲消音，所以隔一段距離拉長耳朵偷聽的我（裝做坐在那兒看大海），常被那些沒頭沒腦就斷掉切換至另一故事的懸念弄得焦躁不已。

「……我在小金門快退伍的那一陣，有一次長官要我去打掃一間堆放文書雜物的倉庫，我心不甘情不願、東摸摸西弄弄，妳猜，我竟然撿到一本什麼？八三么的花名冊！一本泛黃破爛的登記簿，上頭詳詳細細，一個一個女人的名字，某某某，民國幾年幾月幾日生，台灣哪裡人，什麼鄉什麼路幾巷幾號清清楚楚……」（女孩大概問了一句：「幹嘛登記那麼清楚？」）「因爲那是戰區前線吔，連軍犬都要登記的，軍妓也算是軍職人員吔……哇妳不知道我拿到那本簿子有多激動，還有一幀一幀她們的黑白大頭照。那書一翻開，就是一張內摺的、清楚的「八三么平面配置圖」，一個建築各房間號碼和輪值排班長……可惜我本來想偷夾帶回台灣，但連裡一個上士說他要，他快退伍了，我便交給他。結果我退伍後去找他，問起他記不記得那本花名冊，他說沒有，後來他留在部隊，沒帶過來……媽的，眞可惜！」

「……有一次，看槍斃執行，清晨天還沒亮，軍法官先驗明正身，然後有兩個兵先拿一床厚棉被，在空地中央細心地鋪成一個小丘的形狀。過一會那個死刑犯被兩個憲兵拖出來，他可能已被注射過麻藥了，整個人仰躺著連腳鐐鐵鍊任人在地磚上拖……這時有個鎗手，像從暗影中生出的暗影，不知從哪冒出，他拿著消音手鎗，以一種類似機器人的俐落，走到那趴在棉被上的人體前，完全沒有預備動作，直接拿著鎗貼近那人的背部某一點，咻咻兩鎗，執行完畢又快速離開，消失於暗影……檢驗官查明死亡無誤後，再來兩個兵，把屍體連棉被拖走。地磚上一滴血跡都沒有……」

有一度我幾乎壓抑不住自己想起身向他們搭訕致意的衝動。你們兩位眞是說故事的高手哪，這麼像從波赫士口中掰出的故事，在這灰黯的海邊說給這個小馬子聽實在太可惜了。但海浪的咆哮聲蓋過了他們接下來的情節，也壓抑了我的念頭。後來海灘這邊所有人都張大口站了起來，孩子們扔下手中的卵石，偎靠到母親的腳邊。原本在約一公里外的一艘小漁船，在兩三層樓的風浪升降中朝著我們的方向駛來。「是偷渡嗎……」愈靠近時藍紫色的輪廓便可辨識出漁民們的臉，且甲板上似乎有類似海豚或鯨那樣巨形魚類在緩慢揮拍著尾鰭。岸上這邊，像拍電影一樣，一群人圍著一輛大型推土機朝我們駛來，同時一對夫妻模樣的漁民，搭著一艘馬達小筏，從岸出發逆浪駛近漁船，漁船上有一隻機器手臂，舉起一大落像被縛綁的戰俘那樣巨大的魚。那魚的形狀，怎麼說呢，以那樣的距離看去，一點都不像魚，反而像遭到鯊魚攻擊，雙腿被咬去，頭顱也被斜斜咬掉一半的不幸人體，「那是什麼怪物？」「憨！那就是這七星潭鼎鼎有名的曼波魚啦。」

古怪的生物，古怪的場景，詭異的獵捕回歸迎接畫面。小筏接駁了那一束一束四五隻爲一縛的古盾牌般的落難海神，在眾人的驚呼中，一次一次在這時像發出輝煌光芒的海潮沖打中努力往人類所能轄管以傲慢羞辱海洋的陸地靠近。有一段近似靜音的時光，我以爲那小筏的馬達已停止運轉，他們將反過來成爲那群怪魚的祭品，隨浪漂出外海，被浪吞沒。

但他們終於是沖上岸來，我們和人群一起湊圍上去。推土機把金屬鏟刀上舉，側臂竟有一掛鉤，他們便把那預先用麻繩穿過牠們鰓孔的整束「神的肉粽」扣上推土機側臂。近距離看，那像 Hello Kitty 一樣可愛的一張無嘴大臉，上面血跡斑斑，且機器上舉麻繩拉扯牠們臉部裂傷再將之懸起時，那樣無表情近乎自棄的雍容文靜，完全沒有牠們正在發生的死亡之慘狀，反而像日本繩縛大師無比靜穆以SM繩綁技藝吊綁著那些女優赤裸之身體時，她們臉上那種讓人心碎的宗教性信任。

我被這種不是由血肉模糊、反而有點像優人之舞既滑稽又嚴肅的後面的什麼，給深深痛擊。回家後上網搜尋，才知這種在西方或被稱「太陽魚」（因爲牠們喜歡平躺在海面上曬太陽，以殺死寄生蟲）或「月亮魚」（因爲夜晚時，漁民遠望看見牠面平躺海上的，身上的寄生蟲會閃閃發光，像一枚銀幣般的月亮）的曼波魚，在老漁人的眼中是一種智商極低的魚種。據說在花蓮政府喊出「曼波魚祭」而成爲一種觀光祭品之前，當地漁人根本不吃牠們的肉，因爲傻傻的容易捕撈，常在海上現場剖開魚肚，取出「龍腸」（唯一好吃的部分），再將殘軀扔回海中，我想像著這群神賜予了美麗外貌卻未允贈機巧心智的大傢伙們，在時間意義被人類竄奪之前的漫長年代，在熠熠閃耀的海浪上，像銀色沖浪板那樣被海浪舉著、拋著、搔養著……在那個夢裡，牠們微笑著，知道自己是神在一極快樂心情時刻下的創造物……

一個關於遺棄的故事

我們搬離開鄉下住進城裡，大約有半年的時光，原來那幢小屋是空置無人住的，因爲新搬的這間公寓空間極窄促，幾乎大部分的書，或是這幾年來孩子們成長汰換的童裝、娃娃車、兒童安全椅，或像接軌火車積木、沙堡這些占地較大的幼兒玩具，一些冬天的大棉被，或是兩方父母家堆置過來捨不得丟棄的傢俱雜物……全像倉庫似地堆放在那幢空屋裡。

時日久遠，那屋子於我，慢慢失去了某種建築物的實體存在感，變成了一種關於遺棄或荒廢的意象。石碇那一帶的山巒小丘本就多雨潮溼，我們搬走那時恰好又正是春雨霏霏的雨季。我想像著那房子的壁癌像某種繁殖力強的軟體動物那樣快速蔓延著；地板滲水，我們棄置在那的書本們書頁捲起，發出梅干菜的嗆辛味；無人居住的空間成了長腳蜘蛛、蝗蟲、螳螂、彩色瓢蟲、虎頭蜂、各種品系的蛾類、黑螞蟻或火蟻大量繁殖的溫床。我們的故居成了一間生態系層次繁複的昆蟲館。爬牆虎從窗縫鑽進，撐裂地磚順著遺留的桌椅腿柱攀爬，讓屋內充滿一種超現實的盎然綠意。

屋外的小花園，有我父親生前親手栽下的一株木蓮樹苗、一株陽明山移過來的山櫻接枝吉野櫻、一株枝繁葉茂生得像惡魔手臂的李樹、還有我們初搬至那裡時，從花市一盆一盆買回種下的小苗：白茶花、櫻桃、含笑、芒果樹，還有一株山莊人家改建時連根刨起扔在垃圾堆被我們拖回種下的雞蛋花……它們全在那水氣充滿的雨季裡，蓬勃生長，把我的小庭院擠成像亞馬遜森林一樣的濃密樹陣。那些樹全不是我栽下它們時以爲的小個頭，全長成了綠巨人，因爲株幹間留的空隙不夠，向上抽長的枝葉便像NBA籃下卡位爭籃板的那些七呎長人們，臉孔扭曲挨擠著，手臂纏錯勾繞在一塊兒。香氣襲人且混淆成一種層次極複雜的氣味波浪：腐爛的落葉、不同時序的香花、墜下的熟果、還有爬在那些蒸騰著氣味的植物屍骸上的蝸牛群，牠們分泌的一種醉茫茫像水果醋的醚味……

還有一盆我一位老師送我的銀杏。

銀杏下埋著一隻我曾最愛的狗的屍骨。

在這幅無人的、空荒的畫面裡，還有另一隻狗的身影。那是一隻身軀近乎一匹小馬的大塊頭黑狗，長手長腳，豹子頭豹子腰腹，年齡其實還是小孩兒，心智極幼稚，名叫阿默。阿默是我在搬家前半年，一位素以「野貓野狗天使」的嫂子撿來託養的。據說從頭上項圈看來，被棄養前可能是類似保鑣或警用之訓練犬，血統極好。但城裡之公寓不可能養如此雄剽嚇人之大型狗，遂被我們遺棄在那幢圍欄圍住的空屋裡。

一開始這樣想：反正我們一個禮拜會帶孩子們回來一次，打掃一下房子，幫阿默洗個澡。一個固定周期建立之後，在那狗的內心感受，便只是等待，而不是遺棄了。

當然像所有的遺棄故事一樣：開始確實堅持著一禮拜回去一次，後來大人小孩都有忙得分不開身的時候，週日也常得回各自的父母家。某一次想：就跳過一次，下禮拜再回去看阿默吧。然後變成三個禮拜回去一次，一個月回去一次……

至於餵食阿默一事，則拜託隔壁一位越南阿姨幫忙。我們隔壁那幢房子，屋況比我們更糟（外牆的瓷磚從一樓側面拉至三樓違建之鐵皮屋，裂開一條我覺得可以讓肥老鼠自由進出的隙縫），登記在我大哥名下。租給一對母子，那兒子是個孝子，比我小個三、四歲，人極隨和爽朗，據說之前在接工程專做大樓裡中央空調的管線、電路和風口，後來不景氣，便跑去東南工專旁頂了一個店面賣火車飯包。我和妻子捧場特地開車去買他的飯包，但做餐飲大約也要天賦，妻子私下說這胡先生的店恐怕做不起來，排骨不特別，乾乾的，配菜顏色也不漂亮，店面又小又髒。附近又至少有兩家連鎖的看起來有規模許多的火車飯包店。學生怎麼會被吸引來買他的便當呢？

有時我家的廚房排水管漏水或馬達壞了，請他來修，不論怎樣爭執抗議，他總不肯收錢。就是喜歡和我一人叼一根菸，像哥兒們那樣窮聊扯屁。大部分是牢騷，憂心，生意做不起來，景氣太壞，有個馬子等著他，人也乖，但就不敢結婚。

他的父親早逝。母親中風。那位越南阿姨就是請來照顧他母親的看護，天晴的時候，常看阿姨用輪椅推著那眼睛因白內障而形貌近似一尾古代化石魚的老太太到山莊外的省道遛達。偶爾會看到阿姨等公車，說要到深坑市集上的彩券行替老太太簽樂透。

妻子和那越南阿姨建立了某種情誼。我們搬走委託她餵食阿默的這段時光，每有回去，妻便會偷塞個一千兩千給那外貌看去像個大女孩但聽說在家鄉已有個兒子要上高中的異鄉人。阿姨每次皆認眞近乎肉搏地推擋，但收下後眼睛泛著淚光。她告訴妻她把那些錢存著，到小鎮街上銀樓買金戒指，返鄉時可以風風光光當禮物。

我們後來回去得疏了，相對給阿姨的「私房錢」也變少了。上個月出國了一趟，回來後又病了一場，算算竟有兩個多月不曾回去。有一天，我哥打電話給我，說那胡先生怪怪的，三個月沒給房租了，他去巡了幾次，屋內都是暗的。他問了另一戶的鄰居，說胡先生的便當店收了，重新去工作卻又摔傷，不知怎麼欠了人家一筆錢。「走路啦。」好像外傭的錢好幾個月付不出來，那外傭也跑了。只好把媽媽送去安養院。現在人也不知跑去哪裡……

頂樓的貓

去年初，因爲孩子小學的學區問題，我們搬離了住了七年的鄉下小屋，住進城裡的公寓。且因爲住戶的關係，將一條我與妻戀愛時即跟著我們的老狗妞妞，遺棄在鄉下的那幢房子（有一個小小的花園），並且拜託隔壁的越南女傭每天替我們餵食。有一天我回舊居拿東西，順便到屋後看妞妞——牠眞的是一隻很老很老的狗，有一眼因爲白內障而瞎了，兩耳也近乎聾了——但當我撫摸牠時，卻從牠身上輕易搓下一大坨毛（像癌症病人作化療後的落髮現象）。這時才覺得不對，將牠帶到城裡公寓附近的獸醫院。醫師皺著眉，像看著一輛撞得稀爛板金全皺成一團的爛車送進修車廠，不知從何修起，譴責地說：怎麼會把一條狗養成這麼糟的狀況？

先作了抽血：過肥。心肺功能衰竭。腎衰竭。肝功能衰竭。皮膚的狀況也極糟。

醫生將牠剔了毛，整隻狗像一外星怪物：極肥的、近乎透明的一層粉紅皮膜，一層一層皺褶，圓滾滾的肚子，四隻腿卻極細，像雞爪一樣。醫生說：太老了，而且太肥了，所以牠整天趴著睡，久而久之，四肢也退化了。

一管一管的針注射著。每天撬開牙齒餵食各種藥丸，買了增進肝功能和腎功能的特殊狗飼料，且每天在牠那布滿了癬瘢的潰爛皮膚上抹藥。我們讓牠睡在公寓後面晾衣處的陽台。牠那時已不肯吃喝，皆是我用注射器往嘴裡灌水灌營養劑。

那時我不知牠其實已快掛了。我還想用意志把牠救回來。每日早晚，我皆抱著那漫散出一種老婦的死亡氣息的身體，到公寓頂樓，放牠大小便。然後「訓練」牠走路：我想像著，牠的問題就是因為太肥，且四腿退化；而如今我每天訓練牠在這公寓樓頂來回走個二十趟。牠腿部的肌肉應可重新長回來吧？又可以減肥。

我每每走到牠站立的位置的另一端，遠遠地喚牠：「妞妞！妞妞！過來。」牠皆一臉無奈、痛苦，跛著那細細的腳，腆著肚子拖到我這頭。待牠好不容易到了我這邊時，我又會跑去另一邊，再喊：「妞妞！過來！」有時牠會停下腳步，用怨恨、疲倦的眼神望著我。我們兩個這樣對峙著站在城市的上空，頭頂常是美麗的紅霞。這隻妞妞是從小便交給我養了，那時牠和我住在陽明山的學生宿舍裡，每每總在屋內小便，不論我怎樣痛打，似乎皆無法理解我的意思。牠等於一輩子都跟著我，從我戀愛、結婚、搬離陽明山、生大兒子、再生小兒子……牠皆跟在那流動的時間之河裡。我想只有牠真正知道我的意志。

我說：「妞妞！過來！」

我幾乎可以看見牠嘆口氣，繼續蹣跚著跛著朝我走來。

我說：「這是爲了妳好。」

但大約一個多禮拜後，妞妞便死在狗醫院裡。牠的肝指數極高，腎功能近乎瓦解，整個體內器官所勉強撐住的一個運轉終於垮掉（所以那些最後的時光裡，我用巨大意志，威嚇著，從牠那早已命若游絲的破皮囊，再催擠出「生之尊嚴」的假象。其實何其徒然？）。

我要說的是，在那段極短暫的時光，在城市的上空，一個人類殘忍無情地訓練一隻體型變形成像一只水母的瀕死老狗，一步一步地練習過程，全看在一隻就住在那頂樓上的野貓眼裡。

那是一隻黑貓，毛色極差，像一枚扔在垃圾堆裡的，起毛絮的破軀枕。牠的眼睛倒是像黑鑽石一般銳利。牠總是趴伏在隔壁棟公寓上加蓋的屋篷上，一臉戒懼地盯著我們這一人一狗，像某種中世紀宗教遊行或某齣貝克特式的荒謬劇，在那空盪無人的屋頂上，緩慢地走過來，再走過去……

我們沒出現的時候，牠便是自己一隻待在那空寂的處所吧？我確定牠是一隻老貓，和那些在人家圍牆或日式平房屋頂間作忍者式跳躍的年輕貓咪不同，這隻黑貓像在某一次的城市漫遊中，突然就決定在這個安靜的地方等待牠的生命寂滅時刻……

然後就被那個吵吵鬧鬧的人類，和那隻看去也不久於世、喘著氣、一臉痛苦卻仍忠心耿耿取悅牠主人的老狗，闖入了。

有時我會在往頂樓的樓梯踩到一地簇新的鴿子羽毛。

似乎並沒有人餵牠，也不知牠如何飲水？

妞妞過世之後，我便不再上頂樓了。每天的動線，或是帶著孩子下樓，上學，或是往城市不同方向的棋盤位置移動，回來後，爬著樓梯，也僅是鑽進我們那一層的小牢籠。

前一陣天極冷，我突然心念一動，想起屋頂上的那隻破布偶老黑貓。把冰箱冷凍庫裡岳母許久前給的某一條魚解凍，在烤箱裡烤熟了，拿上頂樓。

那個黑影過了許久才從水塔桶下出現。我有一種錯覺：似乎牠也和我一樣難掩激動。我說：欸。那條老狗已經死了。我把魚放在瓦磚上，有一種故人重逢的感慨。我以爲牠會湊過來任我摸頭或搔背，不料牠卻把那張臉從嘴中利齒裂開，發出恫嚇的咆哮，趁我略發怔後退，將魚叼起，一個翻身上引，便消失了。

文學叢書 117

我愛羅

作　者　駱以軍
總編輯　初安民
責任編輯　丁名慶
美術編輯　許秋山
校　對　吳美滿　丁名慶　駱以軍

發行人　張書銘
出　版　INK印刻文學生活雜誌出版股份有限公司
新北市中和區建一路249號8樓
電話：02-22281626
傳真：02-22281598
e-mail : ink.book@msa.hinet.net
網　址　舒讀網http : //www.sudu.cc

法律顧問　巨鼎博達法律事務所
施竣中律師
總經銷　成陽出版股份有限公司
電　話　03-3589000（代表號）
傳　真　03-3556521
郵政劃撥　19785090　印刻文學生活雜誌出版股份有限公司
印　刷　海王印刷事業股份有限公司

港澳總經銷　泛華發行代理有限公司
地　址　香港新界將軍澳工業邨駿昌街7號2樓
電　話　852-27982220
傳　真　852-27965471
網　址　www.gccd.com.hk

出版日期　2006年 4 月　初版
2018年 9 月 5 日　初版五刷
ISBN　978-986-7108-30-2

定價　270元

國家圖書館出版品預行編目資料

我愛羅／駱以軍 著.－－初版，
－－新北市中和區：INK印刻，
2006〔民95〕面；　公分（文學叢書；117）

ISBN 978-986-7108-30-2（平裝）

857.63　　　95004988